U1010978

# 永恒的海

外国经典散文名家名译

谢大光 主编

海之美
海之镜
大海
贴近大海
大海日出
海的联想
海潮的响声
从格朗维尔岸边观海
从海上望陆地
海边的收获
永恒的海
太平洋之梦
日本海和太平洋
烧津
横越大西洋
江洋大海
黄昏的地中海
关于冲浪

天津出版传媒集团
百花文艺出版社

图书在版编目（CIP）数据

永恒的海 / 谢大光主编. -- 天津 ：百花文艺出版社，2014.1
（外国经典散文名家名译）
ISBN 978-7-5306-6398-1

Ⅰ. ①永… Ⅱ. ①谢… Ⅲ. ①散文集-世界 Ⅳ. ①I16

中国版本图书馆 CIP 数据核字(2013)第 302119 号

选题策划：李家文　　装帧设计：刁子勇
责任编辑：李家文　　责任校对：魏红玲

出版人：李华敏
出版发行：百花文艺出版社
地址：天津市和平区西康路 35 号　　邮编：300051
电话传真：+86-22-23332651（发行部）
+86-22-23332656（总编室）
+86-22-23332478（邮购部）
主页：http://www.bhpubl.com.cn
印刷：唐山天意印刷有限责任公司
开本：787×1092 毫米　1/32
字数：142 千字　　插页：3
印张：10.125
版次：2014 年 1 月第 1 版
印次：2014 年 1 月第 1 次印刷
定价：23.00 元

# 目录

# 山

〔美国〕福克纳




在他的前方，在稍稍高出他头的上面，山清晰地映衬着蓝天。一阵飕飕的风拂过，宛如一泓清水，他似乎可以从路上抬起双脚，乘风游上并越过山去。风充满了他胸前的衬衫，拍打着他周身宽松的短外衣和裤子，搅乱了他那宁静的圆胖面孔上边没有梳理的头发。他瘦长的腿影滑稽地垂直起落，好像缺少前进的动力，好像他的身体被一个古怪的上帝催眠，进行着木偶式的操作，而时间和生命越过他逝去，把他抛在后面。最后他的影子到达山顶，头朝前落在它上面。

首先进入他眼帘的是对面的山谷，在午后和暖的阳光下，显得青翠欲滴。一座白色教堂的尖顶依山耸立，犹如梦境一般，红色的、浅绿色的和橄榄色的屋顶，掩映在开花的橡树和榆树丛中。三株白杨的叶子在一堵阳光照射的灰墙上闪亮，墙边是白色和粉红色花朵盛开的梨树和苹果树；虽然山谷没有一丝风影，树枝却在四月的压迫下变得弯曲，树叶间浮荡着银色的雾。整个山谷伸展在他下面，他的影子宁静而巨大，伸出很远，跨过谷地。到处都有一楼青烟缭绕。村庄在夕阳下笼罩着一片寂静，似乎它已沉睡了一个世纪；欢乐和忧愁，希望和失望交集，等待着时间的终结。

从山顶眺望，山谷是一幅静止的树木和屋宇的镶嵌画。山顶上他看不到被春雨所湿润、布满牛马蹄痕的杂乱的一小块一小块荒地，看不到成堆的冬天灰烬和生锈的罐头盒，看不到贴满的色情画和广告的告示牌。没有争斗、虚荣心、野心、贪婪和宗教争论的一丝痕迹，他也看不到被烟草染污的法院布告栏。山谷中除了袅袅上升的青烟和白杨的颤抖外，没有任何活动，除了一个铁砧的有节奏的微弱的回声外，没有任何别的声音。

他脸上的平淡无奇开始转化为内心的冲动，心灵上的可怕的摸索。他的巨大阴影像一个特异的人映在教堂上，一瞬间他几乎抓住了一些与他格格不入的东西，但它们又躲开他；他不知道有什么东西能突破心灵屏障与他交流。在他身后是用他的双手干一天粗活，去与自然斗争，取得衣食和一席就寝之地，是一种以他的身体和不少生存日子为代价取得的胜利；在他前面是一座村庄，他这个连领带也不系的临时工的家庭就在那里。此外，等待他的是另外一天的艰苦劳动以得到衣食和一席就寝之地，这样，他开始明白了自己命运的无关紧要，他的心今后不再为那些道德说教和原则所干扰，最后，他却被春天落日时分的一个山谷不可抗拒的魅力所打动。

太阳静静地西沉，山谷突然处于暗影之中，他一直在阳光下生活和劳动，现在太阳离开他，他那不安的心第一次宁静下来。在黄昏中，这儿的林间女神和农牧神可能在冰冷的星星下，尖声吹奏风笛，用钹发出颤声和嘶嘶声，造成一片喧嚷……在他身后是满天火红的落霞，在他前面是映衬在变幻的天空中的山谷。他站在一端地平线上，凝视着另一端地平线，那里是无穷无尽的苦役而又使人不能安寝的尘世；他心事浩渺，有一段时间他忘掉了一切……现在他必须回家去了，他于是缓步下山。

中奥　译

# 山·注视[1]

〔法国〕勒·克莱齐奥

我想谈谈实在的美，谈谈人的眼睛，例如山，例如光。

阳光下，它很大，它的石壁，它的褶皱，它的沟壑，它的覆盖着易碎的泥土的缓坡，它的雪崩似的滚滚尘埃。它在光的中心，它像盐像玻璃一样闪亮，它岿然不动，独立于高空之中。它身上一切都是那么坚硬，那么真实。它是大地表面致密的一块，是一个隆凸，没有一种活的东西能像它一样。人们可以给它一个名字，如埃布吕斯，或者库赫-伊-巴巴[2]。人们可以谈论它，讲述它的故事，探索它的起源，说说住在它上面的人。人们可以计算它的体积，研究它的构成，它的演变。然而

[1]标题为译者所加。

[2]中亚的一条山脉，以险峻不毛著称。

这一切又能如何?它还是它,不动,不听,不应。人们可以在它身上取一小块石头,带往很远的地方,几千公里吧,或者扔进大海。人们可以在鼓荡的风中几天几夜地烧它,把它变成火山。人们可以在它的缝隙里放入炸药,按下起爆装置。然而按起爆装置的手始终是离得远远的,爆炸之后,山依然如故。

山是持久的,强大的,它的基石扎根在大地深处,随着人的远离,它始终赫然立于地平线上,继而变得越来越大,越来越模糊。消失的是枯草、树、一座座房屋、道路、水泥场,剩下的只是轻淡的线,宛若空中膨胀的云,灰色和淡紫色的隆凸,胀满了空间。它还在那儿,继续在那儿,每天,每个早晨,都在同一个地方。它举起它那巨石嶙峋的大块向着天空,就这样,不费一点儿力气,没有一点儿道理,因为它就是它,绝对地是它,自由而强大,空气和水的领域中的一个固体。风从它身上吹过,侵蚀它的峭壁,沿着山谷,自北而南。

没有什么比这孤独的山更持久,更真实。任何庙宇,任何建筑,任何人的居所。它们很想跟它一样,充当登天的板凳,向着隐藏的神祇们举起盛满祭品的托盘。然而山就是一位女神,人们注视不断地被引向它。

注视就是光,有生命的光,跳跃着奔向白色的山岩,热力深入岩石,令其微微地颤动。在不动的山的坡上,小树和松柏是灼热的,让空气中充满它们的气味,而寒冷的风从它们周围滑过。每天它们都在那儿，用它们的根抓住风化的泥土。云在谷底积聚，然后很快，随风而降，然后散开，化水为雨，灌木和大树的叶子分开了，人们听见山里发出一阵阵古怪的喘息声。

光不断地从虚空的深处向山移动。重要的不是声音，不是汽车在城市的小路上奔驰，不是古老的无花果树枝条上一群群的蚜虫。重要的是人面对孤独的大山时，他所看见的，他所等待的。

人们看啊，看啊，总是看不够。人们一无所知，一无所愿，不等待启示，也不等待变化。人在目光的一端，女神——山在另一端，它们不再孤独了，它们变成两个完全一样的领域，可以让美通过。

遥远的美，人不能触摸，如夜空中的星辰，天上云层的堡垒的轨迹，或晨曦。然而它就该是这样，不可触及，比人看见的空间还要大，于是注视和它一样，不再是脚、翼和轮子所能及的了：那边，直到那边，它到达路的尽头，越过了有限世界的门槛，进入不可逾越的区域。

它是多么的稳定啊！在它周围，一切都踉踉跄跄，举步迟疑、消融、变化。人的腿是软的，胳膊没了力气，颈项弯曲如橡胶。然而它，它是石头做成，巨大、沉重，屹立在大陆的基石上，在宽阔的背上驮着大气层。

有时，它是无情的，粗暴的，它那尖利的棱角，伤人的绝壁，陡峭的悬崖有鸟儿碰死。太阳在它上面闪光，遍及它的全身，照亮斑斑白垩、石膏、胶结物的悬崖。这时，它是那样的大，占满了整个空间，低处的土地朦朦胧胧，蓝黑色的天空，缓缓地围着它旋转，仿佛大海围着岛屿一样画出了许多同心的圆。它像一个国家那样大，广阔得要几年工夫才能到它的顶，小群小群黑色昆虫沿着一道道石槽爬行。它像一个行星那样大，从大地的深处直达天的最高处，整整的一块，石头像冰冷的火焰迸射，而且从不坠落。

它是那样的大，不可能有空虚、恐惧和死亡。它像一座冰山一样巨大、寒冷，在凝视着它的光中炫人眼目。一切都冲向它，像铁屑受到磁石的吸引。沿着路一样笔直的目光，人向着它坠落，而它，是直立的巨大，是物质的巨大。

在一座孤独的山中有很大的力量。有许多的时间，许多的空间，许多的实在的规律。在它的石头中有许多的思想。在它的坡上，灌木和松柏就像白色灰尘中的许多黑色的符号。它们像是汗毛，头发，眼眉。几只鸟叫着，在悬崖上空慢慢地盘旋。风在石罅中穿过，古怪地哼着歌儿，隐蔽的溪流发出很温柔的声响。一切都来自于它，空气、水、土、火。甚至云也生自于它，在很高的地方，在绝壁之间。它们冉冉如火山的烟气。

有时山也是遥远的，灰蒙蒙的，被水包围着，人们只能看见它的臂部、腰肢、乳房和肩膀的柔和曲线，只能看见它的斜落进谷底的长发的波状线条。当晚霞中一切都消失的时候，或者当城市和道路像人被困在房子里一样被烟气笼罩的时候，山也远去了。它在拒绝中睡着，裹着沉寂和冷漠。女性的巨人，白色的女神，它突然厌倦了，闭上眼睛，不愿再让人看它。美是聋的、哑的、孤独地躲进它的蚊帐。谁敢靠近它？它将迷路，因为那已不再是坚硬的石头、牙齿状的绝壁、直立的悬崖了。那已不再是骄傲的生命的努力、德行、美的力量了。那是一种很单薄、很柔弱的命运，仿佛幻影，在沉睡的大地之上的半空中飘荡，也许是一句话，一段音乐，人们可以用脸上的皮肤感知到，而你则瑟瑟地抖起来。这时，没有人能发现它。

飞机在云的后面飞过，没有人看见。海天一色，太阳已远。于是目光模糊了，没有什么再发亮了。慢慢地，慢慢地，夜来了。这几天它来得更早了，带着蝙蝠走出所有的洞穴。

这一切过去了，到来了，散走了，周而复始。山是这样的美，然而没有注视它就不存在。而注视若没有山就一直向前，如子弹般穿过空气，在空中打着转儿，变小，什么也没有发现就消失了。名称，地点，词语，思想，有什么关系？我只想谈谈永恒的美，谈谈人的注视，谈谈在阳光中很高很高的一座山。

郭宏安 译

# 山的力量

〔日本〕国木田独步




我不过十四岁左右的时候。我的同学当中有个叫大友直次郎的人，他和我仿佛年纪，是个最淘气的孩子。他有个哥哥叫直太郎，是当时寻常中学的学生，这年十六岁。

直太郎常讲各种有趣的故事给我们听，还时常表演新奇的戏法让我们看。我们比谁都更喜欢这个哥哥。

记得是六月末的一天，我到大友家去玩，直太郎走出来说道："今天我表演一个从来没演过的又有趣又新奇的戏法，你们要能知道它的秘密，给你们什么都行，就把你俩喜欢看的书送给你们吧。"大友和我蹦跳着来到直太郎的屋子一看，有一个厚纸壳儿做的白色大箱子躺在那里，像个桌子。箱子的一头敞开着，直太郎坐在敞开的那头，装腔作势地说：

“喂,喂,请看哪!现在在这箱子上放十来个针。我连一个手指头都不碰它,就能让它们在箱子上跳舞,你说奇怪不奇怪,现在请闭上眼!”

说完,他从箱子里拿出好些针来放在箱子上面。直太郎把右手伸进箱子里,哗啦哗啦地蹭厚纸壳儿的背面,厚纸壳儿上面的针便排成行前后左右地动了起来。我们吃惊地睁圆眼睛看着。这回一根一根的针竖着连接起来,变成一条长线,然后转圈儿移动。

“喂!请看哪!针变成了一条线,这回再让它往回变成针!”直太郎非常得意地把厚纸壳儿背面砰地敲了一下,于是连在一起的针又都散开来,聚在一处。

“怎么样?新鲜吧!你们想看看它的秘密吗?”我们说:“什么呀!不用给我们看也知道。”俩人用手捏起针来,检查一下上面抹什么东西没有,可是并没有糨糊、饭粒什么的。我无意中把手里的针往箱子边上一放,那根针立即飞到放别的针的地方去了。一看这个,我和大友都不由得张大了嘴。

“喂!怎么样?你们看这秘密吗?”说着,直太郎从箱子里拿出来给我们看的是块拳头大的黑石头。

据直太郎说,这石头叫磁石,有把铁吸引过来的力量。他说:“你们在学校也学过磁石的事儿啰?可是看见这种石头是头一回吧?”后,他又拿这石头吸钉子和小剪刀给我们看。钉子什么的离三寸远就一下跳到石头上去。大友忍不住问道：

“哥哥！什么地方有这样的石头？”

“嘿！我想你们就得问这些。这石头在东方便山的紧顶上才有。不容易弄到手，必须拿着针呀，罗盘呀，锤子呀，把拾到的或凿下来的石头一个个加以试验。可是在山的绝顶上充满磁力，即便针能贴上去也判断不出真假来，只好尽可能地多拾些，下到山脚再试验。运气好的话，或许能得到带磁力的石头；运气不好，有时拾来二十块甚至三十块石头，都只不过和一般石头一样。这块磁石也是我学校里的同学在上星期日好不容易才弄到的，只有两块，被我硬要来一块。”

听了这些话，更加知道这石头的宝贵，引起了我们也去拾点来的兴头。

于是，俩人偷偷地商量，决定下个星期日，谁也不告诉，去登东方便山，无论如何也要拾它一两块磁石来，拿到学校去吓同学们一跳。于是暗中进行准备，单等星期天到来。

从我们街到东方便山脚下有一里半地的样子，再爬一里山道才能到山尖，往返约五里地。这山是县境内数一数二的高山，从街里看，离山顶似乎很近。可是登山却不容易，尤其是山麓树木茂盛的小山冈，重重叠叠，眼睛看的是条直线，走起来，迂回曲折。

如果把我们的计划如实告诉父兄，注定要遭到申斥或是讪笑，所以我俩只说跟学校的同学一起到近郊去远足。就这样，这天我俩带上饭团子，离开了家。

正当草木萌芽的季节，最适合游山了。可是我们登东方便山那样的高山还是首次，心里有些忐忑不安。因为山尖就在眼前，似乎离着不远，所以便鼓起勇气来，在乡间的道路上飞快行进。

俩人各拿着一个用包袱皮包着的小包，里面装着饭团子，回来时准备多多地包上磁石，放肩膀上扛回家来。又各带一把锤子，从母亲的针线盒子里拿了针，也很想带个罗盘去，可是怎么也没能弄到手，便死了这心。脚穿草鞋，拄着手杖，一开始是唱着军歌前进的。

这天是个晴天，可不时在天空出现云朵，那云朵飘走得飞快，这种天色会发生什么变化是很没把握的。因为年幼心盛，不去理会，只要见到太阳高照，便以为是头等的好天儿。一旦遇上雨怎么办，这种事在脑子里连想都没想过。

俩人在路上的谈话，不外是：

"真想捡到一块能吸过铁锤来的大个儿的。"

"可是要能有那样的，想用锤子敲开它时，锤子一打上就动不得了吧。"

"什么呀！那时就拿块大石头来砸开它。"

"如果只捡到一块大的，就俩人要。"

"捡到两块时，赠送学校一块也可以。"

"捡到三块就那么办。"

“小块的捡得多的话，就分给班上的同学们。可是最好别告诉他们是从东方便山捡来的。”

“总也别说出去，只咱俩人常常来捡。去捡过一次，以后我一个人就也能去，一个人也能去呀！”

“我一个人也能去。”

我俩一路上说着这类话，朝前走着。

离开街一里地便走上了山道。乡下的小路在连绵起伏的杂木丛生的山间蜿蜒而上。在小山脚下，溪流岸边，树林中间，往往点缀着两三所农家的房屋。也曾遇见过村子里的孩子，我们一路上向他们问道儿，可是走一程又一程，怎么也到不了像是东方便山麓的地方。山尖看不见了，越到山根，山也越多，连方向都有点辨别不清，只照村人指点的走，不觉间远离了村舍，来到几百尺高的地方，能居高俯视农家田园了。这以后遇上的人越来越少，道路的分岔却越多，俩人心里逐渐嘀咕起来，话少了，腿也不像刚上路时那么灵活了。

幸好还没有迷失路，因为最后遇见的一个十二三岁的砍柴孩子告诉我们，再走三四百米，过了灌木丛，便是草山。然后顺着条宽路走上去，自然就能达到东方便山的绝顶。我们照他说的走，不久来到草山。视野骤然开阔，举目望去，漫山遍野绿草如茵。紫花地丁和蒲公英在草中开放，美若锦绣。东方便山顶已遥遥在望了。

“在那儿！在那儿！”俩人望着山顶心花怒放，高兴得跳了起来。可是并没留心到，此刻从东方便山到高耸的群峰之间布满了乌云，逐渐低沉下来。

在崎岖的山路上，徐徐地往上攀登，山顶和我们之间的距离好像总那么远。俩人不时坐在道旁的石头上歇息。每次一歇下来，便拾起石头用针试一试，可所有的石头非但不能吸住针，倒好像把针给弹了回来似的。终于眼看离山顶不远了。正想这回可该喘口气时，一个大雨点打在脸上，忙抬头一看，只见黑云低垂，好像伸手便能够到它似的。俩人这才吓得变了脸色。往四下一看，高空尚有一半露出青天的地方，南边的山上还有披着金色阳光的地方。东方便山却转眼变得阴森可怕，一场席卷全山的暴风雨迫在眉睫。大友说：

“怎么办？”

“反正得淋湿，倒不如一口气爬上山顶，哪怕能捡到一块也好呀。”我心里窝火地嚷叫着。

于是俩人在没有路的地方照直朝绝顶攀援。正路并不太陡，舍正路而走直线，就得用手抓着草向上爬了。

这时，雨在下，风在吼，山在响，云雾蒙蒙笼罩四方，连东方便山顶也看不见了。

俩人弄得进退两难，无处躲藏。正不知如何是好，意外地在道旁离两三间房子那么远的地方，发现个大洞。一看见它，我的心马上被一种恐怖感所攫住。因为我早听说过东方便山上有金山的遗址，那洞是强盗的藏身之所，我想现在见到的这洞一定是那金山的遗址。然而，大友却对这事毫无所知，不像我一见这洞就变成不怕雨的了。他马上跑进洞里去，并且直召唤我，我被逼无奈，也逃进了洞。

这洞很大，即便是大人站在里面，头顶上还空二尺多高。洞口上支着木头，那木头早已朽烂不堪，但还能支撑住土。里面挖开能有几百间屋子大，无法估量，只看一眼，便觉得一片漆黑，令人毛骨悚然。离洞口两三间房远的地方，有滴滴答答的滴水声。

一跑进这洞口就可以避雨了。可是我对这里感到比雨还可怕。大友因为什么也不知道，满心欢喜地在此歇息还不算，还指着山底下顽皮地说他想跑下去。我战战兢兢地朝洞里看了看，倒不像会蹦出什么来的。可是洞口外的雨越下越大，顷刻间变成了倾盆大雨。

我们想等到雨稍停再走，但那雨势反倒越来越猛，丝毫没有住雨的意思。我俩商量一下，便拿出饭团子吃起来。在这种情况下能咽下饭团子，表明我俩的胆量还真不小。对大人来说，这也许算不了什么，可十三四岁的孩子，面对如此情景还能若无其事地吃饭，没点胆子是不行的。

反正俩人用饭团子填饱了肚子，虽原来决定好朝山下跑，可是连一块磁石也没有捡到，实在遗憾。便在洞口附近寻找黑色的有点像磁石的石头，一块一块捡起来包在包袱皮里。俩人都捡了拳头大的十多块石头，扛在肩上，朝山脚奔逃下去。这不是前进而是撤退。

两个孩子冒着大雨在茫茫的草山上奔跑，那情景之狼狈可想而知。但两人还是"一二，一二"地喊着号子跑起来。一跑进杂木山，心想，这下可太好了；就像来进一出杂木山时，心里想这下好极了一样。

幸喜这里有间樵夫的小屋，俩人便跑进屋子里去。这样做不是为了避雨，而是为了从肩扛的石头中挑出磁石来。虽然浑身淋得透湿，但因为奔跑流了不少汗，浑身发热，像火烧一般。俩人休息了一会儿，便开始挑石头。一个问：

"怎么样？那块石头？"

"不行呀！"另一个无精打采地回答道，随即把那块石头扔了。

"粘上了！粘上了！"一个喊叫起来。但不是真的针被吸住了，只是心里想象粘上了。又晦气地把这块石头扔进林子里。

一个一个地试过来，连一个像真的也没有，弄得俩人都失魂落魄似的。只好一个人留下一块似乎有磁力的石头，做个安慰。俩人落汤鸡一般拖着疲乏的两腿回到家时，已是将近日落西山了。俩人回来后都对这次登东方便山的事守口如瓶。

我一到家就赶紧洗澡。吃过晚饭，乏劲儿上来了，浑身软绵绵的。可是还挣扎着到自己的三铺席小屋里去，在煤油灯下，把那块石头放在桌子上用针试验。自认为它会有磁力，结果，只是块顽石，不用说针，连尘土也吸不上去。

第二天，在学校里碰见大友，一问他，他那块试验的结果也一样，俩人都一无所获。因为太遗憾，对谁也没说。不过俩人下了决心，最近一定再次登上那山的绝顶，不达目的决不罢休。

过了三个星期，到七月中旬的时候。盘算好今天准没问题，便再一次一大清早起就从家里跑了出去。

连路也用不着问，顺利抵达山顶时的畅快心情是无法形容的。蔚蓝的晴空万里无云，清风徐来，吹到汗涔涔的身上，十分惬意。俩人先美美地饱餐一顿饭团子，再痛饮携来的壶中水，一边喝一边闪动着目光，四下张望。这里的石头，看着全像是磁石。

俩人忙了有一个来小时，又是拾，又是用锤子凿藏在地下的石头尖。最后，用肩扛起几乎扛不动的石头，回到上次去过的樵夫小屋，认真地试验起这些石块来。

我先试验了最大的一块石头，但这只不过是块石头。其次拿起一块长方形的石头往钉子上放，还离两寸左右，钉子就跳上来了。我忍不住大喊一声："万岁！"便跳起身来。接着，大友也喊声"万岁！"跳了起来。我连忙问："你的也是吗？"一看他那块石头，比我的大一倍，那磁力能把重的铁锤吊起来。接着又一个一个地试验，终于俩人共挑出小的七块、大的两块来，这回我俩都心满意足，便得意扬扬地回家去了。

我在父母和姐妹面前表演各种戏法给他们看，首先使妹妹大吃一惊，父亲只是抿嘴笑，一点也没有惊奇的表情。我把长钉子搁在厚纸壳儿上，一边让它乱转，一边嘴里念念有词："喂！喂！这是长虫入蛰！"母亲和姐姐听着都忍不住笑出声来了。

第二天去到学校，大友和我那个得意劲头真无法形容。俩人站在操场上遥望着东方便山，脸对脸一看，哧哧地直笑。

东方便山那可怕的磁力，连我们都给吸住了。

程在里 译

# 山影倒卧时

〔韩国〕许世旭




随着夕阳慢慢西沉，山开始倒卧自己的上半身，先把头顶垂给山脚，一会儿延伸了身材，卧及村落，不久盖满了阡陌。

这个时候，传来了一块悠扬洪亮的布谷鸟叫声，它是这一天的末班车，来得焦急，而它的声浪是暮鼓的严肃，似乎一个牧童，将要带回放在山野之间的牛羊似的。

我是这么喜欢布谷的叫声，像我听惯了一辈子布谷的人，每逢晚春孟夏一听，总不免心摇意动，仿佛单相思的少年，远远地望着意中人。童年时，我曾抱过宿愿，就是在我家后院，架上鸟巢，能够养一只布谷多好，而至今虽未如愿，但仍然没有放弃。

布谷鸟，虽是闭幕山中一天的号角,也是另一个时刻的开始,接着来的是子规与猫头鹰。子规每次来,来得悄悄,它的啼鸣,便如名字,或以为踯躅,或以为归蜀道,或以为不如归,哀恨深深的,它凄凄楚楚的啼声,一丝一丝地化作晚霞,化入远山的时候,暮色进一步地拉下了帷帐。这个时候,我不想回家了。

年轻时,我曾嗤笑过一身披蓑衣而"斜风细雨不须归"的钓客,想不到我自己也会在野兽出没的山麓,而成为不肯归家的家长。

远处的山弯处,开始透出一两点灯光,继着可能会响出碗筷相碰的金属音。后背有了飕飕的凉意,该是一整天爬山越岭出的汗,渐渐干了吧。盯住那座顶峰,聚精会神地攀援的当时的紧张,应该不必保留吧。

我找个新草茸茸的坡上,伸直两只脚,干脆躺得舒适吧。不过以舒适来说, 莫若深秋的山坡, 已经萧萧叶落的乔木之下,刚刚送走了缤纷的晚霞,山头还披起红潮的时候,凉风便紧紧缠住身体,使人旧病蓦然复发,就不想回家了。

秋山,却是柔软的。坐在铺满落叶的小山丘上,比坐在岩上舒适,又比茸茸新草舒适得多了。若再有弯着腰的老松与呐喊着红色的枫树,这绿色的短袄、红色裙子的山丘,更是激动的。

我扒开落叶,伸手玩土,触到细细嫩嫩的豆粉般的土,久久地抚摸着，那土地的温度融化着我的体温，软娟的细土柔和了我的肌肤，我不由轻轻地躺下去，干脆搓擦一会儿，便有发热的感觉。我再把扒开的落叶堆积给肚腰，当我感觉它陈腐的味与轻微的重量时，好过瘾啊。再不久，一层一层的黑暗渐渐下降，深浓的黑暗，是温和的被窝，很想多穿多铺呢。

静静地闭上眼睛，鼻尖有点点寒意，后背却因土里涌出的地热，略略发痒。滚落四方的落叶，叽叽喁喁的私语声，在耳畔萦绕，也仿佛是呢喃的催眠曲，真想好好地呼呼人睡。

山上的夜，步骤特快，不觉树梢的露珠，点点滴滴，这个时候，远村的灯火，见如星星，益是明灭，从它明灭的灯，忽然想起家人，她温馨的啰嗦。我就起身，抖撒落叶，穿过黑暗去。如果要我在山上盖落叶过夜，觉得并没有不方便，只是没有家人陪伴而已。

2000年9月6日

# 火山爆发

〔奥地利〕埃·基希





我坐在汽车的踏板上，把眼前发生的事情速记下来。我的观察物发出的光嘲弄似的照亮了我的纸。我不知道该怎样称呼这个观察物。它没有生命，却不停地活动着。它是地质的东西，是无机的矿物，然而它却大喊大叫，大吵大闹，把石块和嘲笑一并抛到我的纸上。

今天下午，我来到这个庞然大物面前。它是两星期前开始从地球的母胎里诞生的。它的身体不断增高，长到一百米、二百米。新生儿冲着天空大声呼号，肚脐冒着火焰，喷射出鲜血和胆汁，发出震耳欲聋的吼声，在自己周围堆起一大堆废渣。

一座山峰正在崛起，四周堆满了废渣。这些废渣都是棱角锋利的大石头，一块挨着一块，看去好像是织就的料子，用它做成了一顶大礼帽的帽檐；又好像是被凿成了天堂磨坊的大磨石。这帽檐的料子很厚，这盘磨石也很厚，足足有十二米。

我走近这十二米厚的火山岩石墙；岩石火烫火烫，我不能碰它。于是，我就在岩石墙四周漫步。这岩石墙周长几公里。墙体里铿锵有声，就像铁链碰撞发出的声音。一块块岩石不时地从石墙上掉落下来。火山岩圈像波环一样，逐渐向外扩大，每天扩大十米，边缘始终保持垂直。火山岩所到之处，一切都被吞噬，高大的树木消失了，不留一点痕迹。

先前，在我的想象中，火山岩是稠浆状的东西，像熔化的玻璃浆一样，形成一条河流。这里看见的却是锋利的深灰色大石块。你根本想不到，这种岩石和墨西哥到处可见的黑曜石有什么血缘关系。火山岩冷却后变成了黑曜石，印第安人用它制作武器、工具、神像和装饰品。用这堵墙里的石头大概什么也做不成。这些石头从永远黑暗的地球怀中被抛到光天化日之下。它们从火山口喷出来，落在火山口的周围。过了几秒钟，火山又喷发一次，喷出了新的流亡者；这些新流亡者想留在离祖国最近的地方，就把先到世的弟兄们往外排挤。就这样，那些岩石一圈一圈地逐次向外扩展，一天扩展十米。

火山四周是一片平川，平川上是玉米地和牧场；平川上散落着一些小山丘，山丘上长满了针叶林，朝火山那面的山脚覆盖了一层十二米厚的火山岩碎石。

我来到一座小山丘前，从背着火山的那一面登上山丘。坡度并不大，但山坡上盖着厚厚的一层灰，我的两条腿从膝盖以下都陷进了灰里。我轻轻地把腿拔出来，肚皮贴着地，抓着被一半埋在土里的树枝慢慢往山顶爬去。

在山顶上，我俯视整个熔岩区。灰色的熔岩一块挨一块，冒着烟，非常缓慢地移动着。那是熔化了的玄武岩的海洋，由半凝固的渣滓组成的荒漠。毫无生机，毫无生气，没有一点生命的迹象，这些石头曾在地底下沉睡，从来没有一个骆驼队横越过那地下的荒漠，也从来没有一条海船行驶过那地下的海洋。只有各种理论和科学假设曾谈到过地壳底下的那另一个世界。




我站在山丘上，面对着火山口，差不多与火山口一样高。火山口在地上的（也许该说是地下的？）火光照耀下闪烁。火山口正在发生许多变化，而我看着这耀眼的火光却像看着漆黑的午夜一样，什么也看不清。要说火山口像圆盆一样半埋在山顶上，那是错的。地球的开口在下面很深的地方，在帕里库丁一个农夫的被埋在地下的玉米地上。

这个农夫是印第安人，名叫迪奥尼西奥·普利多。十四天前，即 1943 年 2 月 20 日，他来到这里，突然看见他的地裂开一个口子，往上抬高，从口子里冒出烟来，并发出震耳欲聋的声音。他拔腿就跑。

迪奥尼西奥的玉米地连影子也没有了，再也不能种玉米了。火山口喷出的岩浆覆盖了这块玉米地。火山还在继续喷发，一座山峰正在崛起，在不断升高，火山口就像一个大圆盆嵌在山顶上。

每四秒或六秒钟从口子里向天空射出一条冒烟的火柱。喷发顺序大体如下：先是九次比较小的喷发，然后是四次中等强度的喷发，接着两次强烈喷发，最后来一次威力无比的大喷发。有时，一次小的喷发还没有结束，一次较强的喷发就会毫不留情地插足于其中。

今天早上，我经过米却肯州到这里来时，在几英里外我就看见了冒烟的火柱。当然，在白天看到的实际上只是一条烟柱。下午我到了这里，这根似乎由烟和水汽组成的柱子像一颗烟雾组成的大菜花，中间的红柱闪闪发亮。等到夜幕降临，景色就完全不同了。

天一黑，一切都变亮了。特别是烟柱，这时它变成了火柱。这火柱红彤彤的，从火山口中喷射出来，红红地向上腾起，又红红地消失在夜幕中。下午，那火焰只是滚滚翻腾的黑烟的一点陪衬；而现在，红红的火焰主宰了一切，那灰色的烟气只不过像一个鬼影，在火焰内部飘落。

喷射出的火焰绚丽多彩，变幻无穷。有时，它像一匹野马，从高山中飞奔出来，一声嘶鸣，划破长空。有时，它似乎又像一尊人物塑像，一只手高高举起，擎着火炬；这塑像霎时间又化为乌有。有时，从魔山中又突然长出一棵椰子树，金色的树干十分粗大，金色的枝叶间挂满了金色的果实；一转眼，未及细看，树干四分五裂，树枝裂为碎片，椰子哗啦啦掉到地上。有时，那火柱像一根真正的柱子，像一根巴洛克[1]式柱子，雕刻着各种栩栩如生的图案；那柱子直刺苍天，达到一定高度后就自我爆炸，四分五裂。有时，就像放焰火一样，各种火箭、子母炮、天女散花嗤嗤啪啪地一齐射向高空；这样斑驳灿烂的焰火，就是凡尔赛至高无上的君主做梦也没有看到过。

无论是火柱冲天而起，还是往下降落直至熄灭，火山口都不断地发出一阵阵轰鸣声，像火车头的长鸣，像大炮的怒吼。海上激战炮火连天，化学品爆炸，城市被炸为一片火海，高炉火舌熊熊，这一切我都知道是什么原因。而这里呢？为什么轰轰隆隆发出雷鸣般的声音？为什么岩石、火焰、灰烬被喷到空中，又抛回地面？是谁在那深邃的洞穴中导演？这场活剧还要闹多久？还要闹一天还是一千年？

选择这一带的万丈深谷或者原有火山的通道和喷射口喷射，对沸腾的下界来说，难道不更加方便吗？为什么恰恰选择静谧的帕里库丁，而且正好是印第安人迪奥尼西奥·普利多的土地？

---

[1]巴洛克，16至18世纪艺术及建筑风格。

下午，我看见，从火山口中飞出许多石块很快就离开烟柱，向四面八方飞溅，落在地上。一到暮色朦胧的晚上，这些石头都变成了大火球。这些火球飞向猎户星座，此刻它们真好像是这个星座的一部分。一转眼，火球就像流星一样，向先前的火球创造的山头陨落下来。这些星石有的掉回喷射口，有的落到山脊上，从那里再滚下去。山脚好像分成了三百六十度，每一度都从山尖披下一绺金发，这是三百六十条熔化的金子的洪流。整座山变得透明了。

我看着看着，沉浸到了梦幻之中。我再也听不见隆隆的炮声，嗅不到烧灼的气味，感觉不到烫人的灼热。

白天，熔岩的边缘是深灰色和青灰色玄武岩砌成的墙；到了夜晚，这些石头都燃烧了，远望是一片火光。我可以发誓，在这里我看见了大科尼希❶.灯火通明的堤岸娱乐场一直延伸到海里，"英国人大街"的街灯闪闪发光，犹如一条横卧的火龙，灯火组成的链条沿着山丘时而向上，时而向下，蜿蜒曲折，最后汇入蒙的卡罗大赌场❷装饰着各色彩灯的圆顶。茶楼酒肆、亭台馆榭、商号洋行装饰着霓虹灯广告像宝石一样放射出灿烂夺目的光彩。这灿烂的光彩照亮了我面前的稿纸。

十四天以前，这魔术舞台上还是一片生机，如今这一切

❶大科尼希，摩纳哥公国地名。
❷蒙的卡罗大赌场，在摩纳哥，西方世界闻名的大赌场。

都永远永远地绝迹了。孳生着各种昆虫的草地消失了，田鼠鼹鼠寻欢作乐的玉米地不见了，莺歌燕舞的树林无影无踪了，牛马成群的牧场没有了。然而在周围，在紧挨着喷发区的地方，生命还在延续。

鸟儿在四周啁啾鸣啭。它们完全可以毫不费力地飞到凉爽安静的高空，飞到那不受雷鸣电闪干扰的地方。然而这些羽毛绚丽的鸟儿却贴着满是灰渣的地皮低低飞翔，擦过我的膝盖。它们也许在寻觅原来的巢穴，寻找它们的家庭。在这面貌全非的地方，它们什么也找不到了。

山坡上有一片稀稀拉拉的小树林，树干上一人高的地方削去了一块块树皮，裸露的木头向外偷看。每当火山的火光反射到这黄色的脸颊上，它就做出各种鬼脸。人们知道这些怪脸只不过是树干上的一些切口，树汁从切口中流出，滴到放在下面的桶里。但眼前，看着这些奇形怪状的脸，心中不免感到可怕。

我不懂火山的心理。刚刚诞生的火山会不会因为变成了猎奇的对象、赚钱的工具、耸人听闻的新闻而感到失望？火山史上，还没有一座火山曾有过这样多的经历。人们把话筒放在它面前，它就得为各大洲广播电台的听众往话筒里嘘气、咳嗽、打雷似的吼叫。人们把照相机对着它，它就为全世界报纸、画报的读者表演正面与侧面的各种脸相。人们把电影摄影机架到它对面，它就为生活在它有意破坏的这个地球上的全体电影观众表演它怎样清嗓子，怎样吐痰，怎样活动。

此外，科学家们也不停地打搅它。他们观察它，诊听它，按它的脉搏，量它的体温。不管它呕吐、出恭多么频繁，每一次都立刻被记载到图表里。而先前，当它还在地球的怀抱里时，它是多么悠闲，无人打搅啊！

在我深一脚浅一脚爬上来的山上，科学家们架起了帐篷。有两个大学生我认识。正如靡非斯托非勒斯[1]兄弟所说的那样，从哈尔茨到希腊，到处都能碰到熟人。

他们给我讲了许多火山婴儿的事。他们说，未经测量已确定婴儿诞生地的深度为三十二公里。根据是，喷出物都属于上新世，属于位于该深度的最年轻的第三纪。那里的温度估计为一千一百度，因为一千一百度时，玄武岩才能熔化为堆积在我们面前的渣滓。山脚下的火山岩覆盖着两平方公里的土地，每天向外扩大十米，升高九十厘米。岩石中含铁百分之四至五。

谈到山体本身，他们说，新生儿从诞生以来发育良好。昨天它增高了四米半，现在的高度达二百二十米。底脚是直径五百米的圆圈，山顶直径为一百五十米，山坡坡度五十三度。

“山上的‘红旗’呢，我的朋友？”

“你指的是喷出的气体吧？喷出的气焰高度不一，平均一

[1]靡非斯托非勒斯，歌德《浮士德》中的魔鬼。

千米。喷出的气体把岩石和灰渣抛到高空，最高时达六百米。最大的石块达四立方米。”

接着，他们对我说，这是一次真正的火山喷发。其实这一点我并没有怀疑过。他们叫我不要以为这只是一次地面隆起；构造地震常常引起地面的隆起，这种隆起如果发生在火山地带也能把火、烟、岩石抛向空中。他们说，在墨西哥，这是自从约鲁罗火山诞生以后崛起的第一座火山。

约鲁罗火山离它的新兄弟不远，坐汽车两小时可到达。1759年9月28日约鲁罗火山问世，洪堡[1]到墨西哥旅行的一个原因就是想面对面地亲眼看看这座当时世界上最年轻的山。他看到它时，约鲁罗火山已经度过了四十四个年头。在这段时间里，约鲁罗火山仍在活动；火山熔岩的温度非常高，洪堡曾在一块圆锥形火成岩上点着过雪茄。当地还有目击者活着。他们为洪堡描写火山的诞生提供了很多材料。他当然很愿意像普里尼乌斯[2]目睹维苏威火[3]的喷发和庞贝城的毁灭那样，亲眼看见约鲁罗火山的喷发。

今天，如果洪堡还在世，也能到这里来观察的话，他就会发现，他的关于存在一条火山带的理论得到了证实，他会感



---

❶亚历山大·洪堡（1769—1859），德国科学家兼游记作家。

❷普里尼乌斯（23或24—79），拉丁语作家。

❸维苏威火山，位于意大利南部，高1281米，公元79年大爆发，毁灭了庞贝城。

到极大的满足。

根据洪堡的理论，"北纬18.59度和19.12度之间，在地球内部很深处有一条裂缝，东西走向，长达九百公里。火山熔岩在不同时间，从墨西哥湾海岸到太平洋西南部，通过这条裂缝向外喷发。"此刻，就在洪堡提出的界线附近，即北纬19.21度(西经102.19度)，帕里库丁火山正在形成。

这新生儿将以"帕里库丁火山"的名字载入地质学和火山史，因为这座火山选择了帕里库丁村作为它的诞生地和永久居留地。这个村子有居民一百八十五人，全部是塔拉斯柯斯部落的印第安人。那位迪奥尼西奥·普利多是这个村的居民之一。他亲眼看见了他那种了多年的、安分守己的土地突然向上隆起，他想，他的土地完了，再也不值分文了。

迪奥尼西奥·普利多向我诉苦说："我损失了两法纳格[1]玉米。"他向我讲了他看到的"末日"降临时的情景。他自己脱了险，他的两头骡子也跟在他后面飞跑出来。但是，他辛辛苦苦种的、已经可以收获的两法纳格玉米——可收110公升——却被永远埋进了山底。

他发誓说："从那时起我一口饭都没有吃。"这话听起来很不可信，但我不得不相信他。他是对着巴兰嘎里库蒂罗的圣像发誓说这句话的。他知道，圣像就在面前，能听见他说的

[1]法纳格，印第安人容量单位，合55.5公升。

话，即刻出现在这里，他说谎神就会惩罚他。要是迪奥尼西奥·普利多发十次誓，说他火山爆发以来没有喝过一滴酒，我是不会相信他的。从他口中散发出一股浓浓的当地很普遍的甘蔗烧酒味。

"我损失了两法纳格玉米，我的地也永远毁了。"

"可您有了一座火山哪！"

"唉，先生，火山有什么用？"

其实，我可以回答迪奥尼西奥，火山也并不是完全没有价值。几十年以前，墨西哥共和国曾把一座火山作为勋章赠送给波波卡特贝特将军。将军死后，波波卡特贝特火山公开拍卖，索价两千五百万比索。洛克菲勒想把它买下开采硫矿，却没有买到手。如果洛克菲勒的后代想买，迪奥尼西奥·普利多可以把火山卖给他们。不过，可以肯定，卖了，他也得不到几个钱，至多不过喝几杯甘蔗烧酒。现在，他的土地已开始成了旅游对象，可他也并没有捞到什么好处。

在离火山最近的大城市乌鲁阿斑，出租汽车生意非常兴隆。货车车主什么货也不运了，专门租给旅游者，把他们送到火山去。车费上涨的速度比火山升高的速度还快。乌鲁阿斑离帕里库丁约二十六公里，汽车要穿过没有路的泰本亭森林，整个行程需要六个来小时。到达目的地时，旅客被颠得骨架子都散了。

火山周围的空地上摆满了用木板和干树枝搭起的货摊，

出售可口可乐、卷饼和米却肯州的特产果料面包“阿堤”。摊贩都是巴兰嘎里库蒂罗地方圣胡安村的居民。他们并不是一点没有准备就做起生意来的。巴兰嘎里库蒂罗是一个朝圣地。每年九月十九日，成百上千的信徒到这里来参加神奇基督节。当地居民全都是虔诚的天主教徒；政治上他们属西那克维斯塔派，即法西斯。法西斯分子首先在落后地区花去大量经费做宣传。但是这并没有影响当地人狂热支持民主党人，前总统拉萨罗·卡德纳斯[1]。卡德纳斯给了他们土地，法西斯分子给他们的许诺则更多。

当地人说：“我们都是穷人，靠种地过活。现钱只有在九月朝圣时才能赚到一点。”他们都十分虔诚，认为火山爆发是上帝的惩罚。因为一个放荡女人勾引了当地许多有妇之夫，罪孽深重。火山一爆发，居民们都跑光了。只有几十个志愿人员留下来守护神奇的基督。过了三天，逃跑的人又回到家里，在火山周围搭起货摊。女人们在货摊里卖东西，男人们陪同游客去攀登火山四周的小山丘，得到一些报酬。他们用木棒把熔岩从岩墙上敲下，撒上一泡尿让石头冷却下来。他们把这样冷却后的石块卖给游客，生意比朝圣日还好得多。

我对他们说：“上帝的这种惩罚倒不坏。”

他们不好意思地笑了，显然同意我的话；不过，他们是否

[1]拉萨罗·卡德纳斯（1895—1970），1934至1940年任墨西哥总统。

真的赞同我的话，我就无法证明了。

赵登荣　译

# 山的死亡(外一篇)

〔法国〕米什莱





在一切道路中我最喜欢历史上人们走过的康庄大道，比如说要进入意大利，我比较喜欢的还是那些坡度平缓的古道——这种自古有之的官道，如塞尼斯[1]、圣哥达[2]等都是，而不是森布隆的那种陡峻的坡路。倘若要去昂加蒂纳，我也是走从于利埃经过的通常路径。[3]我宁愿放弃另外一条途经斯芙吕加的路，那条路固然很好，但是它简直令人困倦，我看不到使我感觉兴趣的东西。直至与瑞士格里宗相对，这一下我才算进入了意境绝佳的地方。

---

❶阿尔卑斯山脉的一部分，地处沙伏瓦至庇埃蒙之间。
❷在瑞士南部。
❸于利埃在昂加蒂纳西北。

于利埃这条路四季通行，因此人们总是选这条路。远在裘力斯·恺撒以前，这条路就这样称呼，据说，这个民族曾以奉献给凯尔特人的某位神祇的名义，在最高的山巅上安置了两根长长的糙石巨柱。在这儿还可以找到往昔占领过本地区的古罗马人的钱币，这说明当时罗马人经常路过这里。

中世纪时，十字军、商贾或朝圣者都取此通路，只有莱茵河苏阿卜地方的人，在前往威尼斯(这是东方的大门)时是向希腊或是埃及、塞浦路斯、耶路撒冷一带走。

在距离古代格里兹三州加盟处稍后一点的地方，景物愈益佳美，开阔雄奇。人们总是从下面走，或左或右，山泉急湍，壮丽非凡，泡沫四溅，涌注跳跃，形成飞瀑，一投入深涧。面对此景令你不得不感到头晕目眩。水甚纯净，清可见底，仿佛染上了一层青黛，与深湛的莱茵河恰成强烈的对照。平常人们看到这莱茵河几乎像青石似的，巴塞尔或斯特拉斯堡一带的河面纯是一抹灰色。对！这清澄的激流，它就是莱茵河，未被下游乌黑的杂物所污染的莱茵河。可是，这条河，猛烈地在这崩坍了的石灰岩中间冲出一条路来，它既然运载着如许漂流的碎屑，怎么会这样明亮呢？我简直不明白。我看见河流在悬崖峭壁之下，磨得半光，由于丧失了尊荣，竟毫无留恋之意。我看见四只小山羊以惊人的敏捷，带着坚韧而轻盈的雅致，冒险走下这块正在崩坍的土地，时而纵身一跃，跳向一座绿岛，不禁令人战栗。为了一撮青草竟然敢冒这么大的危险！

莱茵河的这一段居民讲意大利语，不讲德语。我们听见人们言谈中在响亮的意大利话里夹杂着古老的拉丁罗马语[1]；荒山野坡，既无林木，又无草地，我敢说此间正由于这种充满智慧的美丽语言而变得欢欣快活，熠熠生辉。这种语言跟纤丽的花儿，跟我第一次见到的靓妙纯朴的亚平宁山的诸种植物正相映衬，相得益彰。有几个长着一双又黑又大的眼睛、十分漂亮的孩子把这种语言和花枝扔给我们。

但逐渐，这一切都终止了，孩子没有了，甚至连草也没有了，只剩下石头。一片岑寂。尽管七月如此俏丽，太阳光如此明艳，但公路上却十分凄凉。公路经过的于利埃冰斗异常宽广，其间塞满了碎土乱石。

沿着整个公路走过时，我常有个想法：山在逐渐死亡。羸弱多病的森林已经无法支撑住这片土地了。稀疏的矮树，消失了的森林的残枝再也无法拖延，无法逃避死亡了。开阔的岩沟（他们这样称呼这些荒凉的、冲成了沟的场所）任凭石头泥土冲过，纷纷陨落，若是说在这条路上你不必害怕雪崩，那么沙土、灰尘、碎石却时时威胁着行人。梁木碎片、乱石瓦砾能把人冲到公路下面去。这比雪块还要令人哀伤。

这些岩沟在阿尔卑斯山和汝拉山都常见到，裸露的地表常常有许多特异的规则形状，晶莹的石灰石遗留下不少石质

[1]格里宗地方的居民有一部分讲这种来源于拉丁语的语言。

牙槽，样子像个凄凉的干僵的蜂巢。

我们站在山冈上望见许多“魔鬼坟”(瑞士人都是这样称呼它)，一堆堆乱石起伏于荒烟蔓草之间，宛如白骨。散落的枯骨没有青冢可以安息，火一般的骄阳，烈焰四射，石头都给晒得干巴巴的，什么也不到这地方来。牧羊人和猎手远远地避开它们。人们不能在上面行走。若是母牛因为被暴风雨所惊骇而窜身进入其间，在这乱石的迷宫中又怎么能找到它们呢？水流到这儿也形成不了泉眼。无数裂缝的岩石把什么都漏走了，不管是熔浆还是雨水，只要注入某一洞隙，某个狭窄的漏斗，就深深地钻进了云壑幽穴。

这险峻的基部约有四五千尺都被杜鹃花、野刺柏所遮盖住了。有时也会失误，被一点点草坪、野花所吸引。在这些花下面水暗暗地起着侵蚀作用，到了时候，某一天，那丑陋的裸露部分就会暴露出来，那儿就什么也不能恢复了。

于利埃的冰斗，异常雄伟，上接峰顶呈深灰色，覆盖在上面的皑皑白雪有些已经融化，这伤心地表明了阿尔卑斯山脉这座巨大的墙壁将来必然会崩溃。据我看，这儿的雪不是冰川，一片银白色的绝少；虽然今年季节姗姗来迟，但积雪都已大大地起了变化，这边翘了起来，那边相反的则在后退，凹陷，略微发黄，后来又变成黑灰，随着泥土化去。究竟是什么使这些乱石堆显露出来的呢？仅仅是雪吗？雪，还有南方的大风，Le Foehn，Le Sirocco[1]。风说："把沙漠暴露出来吧，是撒哈拉派我来的。我有什么办法呢？"

对我来说，雪和风，还有沙漠；我原谅它们。我只暴露人。

"我吗？"它说，"在我从未登临过的这些高山顶上我能做什么呢？"

在高山顶上吗？什么都不能做。许多都在山坡上，在下面峰顶倚靠的阶地上。

雪大概年年会落满山顶的。那些积雪大概总是在七月间融化；不过雪堆砉裂，于是散成无数小溪，如果人类不去砍伐古老的森林，如果斧头不去破坏为我们的祖先所尊荣、今天仍然生机蓬勃的绿色栅栏，就不会汇合成激湍奔流。

在最严酷的地方人们说："大自然断了气啦，"从前它曾经给予过生命的。什么也不会使它气馁。它有意创造出许多粗壮、坚强而不可驯服的东西，与恶劣气候抗衡，这我能说什么呢？这些东西正是在它的严酷中获得了力量。在荒凉悲怆的于利埃冰斗里，什么都已倒塌下来，那儿大概只有三间草房躲过了陨落如雨的乱石，仍然留在中间。我想，那边总还有不少树支撑住斜坡，兴许从前是一座蓊郁的森林吧。我们总还看得见遗留下的印迹，这标记无法否认，表明那边往昔曾经有过一片密林。我满怀赞美地看着那儿两棵树树，两棵高

---

[1]德国阿尔卑斯山区把这种南方的大风叫 Foehn，意大利境内叫 Sirocco。

耸入云的红松,友爱地互相倚傍、支持着,兴许它们的根须也连结在一起吧。它们处于一块相当宽阔、拦起的空地的中心。难道这就是生活在那里的五六个可怜的人墓地吗?至少,这些珍贵的树木是他们的安慰,兴许这就是他们的钟楼,他们的教堂吧。人们很懂得在这里庙宇可能就是这些树。他们朝天空高高伸出强有力的胳膊,仿佛有七个支架的巨型烛台。

生活在这里的人们,就像发出一项悲哀的抗议似的,说道:"永远熄灭吧。"





## 山的魅力和危险

山里人对于山的看法与我们不同。他们对山十分依恋,老是想返回到它的身边,但跟别人谈起来,却总把它称作"敝地"。白花花的、玻璃似的山泉急促地跳跃着汩汩涌出,人们叫它"野溪"。乌黑的杉树林,常年高挂在悬崖峭壁之间,一片和平肃穆景色。这正是他们拼搏、他们大显身手的地方。在一年最寒冷的季节,田间劳作都已停辍,山里人就向森林进攻。战争持续的时间相当长,而且其中危机四伏。并不只是砍伐林木,把木头段子推下去了事,还得安排运输,必须把它们在中途取出,使它们在湍急的河床中不致乱蹦乱跳。战败者往往成为胜利者的克星,树木则是樵夫的灾难。森林里潜藏着孤儿寡妇的伤心史。对于妇女和全家来说,一种充满了悲哀的恐怖笼罩在这崇山峻岭之间，树林带着积雪，一道黑一道白地在远山那边阴郁地浮现出来。

从前，冰川是一种可厌的东西；人们往往对它侧目而视。萨伏瓦❶人把勃朗峰❷的冰川称做“魔山”。在瑞士德语区那些乡村的古代传说中总是诅咒冰川，说它简直是地狱。愿灾难降临在那些悭吝的妇女头上吧，她们对待自己年迈的父亲也硬心肠，严冬季节，也不给他烤火！于是上天惩罚她，使她不得不带着一条凶恶的黑狗，在冰天雪地里流浪，蹀躞，不能休息。在最残酷的冬夜，家家都在炉边向火，人们看到在那高山上有个白色的女人，浑身颤抖着，在水晶般的峰尖上踉跄而行。

在这魔鬼的涧谷中，时时刻刻，容弗洛峰❸顶的雪块不断崩裂，爆发出一阵阵响声，这是那些该诅咒的男爵、凶恶的骑士吧，他们大概每天夜里都在互相碰撞他们的铁额头吧。

斯堪的那维亚的古代传说中那高大可怕的神道，怪诞地说明了人们对山的恐惧。那里的山宝藏丰富，由相貌丑陋的地精守护着，其中还有一个力大无穷的侏儒。有一位冷酷无情的女神坐镇在冰雪城堡的宝座上，她前额缀满钻石，向所有的英雄们挑战，她笑起来比冬天苦寒的容色还要凄厉。有

❶法国东南部一个省份，境内大山横亘(阿尔卑斯山)。
❷欧洲阿尔卑斯山第一高峰(4807米)。
❸容弗洛峰(Jungfrau)是瑞士伯尔尼附近的阿尔卑斯山的一座山峰。

些冒里冒失的小子轻率攀登上去，最后到达死亡之床，就像给捆绑着似的，留在那儿，跟水晶的妻子举行永恒的婚礼。

在所有令人心情激荡的角逐中最了不起的肯定要数猎岩羚羊了。在这件事里，危险正是其中的魅力；这是一场真正的山中狩猎，收获倒不仅仅是猎取那些胆怯的野兽。人们个对个地跟它格斗，然后将它捕获，瞧它那瑟瑟发抖害怕的样子。它拥有真实和幻想：坚冰、浓雾、山涧、裂罅、骗人的距离、虚构的前景、令人眩晕的、无节制的巡逻。更何况人们热衷此道呢。这些人尽管谨慎，但非常容易激动。沉浸在狂喜中，没有什么比在悬崖边沿追逐野兽更叫人感到这种战栗的快乐的了，这小小的狡猾的有角动物逗引得热衷者十分开心。深深的涧谷在惊慌的眼神下面打起了转转儿，贪婪觅食的秃鹫在头上不住盘旋，这又别是一番乐趣！……去年，老的，曾蹦跳过一次，现在又该轮到小的了。它们之中有一个，刚刚跟它深深爱慕的女孩子结了婚，却没有少跟索绪尔说上一句："先生，这没什么。就像我父亲死在这儿那样，我，也得死在这儿。"三个月后，它果然实现了自己的诺言。

冬天，当大家围炉取暖时，猎人（这个区域的权威人物）谈起他在这些冰川周围巡行时所看到的一切，多么聚精会神！倾听他叙述自己当时凝目于可怕的巨大的蔚蓝色裂罅时的感受，又是多么胆战心惊！"我嘛，"他继续说道，"我也曾亲眼看见过，在二三十法尺，有时甚至一百法尺高的隆皱下面，那许多晶莹夺目的水晶岩洞几乎是直达地层。多少水晶或是钻石。谁能梦想到这些事呢？轻信的萨伏瓦人心跳得多么厉害！哦！谁能攀登上去呢？这是一大笔现成的财富。六十年的苦难，像脚夫或掏烟囱的人一样，搬啊掏啊，又做了多少！只要放开胆子，坚决干去就行……要想在魔鬼那儿偷盗点什么多难？正是他，要不就是他的那些女仙在那儿看守他们的钻石。”

为了他能有勇气攀登，跨越过岩羚羊经过处的高度，必须有这些宝藏的喧嚣，必须有这个混淆了钟乳石和水晶岩、水晶和钻石的无知的想象，我知道什么呢？人们没有找到这一切，但是人们找到了勃朗峰。

徐知免　译

# 前往喜马拉雅山

〔印度〕泰戈尔





削发、左肩挂圣线的宗教仪式即将举行，我急得整天抓耳挠腮，愁眉苦脸。挂着那玩意儿怎么去上学？洋人的孩子对印度的牛抱有浓厚的兴趣，但绝不会看得起我这个年幼的婆罗门❶！即便不朝我的光头投掷什么破烂取乐，奚落嘲笑是免不了的哩。

正当我心事重重的时候，我被叫上三楼。父亲问我，想不想跟他去喜马拉雅山。我便石破天惊地大叫一声"想"，这是道出我真实心情的回答。我就读的孟加拉学院附小，岂可与神奇的喜马拉雅山同日而语！

---

❶泰戈尔家族的种性是婆罗门。

前往喜马拉雅山之前，我们先得在波罗普尔住几天。

不久前，二哥萨登特罗那德曾和父母游览波罗普尔。我听他讲的旅行故事，十九世纪高楣名门的见过世面的少爷绝不会相信。我那时尚未学会准确判断哪儿是可能与不可能的界线，卡里达斯❶、伽斯罗摩达希❷对我不肯鼎力相助，彩色连环画和小人书也不提醒我注意分辨真假。我是上了当，摔了跤，才晓得人世间凡事都有铁的规律。

二哥煞有介事地对我介绍，没有特别的能耐，上火车非常危险，脚一滑就完了。火车启动时，必须使出吃奶的力气坐稳，不然让人一推，便没影儿了。我走进车站，心里真有点忐忑不安。等我毫不费劲地上了火车，还猜想真正的"上火车"在后面哩。

火车轻快地启动了，我仍未发现任何危险的征兆，感到十分扫兴。

火车向前飞奔，列车两侧，一排排绿树镶嵌的广阔原野，葱郁树木掩映的一座座村落，画一般迅速往后滑动，仿佛蜃景里的湍流。日暮时分，我们准点抵达波罗普尔。上了轿，我立即闭上眼睛。我宁愿波罗普尔的一切奇迹明天闪现在我清醒的眼前，提前在苍茫暮色中窥见奇迹的影子，明天的乐趣将是不完整的了。

---

❶卡里达斯(1385—？)曾用孟加拉语改写梵文史诗《罗摩衍那》。
❷伽斯罗摩达希于18世纪用孟加拉语翻译梵文史诗《摩诃波罗多》。

翌日清晨，我怀着怦怦跳动的心走到外面。先于我游览此地的二哥告诉我，波罗普尔与世界其他地方最明显的不同之处，是当地的卧房与院里厨房之间的甬道上，尽管没有布篷什么的，走在甬道上，却完全感受不到阳光的照耀和清风的吹拂。我到处寻找这种甬道，读者听了大概不会觉得奇怪，我至今尚未找到。

我是在城里长大的孩子，从未见到稻田。书中读到放牛娃的故事，就在想象的画布上，一丝不苟地勾画放牛娃的容貌。我从二哥口中得知，波罗普尔遍野是金黄的稻谷。和牧童做游戏，是他每天必做的事情。主要的游戏，是从稻田运来雪白的大米，煮成香喷喷的米饭，和牧童坐在一起享用。




我急切地举目四望，唉，沙漠边缘地区哪有什么稻田！牧童可能在荒原的什么地方放牧，但一时无法和他们结识。

未遇见牧童的懊丧，转眼间云消雾散了。我观赏的景物，对我来说，已经够多的了。这儿，仆人不来管束我。职司方向的女神，用地平线在遥远的地方画了个大圆圈，我在圆圈里行动自由，不受干扰。

我当时还小，可父亲并不阻拦我外出游玩。旷野表层的土壤让雨水冲走，裸露出绛红的鹅卵石，形状奇异的小石堆，洞穴，一条条细流，颇似小人国的地貌。当地人称起伏的沙丘为“库亚伊”。我用衣摆兜着捡到的五颜六色的石子，欢天喜地地回到父亲身边。他没有现出不悦的神色，也不说我耐心地捡石子是可笑的举动。相反，他惊喜地赞叹：“啊，这些石子真好看，哪儿捡到的？”我洋洋得意：“还有好多好多，成千上万颗呢，我每天去捡。”“很好，很好，用石子装饰那座土山吧。”他为我出主意。

当地人挖池塘，因下面土质坚硬而作罢。挖出的泥土堆在南边，形成土山似的高台。父亲拂晓上高台坐在蒲团上祈祷，旭日在他前面的地平线上冉冉升起。他鼓动我用石子装饰的就是这个高台。离开波罗普尔回家的时候，我未能带回我捡的一堆堆石子，心里很难过。我还不懂得运石子不容易，运费惊人。其实，并不非要与攒积的东西保持关系不可。然而，心理上至今不愿接受那种事实。那天，天帝倘若大发慈悲，满足我的心愿，说：“你可以一辈子捧着那些石子。”此刻谈及此事，我恐怕笑不出声来了。

沙丘地里有一个蓄满雨水的深潭，碧澄的水漫过潭口，汩汩流向沙地，几条小鱼神气活现地逆水游泳。我异常兴奋地向父亲报告：“我发现了一股十分美丽的泉水，弄几罐来，可以喝，也可以冲澡。”

“太妙了！”父亲快活地附和，旋即派人去汲水，以此作为发现者的奖赏。

我常去勘探那片沙丘地，寻觅前人未发现的“矿藏”，我是面积不大、鲜为人知的这个小王国的李文斯顿[1]。这是用倒置的望远镜观察到的国度：沙丘低矮，涧水细瘦，孤零零几株矮小的野黑浆果树和野枣树，几条游鱼约一寸长。不消说，发现者也很小。

大概是为了培养我的责任心和谨慎办事的习惯，父亲给我几块钱，要我学算账，并把他那只昂贵的金表让我上弦，全然不管可能蒙受损失。

早晨，他带我出去散步，遇见化缘的僧人，吩咐我布施。最后结算，账目怎么也对不上，剩余的钱比账面上的数字多出许多。父亲跟我开玩笑："看来我应该聘你当我的账房先生，钱在你手里会膨胀哩。"

我及时而认真地为他的表上弦，由于认真得过了头，金表不久不得不寄回加尔各答修理。

父亲有一本梵语《摩诃婆罗多》，他喜欢的章节全画上记号。他叫我抄录那些章节及孟加拉语译文。我在家里是个无足轻重的男孩，此时受此重任，自然感到不胜荣幸。

送别了一本破旧的蓝色练习本，我搞到一本精美的日记本。从此，我的注意力集中在利用日记本及其考究的封面维护诗歌创作的光荣上面。写诗的同时，努力在想象的面前，树立自己的诗人形象。在波罗普尔逗留期间，我爱坐在花园旁

---

[1] 李文斯顿(1813—1871)，苏格兰传教士及非洲探险家。

边一株幼小的椰子树下，伸直腿，在纸上写满诗句。然而，充沛的激情未能使那些诗作免遭失传的下场，它们最合适的载体——封面考究的日记本，步它兄长（蓝色练习本）的后尘，也杳无踪影了。

离开了波罗普尔，我们先后在萨哈卜甘杰、达那普尔、阿拉哈巴德、坎普尔等地小住，尔后到达旁遮普省首府阿姆利则。

在我心目中，阿姆利则的金庙和天宫一样。好几天早晨，我跟随父亲前去瞻仰湖中央锡克教的庙宇。那里经常举行宗教活动。我父亲坐在锡克教徒中间，突然声调悠扬地与他们一道赞颂神明。他们听见一个异乡人竟能唱他们的颂神曲，惊异之余，极为热情地对他表示欢迎。他归来时总带着他们馈赠的冰糖和甜食。

我们在阿姆利则住了将近一个月，四月下旬，向达拉霍希进发。喜马拉雅山的热切召唤，已使我心神不定，在阿姆利则再也待不下去了。

我们乘坐滑竿上山，一路望见山谷里一片片早熟的春季作物，像蔓延的绚丽的火焰。我们早晨吃了牛奶、面饼起程，傍晚在一座客店里投宿。我怕漏看了什么，一整天眼睛睁得大大的。山路转弯处、沟壑里，挺拔的树木枝茂叶繁，浓荫匝地。山冈像千年修行的隐士，几泓涧水似他的女儿在他怀里撒娇，随后淙淙奔出冷寂的暗洞，穿过树荫，滑下苍苔斑斑的褐黑的岩石。脚夫在荫凉处放下滑竿，稍事休息。我在心里贪婪地说："为什么离开景色优美的山区呢？在这儿定居多么快活啊。"

到了帕格罗塔亚，我们住在最高的山峰上。虽说已是五月，天气仍然寒冷，阳光照不到的阴坡，冰雪尚未融化。住所下面的山坳里生长着一大片雪松。我常常拄着铁尖顶手杖，在树林里玩耍。巍然矗立的雪松像巨大的魔鬼，拖着长长的身影。他们都几百岁了，那天一个渺小的男孩坦然地在他们身边走来走去，他们对他没说一句话！进入树荫产生的特殊感觉，很像触到阴冷滑腻的蛇皮。树底下枯叶上糅杂的光影，有如远古巨蟒的奇特花纹。

靠外一间屋是我的卧室。夜里躺在床上，透过玻璃窗遥望，朦胧的星光下，山顶的积雪闪着暗淡的光泽。记不清多少天夜里，我睡眼惺忪地看见父亲身穿赭色道袍，端着蜡烛台，轻手轻脚走到外面镶玻璃的游廊里，坐下做宵祷。

凝望着红日喷薄升起，晨祷完毕，父亲喝一碗牛奶，命我肃立身侧，又诵念《奥义书》[1]中的经文，做一次祈祷。

之后，他带我出去散步。他走得很快，别说我，连成年仆人也跟不上他。途中，我只得走羊肠小道，抄近路赶回住所。

父亲回来后，我照例学一小时英语。十点左右，用冰冷的



---

❶婆罗门教的古老哲学经典之一。

雪水洗澡，一回也不许少。仆人不敢违抗他的命令往雪水里掺一瓢热水。为了壮我的胆，他讲述年轻时如何在不堪忍受的冷水里洗澡的情景。

喝牛奶对我来说是一桩苦差事。我父亲能一连喝好几碗牛奶，我不敢肯定能否继承他喝牛奶的本领。我必须跟他一起喝。无奈，只得求仆人做手脚。不知他们可怜我还是关心他们自己，往我碗里倒的奶沫往往比奶多。

用完午餐，父亲再次授课。但我已经支撑不住了，清晨丧失的睡眠开始报复过早的起床，我一面听课一面打瞌睡。看我实在不行了，父亲宣布下课。可一刹间我的困意冰消雪化了，精神抖擞地出了大门，朝众山之王——喜马拉雅山奔去。

白开元　译

# 登富士山

〔日本〕小泉八云





日本最美的景色，而且无疑是世界最美的景色之一，是晴朗无云的日子里富士山的远影，尤其是在春秋佳日，山顶大部分覆盖着新雪或早先的积雪的时候。这时，你难以把它无雪的底部区别出来，因为它跟长空一色：你只看到那似乎垂悬在空中的白圆锥体；日本人把它的形状比作一把倒置的半开的折扇，而从有刻痕的山巅往下伸展的悦目的条纹，约莫像扇骨的样子，使这个比拟显得异常贴切。这把想象中的扇子——更确切地说是一把臆想出来的扇子的幻影，仿佛比扇子甚至还轻；可是那一百英里以外的物质实体在这个星球的群山当中却是壮丽非凡的。它以接近一万二千五百英尺的高度巍然耸立，从全国的十三个地区都能看到。然而它却是最易攀登的高山之一;一千年来每至夏季都有大批朝拜者前来登山，因为它不仅是一座圣山，而且是日本最神圣的高山——这个被称为神土的国家的最神圣的绝顶——至高无上的祭日之坛;因而所有敬仰那些源远流长的神明的人们认为一生中至少登上它一次是他们的本分。所以全国各地的香客每年都要踏上朝拜富士山之途,各省差不多都有朝山者的团体——富士社——这是为了协助那些渴望朝拜这座圣山的人们而组织起来的。倘若这一表示虔诚信仰之举不能由本人实行,那起码也要请人代理。任何小村,不管如何荒僻,有时可以派一个代表来富士山的神祠前祈祷;从崇高的绝顶上向初升的朝日致敬。一个富士山的香客队伍可以由一百个不同的居民点的成员组成。日本两种民族宗教都尊崇富士山。神道教的富士山山神是一位美丽的女性“Ko-no-hana-saku-ya-himé”[1],她在火中诞育她的儿女而毫无痛苦,她的名字的意思是“像树上的花那样怒放”,或者如某些注家阐释的:“使百花盛开”。她的祠庙在山顶。古籍中曾记载有凡人看见她在火山喷火口的边缘上方盘旋,如一朵璀璨的云。她的隐形的侍从守望等待在悬崖绝壁上,倘若有人胆敢怀着亵渎的念头接近她的祠庙,就把他推下去……佛教爱戴这宏伟的山峰,因为它的形状像圣洁的白莲的蓓蕾,它顶上的八个尖

[1]日语直译为:“木花之开耶姬”。

点有如莲花的八瓣,象征:观、志、言、行、生、力、意、思八种智慧。

但是有关富士山的种种传说故事，如它一夜之间从地上冒出来——尖尖的宝石骤雨般一度从它洒下尘寰——一千一百年前在它的峰顶建立的第一所庙宇——那个光芒四射的女神把一位天皇引诱到火山喷火口，以后就再没有人看见他，可是他的小小的神龛设在他消失的地方仍然受到人们的膜拜——每天朝山者脚下踩落的沙砾夜间又回到它们原来的地方——等等,所有这些不都写在书里面了吗?关于富士山真没有多少留给我来说的了，除开我自己登山的经历。





我是经御殿场市❶这条路上山的——风景最平淡,不过也许在可供选择的六或七条上山之路当中是最容易的一条。御殿场是一个主要由接待朝山者的小旅店组成的小村镇。从东京坐三小时的东海道干线火车就可到达,这条铁路线接近这座强大的火山周围地区时就升高了,长达数英里。御殿场市的海拔有两千多英尺,地势相当高,因此在最热的季节也还比较凉爽。它周围露天的郊野向富士山倾斜,但坡度是这么陡峭,所以台地看来差不多跟视线平行。在完全晴朗的天气里,从御殿场放眼望去,富士山好像近得逼人——

❶御殿场市:在静冈县富士山东麓。

由于紧贴而令人生畏——虽然实际上却相隔好几英里。在多雨的季节，一天之内它可能时隐时现多次——像一个硕大的幽灵。但在我作为一个朝山者进入御殿场的那个灰蒙蒙的八月清晨，景物都笼罩在弥漫的雾气里；富士山完全看不到。当天我到得太迟，已不能做登山的尝试；不过我立即为次日之行做准备，雇了两名有经验的登山向导，一看到他们宽阔诚实的面貌和健壮的体格，我感到放心多了。他们提供我一支香客用的拐杖，厚重的蓝色分趾袜，一顶形似富士山的草帽，以及朝山者的其他装备——他们嘱咐我早晨四点出发。

下文是由途中所作的笔记组成，因为在登山过程中所记必然是匆匆落笔而不完善的，所以后来又作了充实和扩大。




1897年8月24日

打开我住的小旅店房间的门，下面是一座阳台，阳台上方的绳子上挂着数百条毛巾像旗帜一样——蓝的、白的毛巾，上面用汉字印着香客的姓名和富士山神的名字。这是送给旅店的礼物，做广告之用……到处是一片灰蒙蒙的，天空下着雨。富士山老是看不见。

8月25日

晨三点三十分——没有睡着；从山上归来的成群的香客

整夜喧哗——经常以拍手召唤仆役；——在邻室摆开酒宴唱歌；每隔几分钟就爆发出使人惊恐的笑声……早餐有汤、鱼和米饭。向导身穿职业服到来，发现我已准备好。然而他们坚持要我把穿好的衣服重新脱下以便把内衣穿厚些；——警告我即使山下是大暑(夏季最热的时期)，山顶却是大寒(冬天最冷的时期)。然后他们先出发，挑着食品和沉重的衣包……一辆人力车等着我，有三个车夫，两个拉，一个推，因为上山将是费力气的活。使用人力车我可登到五千英尺的高度。

清晨漆黑而微寒，细雨霏霏；但我很快将在雨云之上。……村镇的灯光在我们的身后消失；——人力车沿着一条乡间的道路滚滚向前。最前的车夫的纸灯笼照射出摆动的光圈，在光圈之外，什么也看不清；可是我能模模糊糊地辨认出树木的轮廓以及房屋轮廓——农民的屋顶陡峭的房子。

潮润的空气里渐渐弥漫灰暗淡弱的天光。天色透过细雨而开始破晓。景物由于熹微的晨光而渐渐完形。道路通过一片稀疏的树林。偶尔我们经过屋顶高高的房子，屋顶是用茅草盖的，样子看来像农舍；但是耕作过的田地哪儿也看不见……

开阔的田野上分布着一丛一丛的树木——落叶松和松树。天边只看见参差不齐的树梢，好像是在一大片丘陵地之上。看不见富士山的一点踪影……我头一次看见道路是黑的，显然是黑色的沙子和碎渣，火山灰的渣，人力车的车轮和车夫的双脚陷下去发出吱嘎吱嘎的声音。

雨停了，天色成为较清明的灰色。在我们继续前行时，树木在数量上见少，在体积上见小。

我一直看作天边的，在我们前面，意外地豁然分开，开始向左右两方曲折地伸展。在巨大的断裂处，出现深青色的一堆团块，那是富士山的一部分。几乎与此同时，在我们身后太阳穿出云层；但是道路现在进入覆盖一条低矮的山脊底部的矮林，视野就给截断了。息止在一幢林中小屋前——香客们的一个休息地——这儿找到了向导，他们比车夫快得多地走在前面，正等着我们。购买鸡蛋，向导把蛋裹在一条狭狭的草席内；——把草席用一条草绳在鸡蛋之间系紧——所以这串鸡蛋在外表上有点像一串香肠……雇了一匹马。

我们行进时天色放晴；皓白的阳光普照万物。道路又向上升。我们到达一片荒地。在右前方，富士山再度出现——一无遮拦地直到山顶——浩大惊人，好像新从地下冒出来的。再没有比它更美的了。一个巨大的蓝色圆锥体——使人觉得温热的蓝色，透过还没有给太阳消散的雾气几乎呈紫罗兰色——靠近山顶有两道白色的纹理，那是两条充满积雪的大沟，虽然从我们所在的位置望去几乎还不到一英寸长。然而那山的风姿绰约与其说由于色彩，还不如说由于对称——美丽的曲线的对称，其弯曲部分恰如一根电缆的弧形部分伸展在一片过于宽广的空间上，即使拉得绷紧，也还有余地。（这个比拟不是当时想到的：这些线条的优美最初给我的印象是属女性的——我觉得我想到的是颈肩之间优美的倾斜度）我能想象到困难莫过于一见就能画下来。可是日本的画师，通过他们的画笔，以高妙的技巧——这种技巧是书画家们世代相传的——面临这个难题却不难解决：他只在一秒钟内用流畅的两笔就把轮廓描出来，然后设法使线条达到精确逼真——很像一个职业的射手，不必有意识地瞄准，而是通过手眼并用的长期习惯就可以射中鹄的。




## 二

我看到向导在远处匆匆前行——其中一名把鸡蛋挂在脖子上！这时不再看到名符其实的树木，只有分散的跟灌木相似的植被。黑色的道路形成一条曲线通过一片青草丛生的广袤的丘陵地带；我看到在绿色的表层中有大片黑色的块块——覆盖着火山灰与火山渣的赤裸裸的空白地；说明这层薄薄的绿色表面下是近期火山爆发后大量的沉积物……载于史册的一次史实是，整个这一地区在1907年由于富士山侧的一次爆发而深埋在二码之下。即使在远处的东京覆盖屋顶的火山灰也达十六厘米厚。这一地区没有农田，因为缺乏真正的土壤；也没有水。但是火山造成的破坏并不是永远的。它的爆发也给土地施肥。“百花盛开”的女神将会在未来数百年之后使这片荒野之地再度嫣然微笑。

……绿色表层上的黑色裂痕愈来愈多愈大。少数矮小的灌木仍跟荒草交杂……雾气正在消散：富士山在渐渐变色，它不再是发红的蓝色，而是暗得发滞的蓝色。先前被升起的地面隐匿起来的起伏不平在大曲线的较低部分显露出来，在左方其中有一处——形状像一只驼峰——相当于上次火山大爆发的中心。

现在土地不是带黑斑块的绿色，而是杂有绿斑块的黑色。向山顶方向的绿色斑块在显著减少。灌木丛消失了。人力车的车轮和车夫的脚印更深地陷进火山沙中……现在把马用绳子套在人力车上，我可以前进得快些了。可是山依然似乎那么远；我们实际是在它的一侧爬上去，海拔高达五千多英尺。

富士山一点也不再是蓝色的了。它是黑色的——炭一般黑——明显一堆可怕的熄灭后的火山灰烬与熔岩的残渣……大部分绿色已经消失。一切幻觉也都破灭了，只有赤裸裸的巨大的黑色实体——愈来愈变得更轮廓分明，更可怖，形状更难看，使人的感觉为之麻木，陷进一场噩梦……上方——好几英里上方——黑地上成块的白雪耀眼地或微微地闪光——叫人讨厌。我想起我曾经见过的一个头骨——一个女人的头骨——的闪光的牙齿——这头骨的其他部分烧成了一团松脆易碎的黑炭。

所以，地球上如果不是最美的，也是最美的景色之一，就转化为一片恐怖和死亡的景象……但是难道人的理想，像从远处看富士山的美，不是由死亡和痛苦的力量所创造出来的吗？——难道类似人类理想的一切事物，透过那层由我们继承下来具有纪念性质的魔力的迷雾，回过头去看不也是死亡的成品吗？

## 三

绿色完全不见——一切都是黑色——没有道路——只有黑沙形成的一片大荒漠，成为斜坡，渐渐狭窄地朝那炫目的像在咧嘴而笑的片片雪块而上。可是有一条小径——一条微黄色的小径是由朝山者扔下的数不清的废草鞋铺成的。草鞋很快就在这种黑色的沙砾上磨损了，旅途上每个香客都带上几双。倘若我独自登山，我也能循着这些破草鞋找到路径，一道黄色的条纹弯弯曲曲地穿越那一片黑色直到在视野中消失。

早晨六点四十分——我们抵达太郎坊,登上十个休息站的第一站:高度六千英尺。休息站是一幢大的木头房子,其中有两间装修起来作为出售手杖、帽子、雨衣、草鞋——香客需要的种种东西——的商店。我们在这里发现一个流动摄影师,他卖富士山的风景照,既便宜又好……向导在此进他们的头餐,我则休息。人力车不能再上去了;我打发了我的三名车夫,但把马保留——一匹温驯和稳当的牲口;我可以骑着它大胆走上下一个站,二分半站[1]。

从二分半站开始走上那黑沙的斜坡,使马保持常步。二分半站在当季关闭了,我们未能进去……斜坡变得陡峭如楼梯,继续骑马将会有危险。下马准备攀登。寒风吹得那么厉害,我不得不系紧帽子。一名向导从他的腰上解下一根长而结实的棉腰带,给我拿住一头,他把另一头通过自己肩上拉着。然后他跟沙地形成一个角度以稳而短的步伐前行,我跟着;另一名向导则紧随在我后面以防我滑倒。

这段路的攀登没有发生什么非常困难的事情,除了在沙砾和火山渣上行走的劳累;那宛若是走在沙丘上。我们盘旋

❶日语为二合半目站,即第二站与第三站之间的中途站。整个登山的路程大致均分为十合目。

曲折地爬上去。沙随风而移动;我稍微有一点紧张之感——只是下意识的而非意识到的;因为我一直密切注视着沙子,它的高度增长超过深度……得小心地注意我的步伐,经常用我的拐杖,由于坡度现在非常陡峭。我们在一片白茫茫的大雾中——穿过云层!即使我想回顾,透过雾气什么也看不见,不过我一点想往后看的意思也没有。风突然停息——大概被一道山脊所阻截;出现一片沉寂,从我在西印度群岛时起就记得:在高处特有的宁静。它只被我脚下火山灰的吱嘎吱嘎声所打破。我可以清晰地听到我的心跳声。向导告诉我:我腰弯得过分了——叫我挺直走,起步时总是先放脚跟。我照着这么做,发现果然省劲儿些。不过爬越这些沙子与火山灰的讨厌的混合物开始费劲吃力了。我冒汗喘气。向导要我把"尊嘴"闭上,只通过"尊鼻"呼吸❶。

我们又走出了大雾……我蓦然一下看到我们的上方不远处,在山的正面有一个方洞样的东西——一扇门……那是第三个休息站的门——这个站是一幢木头盖的小屋,半埋在黑色的流动火山灰渣里……再度坐下休息是多么令人高兴啊——即使是在一片从柴火冒出的烟雾中和给烟熏得乌黑的椽子下!时间,上午八时三十分,高度七千零八十五英尺。




---

❶这里作者是幽默地表达向导的原话。

尽管有木柴的烟雾，在休息站里面还是够舒服的，有干净的席子，甚至供下跪的垫子。当然没有窗户，除开正没有其他的出口，因为这座建筑物多半部分埋在山腰……我们进午餐……站长告诉我们有一名大学生从御殿场走到山顶又下来——穿的是木屐。木屐也就是沉甸甸的木鞋，或木底鞋，仅仅用一根皮带穿过拇指与第二指之间。这名大学生的双足准是钢铁造的！

休息过了，我走出去看看四周的环境。远在下方呈巨大的花环状的白云在风景上浮滚。小屋的上方，那稳稳的圆锥体直耸霄汉，仿佛真的在它上面慢慢移动下来。但令人惊奇的景象是那往左方下倾的大得异乎寻常的斜坡的线条——现在这是一条没有显示任何弧形的线，往下直穿白云之下，往上则伸到只有神才知道的地方（因我看不到头），笔直如拉紧的弓弦。右侧岩石累累，而且不成整块。至于左侧我从未想到可能是如此绝对笔直而又平匀的一条线，以这么令人惊异的角度延伸开去这么一大段距离，甚至出现在一座火山上。那黑压压的一片使我感到晕眩，也给我完全陌生的感觉，使我纳闷。这样的整齐显得不自然、可怖；甚至似乎是人为的——可是它的规模只有超人和恶魔才干得出来。我想象得到假使从上面掉下去那会要掉好多英里。绝对没有什么东西可以抓住。但是向导对我担保在山坡上没有危险：脚下全是柔软的沙子。

# 四

虽然前一段登山路程的吃力费劲使我出汗出得又干又渴，现在汗已干了身体却感觉到冷……再次上去……开头像先前一样是通过火山灰和沙子；可是不久大块的石头就跟沙子混在一起了；道路渐渐变得更加陡峭起来……我常常滑倒。没有什么稳固的东西，没有什么东西站在上面可以坚持住；每走一步都有石头松动和火山灰渣滚下……如果一大块火山岩从上面断裂而掉下来，后果不堪设想！……尽管有助手和手杖，我还是继续滑跌，身体又出汗了。几乎每一块我踩上的石头都在脚下翻动。怎么向导的脚下却从没有石头转动呢？他们褐色的小而宽的脚板刚好成直角形，均衡地压在满布石头的坡面上。他们的身体比我的重；可是他们像鸟儿一样地行动轻快。现在我每走六步就得停下来休息。破草鞋形成的路线也随我们走的路途而七弯八曲……最后——最后山的正面出现另一座门。走进第四个休息站，一头扑倒在草席上。时间上午十时三十分，高度只七千九百三十七英尺；——然而显得是这么漫长的一段路程！

再次出发，道路愈来愈糟……由于空气的稀薄感到一种新的苦闷。心跳得像发高烧一样……山坡变得非常崎岖不平。不再是火山灰和沙子混杂着石头——而只有石头——凝结的熔岩碎片，成团的浮石，种种棱角形状的火山渣，棱角仿佛都是用榔头砸出来的。似乎都是为了人一踩上去就翻个儿才特别搞成这个样子。可是我得坦白地说在向导的脚下它们却从不翻身。扔掉的草鞋散布在山坡上愈来愈多……要不是有向导我本来会狠狠地摔个够。他们不能防止我滑跌，但是他们绝不让我摔倒。显然我不适于爬山……高度八千六百五十九英尺——可是第五个休息站关闭了！必须一直曲曲折折地爬到下一站去。纳闷我怎么才能到达！可是仍然还有健在的人他们已攀登过富士山三四次，仅为了好玩！……我不敢朝后看。除开注意那老是在我脚下翻身的乌黑的石头和了不起的向导的青铜似的双足，什么也顾不上，他们从不滑跌，从不喘气，从不出汗……拐杖开始使我的手疼痛……向导又推又拉：我明白，给他们这么多麻烦使我惭愧……啊！第六个休息站！——求无数的神明保佑我的向导！时间下午两点零七分，高度九千三百十七英尺。

我一边休息，一边目光望穿下面深渊的入口。土地只有通过无边无际的雪白的云海的裂缝才能模模糊糊地见到，在这些裂缝之内几乎一切都是漆黑的……地平线令人惊怖地隆起来了——可怕地扩展开去……向导警告我山顶还有好几英里之遥。我的速度一直太慢。我们必须加速登攀。

曲曲弯弯的登山道肯定比先前的要陡……路上的石头现在跟有棱角的岩石混在一起……有时我们不得不经过古怪的黑色的巨石的侧面，这些石头看上去像玄武岩……右方极远处模糊不清地隆起一道参差不齐的可怖的黑色山脊，由一条古老的火山岩浆流所凝结而成。左坡的线路仍旧挺然而上，像弓弦那么笔直……纳闷路会不会比现在更陡——也怀疑它是否可能比现在更崎岖。岩石在我脚下离位无声地滚下去——我害怕朝后看它们滚落。它们无声无息地消失给我那种仿佛在梦里跌落的感觉。

头上有一道白色的闪光——无涯无际的积雪的最下缘……现在我们到达一个满是积雪的山沟边。这些白色的块块的最下部分，今天早晨初次眺望山顶时，似乎长不盈寸。要费一个小时才能通过它……在我倚着拐杖休息的同时，一名向导走到前头去了，带回一个大雪球。多么奇异的雪！不是呈雪花状，柔软的白雪，而是一大块透明的球体——恰像玻璃球。我吃了几个，觉得它味道清新可口……七号休息站关闭了。我怎么爬到第八站去呢？……幸运的是，呼吸的困难减轻了一些……风又刮到我们身上，夹着墨黑的尘土。向导紧靠着我，小心翼翼地前进……山径上的每一个转折处我都得停下来休息——由于劳累而不能谈话……我不去感觉了——我由于太疲倦而失去感觉了……我怎么想法办到的，我不知道——可是我确实到达了第八个休息站！给我十亿美元今天我也不愿前进一步了。时间是下午四时四十分。高度一万零六百九十三英尺。

没有冬衣在这里因太冷而无法休息；现在我明白几位向导所提供的厚厚的长袍的价值了。袍子是蓝色的，背面有大的白色汉字，里面的棉花垫得像被子那么厚；可是感觉不重；空气真像二月的霜气……在准备饭——我注意到木炭在这个高处不易燃烧，要让火保持不灭只有经常注意……寒冷与疲劳使食欲大增：我们吃下数量惊人的烩饭——米饭加上鸡蛋和少许猪肉。由于我的困倦和时间已晚，决定在这里过夜。

我虽则那么劳倦，却不由自主地瘸着走到门口去凝视那令人惊异的景色。从离门槛数尺之内，由岩石和火山灰渣构成的可怖的山坡下降到我们数英里下方的一片浩瀚的云海中——难以数计的种种形状的白云，但大多是呈花环形和羊毛似的堆积成团；——那整个缭绕纠缠在一起的大块几乎达到天边，在太阳下白得使人盲眊（用日语说这一浩瀚的云区被恰当地称为“絮之海”）。地平线本身庞然隆起，出灵似的扩展开去——似乎在距离天地各半之间：一条宽阔发光的带子环绕着那空灵缥缈的景色。我说它空灵缥缈，因为在天边下极远的远方是跟长空一色而且模糊不清的，所以你获得的印象是自己并不在天宇下的一点上，而是在升入一片浩渺无际的碧落的一点上，这条巨大的地平线表示的是一个把天地均分的赤道点。要转身不看这样一种奇观是不可能的。我观看又观看，直到落日改变了云的颜色，把絮之海变为金羊毛。半绕着地平线，一条黄色的光带扩大着，辉耀着。在它下方这里那里透过云的空隙，有色的模糊处显出轮廓：现在我看到金色的水面，紫色的长岬伸入其中，绵亘的紫罗兰色的群峰环立在它之后——这些零散的一瞥跟一幅着色的地貌图奇妙地相似。然而大部分景物纯是幻象。即使是我的向导以他们的长期经验和他们鹰隼般的目力也分辨不清虚实——那在金羊毛下飘浮着的蓝色、紫色、紫罗兰色的云朵恰恰是跟远方的山峰和山岬的轮廓与色调相仿的，你只能根据慢慢变幻的形状从而把云气分辨出来……金黄的色彩燃得愈来愈鲜明。阴影从西方而来——由一层层堆积的云团投下；像雪上的暮影，它们是紫罗兰似的蓝……然后天边出现橘红色的色调；然后是燃烧的焖火似的绯红。现在那一片金羊毛的大部分又变成了棉絮——白的棉絮跟粉色的棉絮混合……星星眨着眼出现。那一片云的原野变成一色白了；增厚成堆拥向天边。西方的天色暗下来了。黑夜降临；除开那奇异的绵延不断的一片白色——絮之海，一切都变成漆黑。

休息站的管理员点上灯，烧起一堆由树枝作燃料的柴火，替我们铺好床。外面刺骨地寒冷，随着夜晚来临而变得更冷。我还是舍不得离开那令人惊异不已的景色……无数的星星现在在青黛色的天空里闪烁哆嗦。物质世界里不管是什么东西一概看不见了，除那在我脚下的乌黑的山坡。下方硕大的云团保持白色;但显然成为液体状的平均的白,而没有各种形状了——一片白色的洪水。它不再是絮之海。是乳之海,古印度传说中的宇宙之海——永远自我照耀,如同鬼火的发光。

## 五

我蹲在柴火旁,倾听向导和休息站管理员谈山上发生的奇事,他们谈论的一件事我记得曾在东京的一家报纸上读到过。我现在听到一个亲身作为参与其事的人对它的重述。

一位叫野中[1]的日本气象学家去年轻率地试图在富士山顶越冬以便从事科学研究。要是在山顶上一个备有良好的火炉以及所有必需品的坚固的观测站越冬也许并不难;但野中只负担得起盖一幢小木屋的费用,并且得在里面不生火而度过整个寒冷的季节!他年轻的妻子坚持跟他分劳苦共命运。这对夫妇在九月将尽时开始在山顶生活。仲冬时有消息传到御殿场说两人都处于垂死状态。

亲友们试图组织一个救援队。天气恶劣;山顶满覆冰雪,死亡的可能性无法数计,登山的向导不愿冒生命的危险。再多的钱也无法使他们动心。最后在其他办法失败后,把他们

[1]即野中至(1866—1955),1895年两次登上富士山顶。其夫人千代子是在第二次参加的。

夫妇看成是日本民族勇敢和吃苦耐劳的美德的代表打动了这些人。人们向他们明确地表示眼看一个科学家毁灭，甚至不作出一次富有胆识的努力去救他，那会使国家蒙受耻辱；人们告诉他们国家的荣誉掌握在他们手中。这一呼吁招来两名志愿人员。其中一名是个力大胆大的壮汉，他的同伴用绰号称他为“魔熊”，另一名就是我的两个向导中年纪较大的那位。两个都认为他们都有某种丧生的可能。他们告别亲友，跟家人一同互饮诀别水，所谓“交杯水”——这是一种即将被死亡分离的人们相互作出保证的仪式。接着用棉毛裹得厚厚的并做好种种攀登雪山冰峰的准备后出发了——他们还带着一名外科军医，他是自动为救援活动提供义务帮助的。在克服了异乎寻常的困难后，救援队到达山顶小屋；但住在里面的夫妇俩拒绝开门！野中抗议说他宁死也不愿面对他的计划失败的耻辱；他的妻子说她决心与丈夫同命运。半用强迫，半用劝说，他们回心转意，医生使用了药物和兴奋剂；病人经严密裹好后，绑在两名向导的背上就开始下山。我的这名向导背的是那位女士，他相信神灵会帮他走下结冰的山坡。不止一回他们都认为自己没指望了；但是他们却安全抵达山下而没有出一次严重的事故。经过精心调护后，这对鲁莽的夫妇脱离危险。妻子的情况比丈夫好些，恢复得较快。

向导告诫我在夜间不叫醒他就别外出。他们不愿告诉我什么缘故;他们的警告是格外神秘的。根据此前我在日本旅行的经验,我猜测所指的危险是超自然的;但我觉得问他们也徒然。

门关起来再闩上。我躺在两名向导之间,他们一会儿就睡着了,我从他们沉重的呼吸就可知道。我不能马上睡着——或许是白天的疲劳和惊险使我有点紧张吧。我抬眼看墨黑的房顶上的椽子——一捆捆的草鞋,一堆堆的木柴,或一捆捆在远处堆放着或吊着的看不清的东西,在灯光的照射下形成奇特的影子……冷得要命,即使在我的三重被子下,屋外的风声奇怪地像拍岸的巨涛声——连续不断地突然爆发的呼啸声,每一声之后又接着一声拉长的嗞嗞声。小屋半埋在成吨的岩石和吹积物下,一动也不动;可是沙子却不一样,在椽子之间慢慢地流淌下来;小石头在每一阵狂风后也移动,喀啦喀啦地像海滩上的圆卵石被退走的波涛推拉时发出的碰撞声。

早晨四点——独自走到外面,不顾昨晚的警告,但紧挨着门。刮着冰凉刺骨的大风。乳之海没有变化:它远远地横陈在风的下方,在它上面月亮正在消逝……向导见我不在,纵身而起来到我身旁。我因没叫醒他们而受到责备。他们不让我单独待在外面,所以我就随他们转身进来。

黎明：产生一条珍珠般的带子环绕天地。星星隐没了；天空明朗起来。莽莽的苍穹，散乱的乌云在绝高处浮荡，乳之海又变成絮之海，其间有巨大的缝隙。荒凉乌黑的山坡，火山渣形成的岩石和棱角突出的石头，它们的全部丑陋处又都呈露出来了……现在絮之海变得零乱了；它断裂开来。一道黄色的光华沿着东方蔓延像受风吹拂的火焰……唉，在那可以夸耀从富士山上看过日出的幸运的人当中，我却算不上一个！凝重的浮云越过朝日将在那里升起的地点……这时我知道它已升起；因为在紫色的云块上缘燃烧得像木炭一样。可是我已经那么沮丧。

空灵缥缈的太空愈来愈光芒四射。有数英里宽的棉絮般的云团滚动着分开。极目的远方有一道金光在水面上；太阳在这里看不到但海洋却看见它。海并不闪烁而是一团发亮的火焰——在这样远的距离外，海面上起伏的波纹是看不见的……云团分散得愈来愈远，展露出一片又灰又蓝的风景；好几百英里的景物立刻拥进视野。右方，我辨识出东京湾、镰仓和神圣的江之岛（绝不比 i 字上面的一点大）；左方是更荒凉的骏河湾海岸，和伊豆的像蓝色的牙齿一样的岬角，还有我曾经一直在那里度夏的渔村，在那山冈与水涯构成的色彩缤纷的梦境里仅仅是一个针尖似的小点。河流显现出来如蛛丝上微微闪烁的阳光；渔船的帆影是粘在玻璃一样灰蓝色的海面上的白色尘埃。这幅画面在云朵飘过它并且轮换时忽隐忽现，而云本身又变幻为具有种种神奇色彩的光怪陆离的岛屿，峰峦与山谷……

## 六

晨六点四十分——向山顶进发……全部旅程中最艰苦的队段，经过一处由火山熔岩块构成的荒坡。斜坡上山径在像黑色的牙齿一样伸出来的丑陋的大块熔岩间曲曲弯弯地穿过。扔掉的草鞋的残迹比以前更宽。每走不到几分钟就得休息……到达一片长条形的雪地，雪粒看起来像玻璃球，吃了几颗。下一个休息站——八号站与九号站之间的中途休息站——关闭了，第九号站已荡然无存……突然感到一阵害怕，不是由于登高的缘故而是想到以后下山走的路，它太陡了，甚至不容舒舒服服地坐下来。可是向导向我保证不会有困难，大部分回程是通过另一条道路，比我昨天为之纳闷的那冗长的一段要平坦——几乎都是柔软的沙子，石头极少。人们称之为“滑坡”，我们跑着就下去了。

突然一窝田鼠惊惶地从我脚下奔窜出来四散奔散；我后面的向导抓住一只拿来给我。我握住那颤抖着的小生命，察看了一会儿，又把它放走。这些小小的生物有着淡白色的非常长的鼻子。它们怎么在这块没有水的荒地生存的呢？——而且在这样一个海拔高度——尤其在下雪的季节？因为我们现在是在一万一千多英尺的高度上！向导说田鼠找生长在石头下的草根吃以维持生命……

更加荒凉也更加陡峭；对于我，至少，攀登有时就是伏在地上手足并用地爬。我们克服有些障碍是借助于梯子。有那可怕的地方却题以佛教的名称。例如 Saino kawara[1]，意为灵河的干涸的河床——一块乌黑的荒地，散布着一堆堆岩石，像佛教画图上描绘的阴曹地府中的石堆那样，是儿童的幽灵堆垒的……

一万二千英尺，主要的是——绝顶！时间早晨八点二十分……小石屋！神道教的有牌坊的神祠；冰凉的水泉，人们称之为金泉；刻有一首汉诗和一只老虎图样的石碑；这些东西周围有火山熔岩块形成的粗糙不平的石墙——可能是为了防风。然后来到巨大的已死的火山口——大概有四分之一英里至半英里宽，但火山岩屑形成的边缘纵深达三四百英尺——碎裂的四壁是黄色的，上面遍布种种烤焦的色泽的条纹和斑点，一个甚至在它的色调上也是可怕的空穴。我看到草鞋的残迹直到火山口内才终止。一些难看得叫人害怕的垂悬着的黑色熔岩尖头——像怪异的伤疤的碎缘——突出在

---

[1]日语原意为赛之河原。

两边，高出于裂口有数百英尺；但我当然不会不辞劳苦地爬上去。然而要是透过一百英里外的雾气看来——透过蓝色的春光所产生的柔和的幻觉看来——这些尖头就好像圣洁的莲花所展放的雪白的花瓣。当你站在由火山渣形成的这朵莲花的瓣尖之上，世界上就再没有别的地方可能比它更可怕，更粗俗得沉闷无趣的了。

但这片景观——这片范围达数百英里的景观——以及远方朦胧的梦幻般世界的光辉——仙女般的晨雾——奇妙的花环般的云团；所有这一切，也只有这一切才能给我付出的辛劳以安慰……别的朝拜者，更早一些的登山者——静静地待在最高的巉崖上，面朝浩瀚无际的东方——按神道教的祈祷方式，轻轻拍掌向伟大非凡的白日致敬……这一时刻的无边的诗进入我的灵魂使我产生一阵激动。我知道在我面前的景象已经成为一次不可磨灭的记忆——它的神采奕奕的细节绝不会消失，将保留到思想本身也消亡，这双眼睛的遗尘跟无数双眼睛的遗尘混在一起的那个时候为止，它们曾在我出生以前已被遗忘的世代里在富士山的绝顶观望过日出。

孟修　译

# 冬天的富士

〔日本〕小岛乌水

虽说是寒风仍然在刮，但日历已宣告离立春只有十来天。尽管如此，如今的天空，已是白天风干，从天心到地轴，纵横有如水晶般地剔透，如用手杖敲打这土，使人感到如同发自天上的银声，不知何时从这窍穴，西北风俄然由傍晚时吹起，入夜之后，几经揉搓，其狂吼之声有如诅咒人世的恶魔的叫唤，如果一到八九点钟，即使是本来来往人迹稀少的驿站的近处，偶尔也能听到急促的碎步在街道上奔跑的木屐声，在冰冻的大地上嘎啦嘎啦地如同在冰上奔跑的一般。把门关得严严的，无所事事地袖着手面向书桌，倾耳静听风声，怒涛翻腾，中途受阻，雪山倾颓眼看压眉而来，余波破碎，使拉窗发出反响的呻吟，我不由得一阵战栗，不慌不忙地把火盆拉近身边。

上帝宣告曰："冬季之威无敌也。"诚然咸阳之火炬如今已冷，万里之长城也独自雄踞于永劫之外。死也好，生命也好，时间也好，空间也好，冬季为万事万物的最后的舞台。为了剥去一切矫饰，嘲笑虚观，有冬日的威严。看吧，清晨成为标枪，以降霜将下界扎得寸断，岂非把地盘之肤刺破。每当天到傍晚，如梳理一般的狂风猛吹，赶走了光明，葬送了太阳，打破了静寂，岂不是赠送给人类的泣血之书？

此风，每夜使数亿生物慑服，乞求怜悯，瘦骨嶙峋的落木的哀鸣，干涸的小河的浑浊，即将陨落的闪耀着最后一点暗淡光辉的繁星，为万象的悲剧看得太多而徒唤奈何。

翌晨，我打开门又一次观看新的自然，天空的颜色，离地平线大约不到几丈处，成为灰色，秃树枝变得如同扫帚，露出头来二三寸，其上层灰中带白色，尽管如同水银般流淌的空气显得很沉重，就像抛掷光芒四射的太阳似的，俄顷高高地升上了山王台的森林，天气晴朗，虽然如同研磨出的琉璃镜，然而山腰仍带着三分灰色，在这附近有微晕，在这两色的分界处，是烟呢还是水蒸气，轻轻地铺为一抹，风一吹就会飞走，明亮的朝日，从旁一照射它，沉下去的东西就升而复消，像水银似的笨重的，如同云母之被吹拂，轻轻地便消失，渺茫一气不知所之，这时乾坤才比秋水脱鞘还净，变得灿烂夺目。我仍然为了吟诵这大自然的文章，而穿上在院子里穿的木屐到户外去徘徊。

残月如同向破坏后宣告和平的使者，挂在那构成伐木人小屋后院的疏林上。在那下面展开的水田里，把结了冰的水稻残株的根，托给这冰，把茎暴露给冰冷的大气的样子，如果说把寒夜的残余留在这儿，就成了往下看。把鼻子就要碰到膝盖地一看，就像看见封锁在冰海的半露的三根桅杆似的。登上杉木林那微暗的慢坡，能够看见比火田遗迹所冒出的新芽还珍贵的一点点只有小麦的青色的土地。当好容易走到坡道的最顶端时，乍一眺望，见右侧神奈川的海上烟雾朦胧，左面有隔着构成古代东海道“五十三次”[1]之一的程谷的破驿站，在云外能够仰望跌宕重叠的相骏的群山。

今晨山肌染上了傍晚天空的桔梗色，在尖削的山背上镶有花边的，必是大山。是塔岳还是丹泽山，似乎瘦得没有皮，在嶙嶙的山褶之间的山涧里，雪呈现出斑点，让人疑惑为是不是上帝开玩笑把山鸽的翅膀藏在这里。

然而看吧，山也好，树也好，田地也好，一旦剥去隶属于冬天的冰雪，就可怜了，它们都变得赤裸裸地躺卧在那儿。看上去小得像棋子儿，从建于冰田埂上的程个谷附近新道的茅草屋冒起的细细的炊烟，为了将芸芸众生的消息传达给上天，就像是焚烧“存在的符”似的，其力量是何等的微薄，在大

[1]江户时代，从江户到京都路上的五十三个驿站。

征服者冬季的面前，就没有能够抬得起头来的历山[1]大王？

有，大有人在，于覆载之间，君不见有个唯一的“不知恐怖的人”，它把伊豆之山、相模之峰踩在脚下，它把甲斐之湖与骏河之海控于眼前，它突兀地耸高肩于苍昊，它荧然于寒空，凝八朵之笠[2]不流，晶肌皓衣，俨然跨三国居于东瀛之重镇。

不用说，这就是富士，从半山腰附近到达顶峰，为了保护其免沾人尘，虽然盖着雪制的厚衾，但腰部以下如同紫水晶般地透明，原封不动地露出自然的皱纹，细粒在每条皱纹上都闪烁着的雪，在这儿也在处处铺遍着薄薄的磨箔。此刻当你在这位威严无比的征服者面前仰望时，君不见经无限的空时，浩荡的空门，升起的朝阳，沉没的霞光，将其间的大弧拦腰斩断，成为天上天下唯我独尊。

在富士山麓，有着玻璃一般的清澈的火山湖，有着黄茅白苇的被风吹得沙沙作响的火山下坡缓慢的原野，有着如同巨汉长揖同一山脉的豆相支脉，有着小田原的废城，有着怅然中止称霸企图的镰仓的古城废墟，而且有着漫无际涯的大瀛之水！尽管这些在我此刻立足之地并看不见。

诚然动荡之世的趣味，曾经有过头戴小礼帽，身穿纹纱的方领带胸扣的武士礼服，佩带饰以黄金的大刀，坐下镶银

---

[1]中国古代传说中舜耕过的地方。

[2]形容富士山形如斗笠，又似八瓣的花朵。

边儿鞍子的菊花青马，双手交替地拉缰绳，以手遮额仰望此山的镰仓的幼主阿原，纵令没有我们此刻在这儿思考天地之悠久，但对山必然不无无量之感慨。此山犹如斯耸立，但该人、该士如今又在何方呈现何状?不用说源平，北条足利亦非所问，白围墨劫虽然用以争二尺之局，所谓霸图亦殊为可疑。镰仓九代，室町十三代，如今就连可以自豪的一株树也不存在了。所谓的英雄，难道不是应该给予虚幻事业的名称吗?啊，但愿忘掉给予事业的名称，自太古以至于今，具有矗立于喜与哀的呼吸之外，呈庄严微妙之相，任何征服者的鞭子也不能笞打的富士，为了赞美这不二的高岭，何不用草木国土悉皆成佛之名。




史书上记载着：大声喊叫的是什么诗仙，用深红色的血染了富士的是什么巨人。得以围绕着富士阔步，天所制作的不朽的雕刻，地所画就的不灭的绘画，神所构筑的不易的神殿，成为三位一体，一夜之间，不二的高岭便突然冒了出来。即使是该湖干涸了，该原野烧尽了，该山峰崩裂了，该城址也被耕耘成土地，即使该古都被从地图上抹去，该沧海干涸，只要是我们祖国峙立，就心安，不二的高岭就不会从垠轴上被动摇。

冬日之晨，木屐的齿上结了冰，直到觉得足尖冻得像被猫咬着似的疼痛时，我都仰望富士伫立于坡顶。从很久以前第一次学习系草履带时起，直到以富士为中枢，跋涉尽东海十三州，以致担心已无余地的如今，尽管几乎无一日不仰望富士，但春季的富士，夏天的富士和秋日的富士，我只是崇敬其端丽，及至到了冬天，只要是万象凋而不陨，我便噤口不言地只顾立于慑伏之中，这时我才崇拜威严增加十倍的富士之灵的尊贵。平时可亲，这一季节的富士可畏，虚伪的诗，无爱的说教，不诚实的音乐，白昼在其下界横行，为什么不惜污染人类的口耳。瞪眼大怒地遥望东天，让我无声地宣告：

"Fear nothing! Here am I."

赫赫之天日，除瑞穗之国外，不照此名山。可喜的是，真理的宝座永远在那儿。

林怀秋　译

# 初秋的浅间山

〔日本〕堀辰雄




这座山麓，九月里云很多。和初夏时节不太活泼的云不一样，银白、干燥而迅速流动的云块断断续续地飘过。每当这时，连同这云一起，仿佛被揭去一层似的剩下的天空更加接近真正的蓝天。——这时的云影很好看。躺在林子的空地上仰望，这样的流云不断由西向东流去，不时地遮蔽了太阳。

云影中的浅间山，不断地时隐时现，有时候将全貌显露出来，清朗爽秀。山肌渐渐变黄，多在夏季涌出的烟雾这时也薄薄地萦聚着一些，似有若无。——然而，这时候的浅间山看上去最富魅力。阳光普照，万物尚未被晒暖，一个肌肤寒冷的早晨，刚一起床，就袖着手去看山。这样的早晨，浅间山断乎没有一丝云，山肌看起来冷冷的。火红的太阳照耀着山麓，眼见着山身涌起淡淡的云,像轻纱飘浮,渐渐变浓,不久,连山本身也大半藏在这云层之中了。其后,就终日在这云里时显时露。

对这座浅间山着了迷,放心地进入山中而丢了性命的人也有。——数年前,我第一次来追分呆了整整一个秋天,这是当时从旅馆老板娘那里听说的。就在那前一年,也是九月中旬的事,一周之前,打关西来了一位旅客。这是个快活的汉子,是来看浅间山的。他简直着了魔,每天恍恍惚惚一直望着这座山而活着。终于有一天他说要去登山。主人劝他说一个人不能去,可怎么也劝不住。他说只到途中的血池就折回来,向主人问了路,手中只拎个照相机就出发了。他一去到晚上没有回来,到半夜也还没有消息。旅馆里骚动了。第二天,村里成立了搜索队寻找,也还是没找到。——发现这位汉子的尸体是过了一个月之后,他掉到佛岩的悬崖上了。照相机还带在身边,将胶卷洗印出来一看,除了有两三枚未照出来,其余全是浅间的风景,最后拍的一枚只是初秋时节洁白飒爽的云朵。

这故事告诉人们,这座山中也藏有几分凄楚。站在排列着几座纪念塔的追分的村头——北国大道和中山大道的交叉口——越过繁花如雪的荞麦田,远眺浅间山,显得多么沉稳,多么深情!就连我这个每天司空见惯的人心中也不免生出一股旅情来。往昔,从御代田方向远远沿着中仙道攀登到追分的旅人，他们坐在旅馆的门口，喘上一口气，再次注视着浅间山。如今，这里依然飘荡着这种数百年来的感慨。这种气氛也许无形之中同样支配着我以后的感情。

去年临近九月末尾，从早晨到午后，在这座供奉着马头观音菩萨的村口，一棵过去保留下来的古老的松树荫里，有个女人摆着画架，高高兴兴画着一幅水彩画。这是一位日本老妇人，身上穿着乍看像外国妇女打扮的黑色洋装，她的身旁陪伴着一位穿着日本服装的中年妇女，她在编织毛衣。

我偶然于那天早晨散步到那里，在一个不会造成妨碍的地方站了一会儿。我看着那位有来头的老妇怀着欢快的心情画画的样子，自己也不由满心高兴起来。

午后，我吃过午饭以后，邻室有客人来，我听到了老妇人沉静的话语。虽说是邻室，和我这间普通的居室隔着走廊和门厅，是大人物住的豪华客间，所以说话声分辨不清楚。但我敢肯定就是刚才在村口看到的那位画画的老妇和陪伴她的高雅的中年女士。

“这村中似乎养着一些山羊，能弄些羊奶来吗？”说这话的人是那位中年妇女。

“哦，是羊奶吗？回头我叫人弄一些来吧。”老板娘答道。

“能喝到山羊奶真高兴。我在意大利经常喝呢。我很喜欢。回到这里，我还一次没喝呢……”她的语调有些怪，然而却是一副温和的口吻，像是在自言自语。看来这是一位在意大利住了好长时间的老妇人。

我走出自己的房间。因为我想,不要使这边的房间因为有我的存在而发出任何响动,这样做对于在这个村庄作短暂停留的两个女人都更好些。

我打算出外散步,正要穿过门厅,忽然看见那里摆着画具箱和编织袋,旁边胡乱支撑着一个大画架。我很想看一看夹在里面的那幅刚才在村口画的浅间山。假如我向她要,我想她会很高兴给我看的,不过,我不想勉强这样做。——那是她怀着愉快的心情画下的——就这样,我走出了门外。

旅馆前面,有一棵向日葵,完全干枯了,至今依然垂挂着褐色的果实。硕大的叶片像在整个夏季促使花盘朝向太阳时一样,显现着刚毅的姿态,只是微微有点倾斜罢了。我面对这棵向日葵站立着,浅间山依然在翻卷奔腾的云雾里时隐时现。

附记:我后来才知道,这位老妇就是有名的 Ragusa 玉女士[1]

陈德文 译

[1] Vincenzo Ragusa(1841—1927),意大利雕刻家。1876—1882 年旅日,任工部美术学校教师。对于明治初期日本西洋雕刻教育作出过贡献。同女弟子清原玉(Ragusa 玉)结婚。

# 温泉通信

〔日本〕川端康成





疑是白羽虫漫天飞舞，却原来是绵绵春雨。

“要是个大好天气，就可以去摘蕨菜啦！”女佣说。

这是四月八日的事。

旱樱、木兰，还有各种奇花异卉吐艳争芳。雨蛙也在鸣唱。该是香鱼游访狩野川的季节了吧。去年我问过女佣那餐案上的炸鱼是什么鱼。女佣当场将厨师的信拿了出来。

“给您送来的是香鱼。是秘密。”

这是有人在解除禁令之前偷偷捕来的。那时节，牡丹花早已绽开，今年也许为时尚早吧。

山茶花遍野怒放，呈现一派即将凋谢零落的情景。然而它却是一种非常顽强的花。今年正月伊始，我和在本所❶帝大福利团体工作的学生去净帘瀑布，途中曾向溪流对岸的花丛频频地投掷石子，想把花朵打落下来。花儿距我们太远，拼命使劲，好不容易才能投掷到那边。然而，四月初再重游此地，只见花朵依然绽开。我和武野藤介两人又投掷了石子。正月里没有凋谢的花，四月间却纷纷扬扬地飘落下来，顺着溪水流逝。

也许是山的关系，经常降雨。天空忽雨忽晴，变化无常。凌晨二时光景，打开浴室的窗扉，本以为在下雨，谁知外面却是洒满了月光。白色的雾霭腼腆地在溪流上空飘浮。我心想："已是初夏时分啦！"突然又意识到现时是四月初呢。空气清新、枝繁叶茂的山中之夜，再度沐浴在雨和月光中，更令人心旷神怡了。

我常常感到雨后月夜格外的美。地藏菩萨节日，点点星火，恍如把灯笼遗忘在田野里一般。我与旅馆的女佣同行，遇上了下雨。归途，月亮出来了，雾霭依然低垂在山谷上。去冬的一天，我和中河与一❷一家乘马车去吉奈温泉，也是个雨天，后来转晴，也看到月亮和雾霭。

---

❶东京都墨田区的一个地名。

❷中河与一(1897—　)，日本小说家，曾与川端康成一起参加过新感觉派文学运动。

"月亮也在移动呀！"

记得一个夏夜，有人在这家旅馆后面河滩的亭榭里对我说了这么一句。近旁，东京的孩子们挥舞着小焰火，比赛谁划的火圈大。

"说月亮在移动有点特别哩。可每晚坐在同一个地方赏月，就会知道月亮移动的轨迹有所不同。"我抬起手说，"昨晚从这树梢上，前晚从……"

可是，在汤岛看不见一轮大满月。看不见称得上是朝暾初上和夕晖晚照的景象。因为它的东边西边都是重峦叠嶂。早晨，首先是西边的群山披上了阳光的明亮色彩。朝霞的边际从山腰扩展开去，太阳升高了。黄昏时分，东边的山峦披上了晚霞。汤岛的重山，光彩虽然淡薄了，天城山岭却仍然是一片霞红。

要是观赏旭日和夕阳的霞彩，走到街上，仰望远方天边的富士山，则美不胜收。富士山染上朝日的光辉，也染上斜阳的色彩。

星空也狭窄了。

哟——伊沙沙，
哟——伊沙。
孩子们无忧无虑，
喧闹嬉戏。

屋后的竹林,

随风俯仰摇曳。

这是一首乡村小学的女孩儿歌。

竹林用寂寞、体贴、纤细的感情眷恋着阳光,再没有什么东西能比得上它了。这里虽不像京都郊外是千里竹林的景象,但这边的河岸、那边的山腰,稀稀拉拉地亭立着贫瘠的竹林,其神态另有一番清心悦目的情趣。我经常躺在枯草上凝望着竹林。

观赏竹林,不能从向阳处,而必须从背阳处。还有比竹叶上闪烁着的阳光更美的阳光吗?竹叶和阳光彼此恋慕所闪出的光的戏谑,吸引了我,使我坠入无我的境地,纵令不闪光,阳光透过竹叶所呈现的浅黄透明的亮色,难道不正是令人寂寞、招人喜欢的色彩吗?

我自己的心情,完全变成这竹林的心情了。一个月也没同人说上几句像样的话。心情就像空气一般澄清,完全忘却了敞开或关闭自己的感情和感觉的门扉。

然而,孤单的寂寞不时地向我袭来。我合上眼睛,咬着棉袍的袖子,就嗅到一股温泉的气味。我很喜欢温泉的气味。现在我对这块土地已经非常熟稔,不觉得怎么样了。可是从前我舍弃交通工具走下坡路,快到旅馆就感到有一股温泉的气味,泪珠便快扑簌簌地滚落下来。我换上旅馆的衣服之后,用鼻子嗅了嗅袖子，深深吸了一口它的气味。不仅在这里如此，我在各处温泉镇都嗅到了各种不同的温泉气味。

"我一直登到那座山的顶峰哪。"

我站在下田街道上，朋友们一来，我就一定指着那钵洼山这样说。那座山屹立在从下田街道快走到天城地方，再爬约莫三千二百多米的山坡才能达到山之巅。因此，从这个村庄眺望，山显得非常的高，它好像一个倒扣的钵，满山遍野都是草。花了四十分钟，才爬到接近顶峰的地方。从山麓看上去，枯草显得很可爱；可登上去一看，却是一丛丛没胸高的芒草。突然间，五六个割草的汉子从草丛中爬了出来，惊异地望着我。连我自己也觉得自己爬山是一件不可思议的事。我旋即下了山。这是沉寂的去冬岁暮的事。

前些时候，我和武野藤介也登上了后边那座枯草山。看似慢坡的斜面，才爬上去就发现非常陡峭。望望几乎要滑落的脚，然后把视线移向山谷对面的山腰，不禁感到那边松林的树梢像是一股极其可怕的力量，向我逼将过来。上山倒很顺当，可一下山，胆小的藤介就站住迈不开脚步了。

我恍如这时候的杉林一般，面对着重山、天空和溪流，我的直观时不时地猛然打开了我的心扉。我吃惊，伫立在那里，只觉得自己已经融化在大自然之中。枝头茶上低垂的花，我感到深邃的静谧，看得入迷。我发现白花太劳顿了，仿佛有一种病态。

从这一带漫步走去，渺无人影，也看不到一户人家。岂止如此，有时连旅馆也只有我一人投宿。深夜二楼空无一人。猫儿在西洋式的房间里不停地叫。我站起来，走过去把房门打开。猫儿就跟在我的后头，闯进我的房间里来。它坐在我的膝上，一动不动。于是，猫儿的体臭扑鼻而来，钻进了我的脑门。我好像感到这是第一次体味到猫儿的臭气。

“难道所谓孤独就像猫儿的体臭吗？”

猫儿蓦地从我膝上站起来，神经质地把壁龛的柱子都挠破了。

一个村庄是否只能有一只猫和一只狗呢？要是这样，这只猫和狗就见不着别的猫和狗而死去了。

一条新路建成了。这条路在汤岛的嵯峨泽桥附近，从下田街道拐向世古瀑布那边，一直延伸到伊豆西海岸的松崎港。狭窄的松崎街变得宽阔了。路，一直修到世古的对面。

四月六日，庆祝新路落成。一群参观安来节[1]的旅游者在别墅庭院里唱起歌来。

庆祝日之前，春雨绵绵，今天却晴空万里。四月十三日那天，树干、树叶、屋顶、花儿、溪流，一处处的风物都承受着阳

---

[1]安来节，亦称安乐节或夜须礼，每年四月十日举行的祭瘟神的镇花祭。

光的沐浴,灿烂夺目,艳美极了。

(1925年5月)

叶渭渠　译

# 比睿山[1]

〔日本〕若山牧水





我到达山上的宿院时,天色已近黄昏。本想游览大殿之后再休息,可是我疲劳已极,一见院门上挂着“天台宗[2]香社留宿处”、“普通参拜者留宿处”的大木牌,两条腿便迈不开步了。

走进大门,一片盛开的白花映入眼帘。我随便瞧了一眼,没想到竟是几株樱花。已是五月下旬了,竟还开得这么繁盛!刚这么一想,我马上意识到自己已身在深山老林之中了。我踏着庭石,走过长满青苔的院子,来到正门口。偌大的建筑物

---

[1]山名,位于京都东北方向,界于京都府和滋贺县之间。山上有很多古代寺庙。

[2]以《法华经》为基本经典的佛教派别之一。

里几乎空无人迹，叩问数声仍不见回答。无可奈何，只得在那儿呆立了一会儿。这时，突然传来一阵鸟鸣。那轻轻的凄凉的叫声似曾在哪儿听见过。聆听许久，忽然记起这是筒鸟的声音。我仿佛在这深山中意外地遇上了故友，紧张的心情顿时放松下来。环视周围，到处都是郁郁葱葱的杉树林，那清晰而又悲凉的鸟鸣便是从这暮色苍茫的树林中连续不断地传来的。

整个宿院的房屋是沿坡修建的。我发现最下边的房子升起了缕缕炊烟，那儿似乎有人。于是我离开正门朝那边走去。房门敞开着，我跨进门槛，里边是个宽敞的土间，一个老太太正在灶前烧火，火势很旺。我当即寒暄了一句，走到她身旁，说明要在此住上五六天的意思。老太太十分惊讶，并用怀疑的眼光盯着我，冷漠地答道："现在这儿不接待住两宿以上的客人。"

听到这个回答，我如同挨了当头一棒，一时惊得无言可对。本来，我爬上这座比睿山既不是为烧香拜佛，又不是为游山玩水，我是带着紧急任务而来的，即必须利用这次旅行来完成由我主持的和歌杂志的编辑工作。而且早在三四天前，在京都时就已接到东京寄来的全部稿件，当时本想就地加紧完成编审任务，但是由于我很久没去京都了，久别重逢的朋友往来自然频繁，因而很难抽出时间从容地完成计划。而且向印刷厂发稿的日期已迫在眉睫，逼得我无计可施，便想起上山这一着。有多次游山经验的朋友也赞成我的想法，认为是个好办法，并告诉我说山上有专门留宿的地方，不限日期，谁都能租。我当即提着沉甸甸的诗稿出发了。我是自京都至大津，又从那儿转乘轮船横渡琵琶湖到达坂本，然后再从坂本径直踏上山路的。陡峭的山路令人惊奇不已，一路上怀着长期以来对深山老林生活的向往，我步履艰难地爬到这里。

正因为这样，老太太这番出人意料的回答，弄得我不知所措。我又央求了两三次，她的态度变得益发冷淡，看样子我再迟疑不决，很可能会被逐出门外。于是我放弃原来的想法，说了声："好吧，那我就住一宿。"说完脱掉了木屐。我的两脚已经痛得不能久立了。

我被引进一个房间，室内光线已很暗淡。我累得像瘫了一样，一屁股坐了下来。这时，从这空荡的房子的一角传来了诵经声。我侧耳一听，刚才那筒鸟的叫声又响了起来。这声音比山鸠的啼声响，比猫头鹰的啼鸣更为凄凉。我静静地听着那既无开始，又无终结的鸟鸣，方才那满腔的怒火和沮丧的心情不知不觉已经烟消云散。此时，胸中充满了无法表达的寂寞和怀念。我起身推开窗子，外边还亮着。狭小的庭院对面是一片杉林。我漫不经心地看了看四周，突然发现透过大杉树的缝隙，能看见远处闪着的亮光。我立刻意识到那是琵琶湖！

诵经声不知何时已经停止，而筒鸟仍旧频频啼叫。间或夹杂着那些叫不出名字的小鸟的啼鸣。我倚窗而立,终于感受到一种无法忍受的凄清。偶然想起京都朋友那番上山不愁住处的话,心中怏怏不乐,便匆匆走出了房门。

不出所料,从宿院爬上一段石阶之后,有一家茶馆。我买了瓶酒,匆匆返舍,打算吃饭时解解馋。回来的路上曾看到一所大房子上挂着“食堂”二字的木牌。心想可能是好多人聚在一起用餐的。尤其这儿是寺院附设的留宿处,恐怕不便公开饮酒。想到这儿,便举瓶欲饮。正在这时,昏暗的窗外冒出个人头来。原来是个十四五岁的小和尚。这小和尚问道:

“要我给你买酒吗?”

“酒……这儿让喝吗?”

“在这屋喝,没人看见的!”

“是吗?那好,给我买一瓶!多少钱?”

“三角三分!”

听他这么一说,我心中想这小鬼还赚我一分钱呢。刚才买的那瓶是三角二分!

“是吗?给你三角三分。喏,这是给你的!”

说着,又扔给他一个硬币。

他像只小狗一下消失在黑暗中，很快又从后院跑了回来,从窗上把酒瓶递给我。

“给你烫一下好吗？”

“不用了,就这么喝。”

他一直扶窗而立。

“我琢磨你是个好喝酒的人！”

最后,他这么说了一句便走了。

我一面苦笑着,迅速呷了一口凉冰冰的酒。接连喝下几口之后,渐渐地感到精神抖擞起来。窗前的庭院已没入黑暗之中,远处的山峰还有一点灰白色,但山下的湖水已经看不见了。筒鸟也销声匿迹了。屋内仍是一片漆黑。任它黑去吧！这种听其自然的心绪,反而使四周的黑暗显得亲切起来。不一会儿,走廊里响起了脚步声,方才那个小和尚端来一盏昏暗的煤油灯。他的个头比我想象的要矮得多,并且在灯光下他的脸显得很凶。

翌晨漫天乌云。周围一片浓雾,我几乎连窗户都不敢开。我来到院子里,不知是天上的雨滴,还是树上的水珠,冷冰冰的水滴不住地往脸上滴落。

我不甘心就此离去,便再次央求老太太留我数日,她却措词含糊，不置可否。后来才知道，如果多给她几个小费，她一定会留我的，可当时我没想到这点。当小和尚来通知吃早饭时，他告诉我不能多住，并且说如果今天要下山就请快去吃饭。我一听火冒三丈，当即决定离开，于是匆匆走了出去。我想先把山上重要的古迹游览一番再说，便独自悠闲自在地沿山径走去。因为是清晨，全山的总寺根本中堂的大门紧闭着，山上更无行人。只有我一个人惴惴不安地走在这羊肠小路上，杉树梢上的水珠簌簌地往下洒落。近来我对各种不如意的事已逐渐习惯了。我怀着极大的乐趣来到山上，却又不得不如此沮丧地速速离去，觉得实在划不来，不过现在我还有充分的时间来考虑下一步的计划。我决定今天下山，然后在湖畔寻觅一个幽静之处，来完成审稿工作。




不知为何，我对此山感怀至深。也许是因为当日的满山云雾才促使我有此感觉的吧。林梢上好像刮起了风，大滴的水珠淅沥而落；仰望天空，一片白茫茫，不知是云是雾，连绵不断地飞驰而去。不仅高大的树梢摇来摆去，连那脚下路边茂密的绿树青草也在随风起伏。当我驻足观看时，一股恐怖感袭上心头。

我向净土院走去，路标上写着从根本中堂至净土院有三里地。听说这个寺院是收纳本山的开山祖传教大师遗骨的地方，今年正是大师逝世一千一百周年。还听说此山全盛时期有三千和尚，山上山下布满了殿堂，如今寺院仅存三十处，而住人者不过十六七处而已。全山面积近二十平方公里，满山苍杉翠柏，遮天盖地。我沿小径前行，走到高岗处，见到一个小茶馆。那不断飘动的云雾从茶馆的破旧屋檐边飞了过去。我朝屋里一瞧，一个老大爷正在忙着烧火，那红红的火苗着实温暖可亲，于是我步履蹒跚地走到跟前。老大爷看见我这个大清早出现的不速之客，显出惊异的神色，从屋里走了出来。他是个须发皆白，体格健壮的高个子。仅交谈几句，我就感觉出他是个和善的老人。无意中我讲起昨晚遇到的不快，并问他有否熟识的寺院让我住上五六日。他寻思片刻后说道："有。我替你问问看，不过现在刚起床，你也看到这儿就我一个人，不能马上离开。我女儿她很快会从山下上来的，她一来我就让她去帮您打听。您趁这工夫可以到那边去转一转。"听了这番出乎意料的亲切之言，我高兴极了。如果能找到住处那该多么幸运！我再次拜托老人务必为我解难。这时，我重新扫视了一下小屋，店头摆着粗点心、夏柑、香烟等，里边挨着"土间"铺了两三块草垫。我问老大爷是否经常一人在此？他说晚间一年到头都是单身在此，白天老伴和姑娘从山下上来。他还说由于闲居无聊才开这么个小铺的，现在已经习惯了，反觉这样更舒服些。说罢笑了起来。

小茶馆背后是个又宽又深的山涧。不知不觉间已经稀薄下来的雾气，变成了密集的白云，布满深谷，天空露出了几片蓝色。我说了声："好吧！我去转一下。找房子的事就拜托您啦！"便走出了茶馆。周围一片寂静，连只麻雀也看不见的净土院内泉水喷涌，泉边盛开着美丽的石楠花。这一带每隔三五百米就有一座有来历的寺院，如释迦殿、五轮塔等。我走出净土院后，把这些殿堂逐个游览了一遍，再回到茶馆一看，只有大批中学生模样的游客，却不见茶馆的姑娘上来。于是我又去攀登比睿山的最高峰四明岳。据说这里是古代平将门[1]登临之处。他曾在此一面俯视京都皇城，同时心中立下夺取天下的宏图大志。从这儿望去，确实四面苍茫，自丹波路向江州方向伸延的山脉，在漫无际涯的云天之下，起伏连绵，煞是壮观。由于高处冷风逼人，无法久立。于是我走下峰顶，来到一块平坦的松林，林木稀疏，而且因常年的风吹雨打，枝干虬曲。我在此躺了一阵，一只黄莺藏在松枝深处不停地鸣唱，怎么也不肯远飞，看样子它的窝巢就在近处。我由此往下走，再次返回茶馆。老大爷看见我就说，他姑娘刚来就被他打发去询问住处了，看来问题不大，请他稍等一会儿。这时，我看到茶馆里摆着两三瓶酒，便买下一瓶，没有温烫就慢慢喝了起来。不大工夫，一个二十岁上下、肤色略黑、长得很是招人喜欢的姑娘，从山涧走了上来。老大爷和她交谈了三两句之后，那满口无牙的面部顿时堆起了笑容，回头看了看我。我见这般情景不由得也会心地笑了起来。

---

[1]日本平安朝中期的武将。

事情办得挺顺利，不过据老大爷说，那座寺院是比睿山上荒圮最甚的寺院，虽然有个住持，但平时并不住在寺中，他兼管山下的寺院，所以无事是不来的；只有个看寺的老头儿常住寺中，因此要留宿只能和看寺人一块儿起伙。老大爷关心地问我是否吃得消，我回答说这正是我所期望的。我非常高兴自己的愿望能得到满足。我递过斟满凉酒的杯子，劝他也喝一杯，他兴致勃勃地走到我跟前，接过酒杯，一饮而尽。我笑着说："老大爷也喜欢喝酒呀！"他说："正因为爱喝这口酒，才能在这深山密林中呆得住哪！"此时正好没有游客，我和他便慢慢地对饮起来。喝到一半，他像突然想起什么似的，对我说道："先生要是在寺里喝酒的话，让那看寺的老头儿也尝尝，哪怕一杯也好，他比我更爱喝酒。他家原是山下有钱的大户，全给他喝光了。现在既无妻室又无儿女，孤寡一人住在寺内。"老大爷说话的语气极为诚恳。我当即回答说："没问题。"并说我哪天也离不开酒，正好有个酒友相伴。说话间，从山涧方向慢腾腾地走上来一个高个老头儿，头剃得亮光光的，嘴角和眼睛显得有些呆滞。"喏，他来啦！"茶馆老大爷说着便起身迎候，并打招呼说："又给你添麻烦啦！"那老头儿道："我那儿什么也没有，听说客人没住处，就让他在那儿凑合吧！"说着向我们走了过来。我也起身寒暄了几句。老头儿只是默默地眨着眼，向我点了个头。姑娘见他那表情，觉得十分滑稽，便两手掩面笑了起来。茶馆老大爷也笑道："先生，这个老爷子耳朵背，听不见你说话的声音。"其实我的声音比一般人高得多，这么大声音还听不见，岂不等于聋人?! 要和这样一个老头儿在那荒凉的寺院过上五六天！我不得不重新打量一下我面前这个木然而立、满脸皱纹的高个儿老头。

一会儿，这个老大爷便领我走下山涧。一路上但见那杉树比先前看到的更加古老苍劲，而草径却变得愈来愈狭小。路程相当远。我说："好远哪！"老大爷说："哪里，从茶馆算起不过一里半路！"我问他这一带还有没有别的寺院，他说最近的是释迦殿，不过那里无人居住，所以我们这儿实际如同一座孤寺。

果然，这是座孤零零的寺院，四面是茂密的森林。大殿的外部颇为壮观，到里边一看却是满目凋敝的不堪之状。老大爷指着一个房间说："喏，这屋已经收拾好了。"我走了进去，脚一踏上草席就有一种湿漉漉的感觉。屋子中间的地炉里堆满了红红的炭火。我独自呆呆地坐了一会儿，突然听到一阵猛烈的声响。走到窗前一看，山野不知何时已变成一片白茫茫的云山雾海，大雨哗哗地下了起来。

周祥仑　译

# 在冬日的山上

〔日本〕东山魁夷




群山显露出层层皱襞,向远方绵延而去。冬枯的山肌一片沉郁,灰黄,这种颜色本身颇叫人难以捉摸。这时,夕阳照射下来,明亮的地方呈淡红色,阴影的部分呈青紫色,交织成一幅明暗协调的微妙的画图,默默无言地屏息着。傍晚的天空没有一丝云,天地连接处融会在淡淡的光明之中,更显得无限空阔。

我坐在阒无人迹的山顶草原上，眺望着光与影微妙的变化。我是背着挎包,抱着画板,从佐贯车站走了三个小时的山路才来到这座鹿野山的。登山时,我的挎包里塞满了野宿用的干粮和颜料盒。我的汗水淋漓的肌肤一旦接触寒冷的大气,觉得十分舒畅。除了住在山寺的禅房里之外,再也找不到旅馆。而且,当时也不通公共汽车。那是1946年冬天的事。

这是个壮阔的景象。山连山,谷连谷,像大海起伏的波涛,在我心中轰鸣。不管是一抹晚霞,还是静谧的天空,都显得那般安详,多情。山谷的暮影里闪现出一条道路。我独自攀登着山路,我的思绪时起时消,而今停在一个归结点上了。现在,我的心越过一道道峡谷,飞向绿意迷蒙的远山,飞向空阔无垠的天际。是否可以说,这里又成了一个新的起点呢?

我要谈谈从佐贯车站到达这里的情形。三个小时的行程,使我回忆起往昔漫长的岁月。

镇子上到处残留着连带土囤的房屋,道路穿过这里很快通向山野。镇上有一家住户,从那座灰暗的小门,可以望见煤烟熏黑的古老的房柱上的挂钟。一看见这个,一种类似乡愁的情绪紧紧抓住我的心。我仿佛看到了一位身材矮小的白发老太太,戴着眼镜,正在缝补衣裳。

我住在父母家里,这也是个带土囤的房子,位于神户市下町,靠近仓库毗连的海岸。看上去不像佐贯镇这样逼仄,难耐,柱子也没有被煤烟熏过。只有那挂钟相当古朴,家里人踩着垫脚石,旋转文字盘上的长针校正时间时,挂钟便当当地发出响声。和这钟声同样令人怀念的还有:轮船上粗大的警笛发出的低吼;小汽艇引擎的断断续续的鸣叫;还有那聚集岸边的帆船的桅杆发出的吱吱的声响。

母亲在挂钟下做针线活。她平时的衣着打扮总是整齐，干净。从门口到里间，是一带笔直的泥土地面，靠近后院有厨房和水井。厨房的屋顶一直通向二楼，站在楼上的窗口旁窥伺，可以嗅到饭菜的香味。孩子们的房间在楼上，每当闻到那股香味，过一会儿便会听到母亲的呼唤："下来吃饭啦！"

家门口挂着一块带有黄铜鼻子的小招牌，上面写着"东山商店"。店内的泥地上堆积着漆罐、油灯、辘轳、钢丝和铁锚等物件。墙上挂着轮船和船坞的照片、各种油漆标本。台上放着帆船模型。墙角是个大金库(里面似乎只有账本一类东西)。

父亲喜欢阔气，崇尚时髦，他那纯粹的东京口音一辈子没有改变一丝一毫。父亲不会做生意，即使心绪不好，满身的穿戴也颇为考究。真是一个令人羡慕的乐天派。

我是三兄弟当中的老二，在外头是个老实温驯的少年，但心里始终藏着一处秘密，独自享受着孤寂的情趣。后来进了幼儿园和小学校，尽管范围狭小，但在同社会的联系之中，初步能够料理自己了。然而，每当独处的时候，我的性格便使我强烈地意识到一种安然和解放之感。我内心藏着秘密，一方面固然决定于我天生的性格，另外也或许因为受到父母生活的影响所致。性格的差异是双亲之间存在的一个严重的问题。我在幼年时代，看到了人们强烈的爱与憎，正因为我的外在表现诚实而讨大人喜欢，所以越发在内心里印上了深刻的影子。我认为这样的影子是拂拭不掉的。相反，我感觉它在心中正暗暗生长起来。我从小就喜欢在屋子里画画，看来，恐怕和这一点有关系。进入中学之后，我独自一人置身于山野和海滨，我感到无比的安然、舒畅。由于父亲的反对和母亲的担心，我虽然几次踌躇，但我还是选择了画家的道路……

攀登着山路，使我泛起久远的回忆，可以说我是从人生的起点上一步一步走过来的。有时中断了去路，有时又滑入歧途。既有叫人喘不过气来的陡峭的高坡，也有宽阔平坦的康庄大道。有时候，走一段幽暗阴冷的斜坡，又忽然峰回路转，阳光明媚。

当我告别父母离开神户进入东京美术学校的时候，哥哥死了；当我留学德国，到意大利和法国旅行的时候，父亲破产，自己结婚，弟弟生病，母亲生病，战争，父亲去世，疏散，应召入伍……我跨过一道道幽暗的深谷。

蓦然，云开雾散，明丽的光景浮现出来。

甲府盆地周围的群山，清晰地印在晴朗的天空。甲府市区一片焦土，我坐在由街头开往荆江的电车上，脏污的复员制服外面背着行囊。在荆江一下车，穿过桑园间的小路，就看到亲人们正站在屋檐下招手迎接。我怀着兴奋的心情疾步走去。

战争结束了，我从九州的熊本穿过战火焚烧过的座座城镇，回到母亲和妻子疏散来的这个村庄。母亲和妻子曾一度疏散到了飞驒的高山区。我应征入伍后，她们又转移到岳父母的疏散点荆江，大家住在一块儿了。

我的父亲死于战争开始时高唱《军舰进行曲》的那个年代。弟弟患肺结核，从一个疗养所转到另一个疗养所，战争行将结束的时候，他住在富山县古里疗养所，因此家里只剩下母亲、妻子和我三个人。我学习绘画尚未被画坛承认，就参加了战争，眼下复员回来，想想将来的前途，依然心情黯淡。但是，战争总算结束了，我可以和阔别的亲人住到一块儿了。我又可以自由画画了，我为这一天的到来欣喜若狂。于是，我在村庄附近开始写生了。

这当儿，我发现母亲的身体愈加羸弱，最初来诊治的一位青年医生说，这是普通的胃肠炎。可是，病情着实有些怪，只好再请另外的医生。这位老大夫把我叫到隔壁房间，明确地宣告道，已经没有救了。我当时听他这么说，反觉得是自然的事。不一会儿，我被巨大的哀痛和悔恨征服了，一时坐立不安起来。

过了两周，母亲死了。这个时期，我和妻子精心照料病人，弄得疲惫不堪。弟弟在交通极端不便的情况下，不顾一切赶来，当时母亲还保有最后一点朦胧的意识，总算幸运。

战后第二年的二月，举办了首届“日展”[1]，我来到千叶县市川市，决定画一些送展，我以为我是尽了全力来画的。然而这种场合的作品，容易陷入盲目的梦想之中。公布入选作品

[1]“日本画展览会”的略称。

那天，我请求进入美术馆看了入选名单，一看才知道没有自己的名字。接着又逐个仔细地看了一遍，弄清楚自己确实名落孙山之后，这才拖着沉重的步子走出了美术馆。我神情沮丧地回到家中，等待我的是弟弟病危的通知。

我来到富山附近的古里疗养所，只见弟弟面颊潮红，声音喑哑，说话几乎叫人听不见，但又不像是快要死去的人。他的喉头结核很严重，到了无可救药的地步了。我坐在弟弟身旁，拿出带来的纸张，给他画了好几幅画。我所能做的就只有这个了。他叫我画一幅玛丽亚的像，我随便画了一幅看来像是圣母的画，弟弟说，倒像个花园。不到一星期，他就死了。

不久，收纳母亲遗骨的墓穴里又增添了弟弟，就这样，和我休戚与共、患难相从的亲人一个也没有了。从家庭方面来讲，只剩下我和妻子两个人了，况且，至今栖无定所。那时的我，已经堕入了深渊，但一想到再也不会沉落到哪儿去的时候，心里反而感到踏实了。我自己对自己说，今后要一步步挣脱着爬出来。

妻留在山梨县的疏散点上，我在市川市租了房子住着。我要重新考虑今后的生活安排和自己的艺术道路。东京也成了一片焦土，这时候开始陆续出现一些小型的简易住房。

在一位老朋友的介绍下，我到美军红十字俱乐部讲授日本画。我把妻子从疏散点招来，租了市川市中村先生事务所的二楼住了下来。先前只打算租住两三个月，再去找房子。可市川市很难寻到合适的，就这样，日子很快过去了。这是一个一切都很匮乏的时代，但也是我的心灵逐渐开启的时代。我开始持有这样一种态度：我迷茫而又深刻地看待自己，沉静地观察自然，然后，将我获得的微妙的感受细细描绘在画面之上。

就这样，如今我站在这座山头，可以望见九十九道峡谷。可以说，我是偶然到这儿来的，也可以看作是命运的安排。脚边冬季的草木，背后脱光叶子的树林，眼前不见边际的重叠的高山、峡谷，还有包裹着的天地万物，在这一瞬间都和我同命相连了。静静地互相承认各自的存在，一起生活在无常之中。这萧条的风景，这寂寞的自身，都使我感觉到内心里十分充实。

山山岭岭的残红一个一个消失了，傍晚的雾霭向深谷飘散。我感到一阵寒冷，便向今夜的宿地、那座老杉树耸立的寺院走去。

住在神野寺那几天，在我所看到的这一带风景里，又重合了我以往走过的甲信和上越诸山的景象，一幅雄大的构图在我脑里展开。居于中央最远处是联想中的八岳和妙高诸峰的远景，借助夕阳最后的余晖，将粗犷的构图处理得更加紧凑。光的明暗，大气的远近协调，山岭的轮廓成有规律的重叠，是构成这幅作品的要素。我通过这些所要表现的，是我当时的心灵的反映，我的执着的祈求，还有极端索寞的自然同我紧密相连的充实感。

在二楼房间里作画，由于窗户太小，画板拿不出去，只得先做好一样大小的两半，然后在房间里拼合起来，再把纸裱在上面。当时物资不足，纸张粗劣，又常常停电。有好几次，我正在涂抹天空等开阔的部分，忽然黑了，只得连忙点起蜡烛。我在作画的时候，竟然忘记了窗户的大小，等到送展时，画板抵在窗户上，拿不出去。猛醒之余，只得把画揭掉，把画板拆作两片，这才送到第三届"日展"上展出。这幅题名《残照》的作品获得特优，被政府买去了。这是一个契机，从此以后，我的劳动终于为社会所承认。

陈德文　译

# 旅人札记

〔法国〕司汤达



## 5月10日,自朗格尔去第戎途中

小山地势岑峻,林木蓊郁,殊堪娱目,这是离开梭蒙后看到的一处佳境。

今天我邂逅了这份景色。在这旺都峰,甚至沃克吕兹泉水周围那些最小的、很不起眼的山峦之间什么风光没有呢!

可惜巴黎附近无大山:倘若老天爷在这一带点缀少许湖山,法国文学当会更添异彩。在文学昌盛时期,如果无所不谈的拉布吕耶尔[1]在经过时把他深深的印象写作几行文字,美

---

[1]拉克吕耶尔(1645—1696),法国作家,著有《人物》,深刻地描写了当时社会上各种人的性格。

丽的风景肯定会像多菲乃省的波城或是克拉的景致那样深入人心。不幸的是,让我们这个世纪的平庸作家恬不知耻地纵谈这些事物,真是活活地糟蹋了它们。

秀丽如画这种评价，就像上好的公共马车和轮船一样来自英国;评说一处美丽的风景富有宗教意味,这就像英国人把一切都贵族化一样;在英国人看来,这是一种感情诚挚的表现。

这行杨柳,正是我在大家所读的书籍中看到的大自然的主要陈迹。内莫尔公爵因克莱芙王妃的抗拒而陷于绝望时,就曾在这些树下躲避过[1]。

法兰西为五条山脉所纵横交错。两道山丘作为塞纳河的墙垛,宛如高高隆起的麦垛;这一切自然景色应当从小河谷深处去看它们;若是从某一高地俯瞰,则觉得其丑无比。即使是瓦雷然山,如从雄伟的蒙莫朗西丘陵高处望去,也会觉得了无情趣。

可惜没有一位善良的仙女把格勒诺布尔周围的那些险峻奇高的大山移一座到这里来!

如果这位仙女用四法里宽的海峡把法兰西跟西班牙和德国隔开,把可怜的意大利跟德国隔开,在这两个世纪里欧洲就更加接近文明所给予的幸福了。请您想象一下,若是莱茵河、维斯杜拉河、波河和埃布罗河直到源头都宽达十里,俄

---

[1] 见法国拉法耶特夫人的小说《克莱芙王妃》。

罗斯怎么能威胁文明，它的那些哥萨克兵又怎能在欧洲南部纵横驰骋呢？

我去年曾在柯尼斯堡[1]，我知道俄国没有两千万给她的军队来做这一美妙的旅行，不过中产阶级人士却被《奥格斯堡新闻》上登的那些译自俄文的恶狠狠的高价文章所吓倒！

让我们回到这个可怜的世界吧；下面就是我从朗热到第戎途中所研究的法国山脉的情况。

从布雷斯特至卜弗莱峰一线山地，

经过高雷，富惹尔，

雷格勒，吉安，和克拉迈西。





在贝叶南部，这道山脉为一从北至南之长岭所阻断（自圣-罗南部至沙托布里昂）。

这条山脉自卜弗莱峰，从慕兰到莫尔托涅之北，奔向东南，在东北蜿蜒直趋布尔朋内，再折向北，直到迈哲埃尔和圣波尔。该山脉从马尔什至凡尔登这一段是重叠的，于是形成了默兹河谷。

从勒米尔蒙起它与莱茵河法国一侧的河谷的墙垛相遇，从阿尔撒斯的巴隆至比什。

---

[1]柯尼斯堡濒临波罗的海，原属东普鲁士。

## 第二条山脉

从第戎和科多尔[1]，这条山脉到达靠近中央运河的万桑峰。在此直至瓦朗斯对面的舍朗都与罗讷河平行。在这个点上它达到一极大高度，随后折向东南，直趋弗罗拉克、罗戴弗和圣帕布尔(靠近凯瑟尔奴达里)。

## 第三条山脉

群山蜿蜒，画出了一个曲线角。这些山从卡卧尔起，即向东北再次升高，直至圣布尔散，行进途中形成卡倍尔山口和多尔峰。在马罗峰，这条山脉走势直趋西南，至靠近利摩日的沙吕斯。

如果想对法国土地有一全面的概念，不要忘记沙泰涅雷至摄弗莱和至路哲尼阿克(靠近圣让当热利)。

这条山脉通过一些向贡福明的丘陵把沙吕斯到马罗峰、圣日耳曼、拉库蒂纳和蒙太居连结在一起。

## 第四条山脉

这条南北走向的山脉由波托至巴查斯南边至比利牛斯

---

❶法国东南部的一个省，省会是第戎。

山，走向安哲章。

## 第五条山脉

汝拉峰自巴塞尔至贝莱，阿尔卑斯山自汝德堡和布雷纳尔，形成了勃朗峰，向南下降直到万蒂米耶入海，然后又在科西嘉出现。在西边，阿尔卑斯山塞满了整个多菲乃，直至阿维尼翁附近的旺都；在东边，恰恰相反，阿尔卑斯山在都灵近处，山势突然降低，开始出现广阔的平原，往昔这片美丽的沃壤曾为高卢人所征服，建起不少城市，如米兰、克雷摩内，等等。这块平原展现在都灵至威尼斯、布雷西亚和波洛涅之间。上面这是一段严肃的文字，为此，我想向读者致歉，我之所以要写这些东西是为了让大家了解法兰西的地理情况。

现在我想随便谈谈。

德·加斯珀兰先生在担任内政部长以前，曾长期研究农业，颇有成绩。经过仔细观察之后，他认为法国，从降水方面看，可以分做两个地区。在第一地区内，有春雨和秋雨；在第二地区内，有夏雨。第二地区在南方，第一地区则在北方；但是划分这两大地区的线并不是一条直线。它蜿蜒曲折；如果人们想到在这条线上有许多山和许多不同高度的土地，这就容易理解了。

人们可以想象小孩子们玩的那种大理石小圆球悬在一

个鸡蛋中间，让表示地球的球的直径和鸡蛋的小直径同一，那么蛋壳就标志高山绝顶上的永久雪点。在赤道下面应该有一座极高的山，使得在此处七月份仍有积雪。

在赤道上，雪在一万五千尺的高山不会融化，这就是蛋的两端所表示的东西。相反，去瑞典，四五千尺高度上仍然有雪。

因此，您很容易地看到山的高低会影响到法国气候和雨线。

显然，在第一地区，应有两种作物：因为这里有春季的雨和秋季的雨；在第二地区（法国南方），这里只有夏季下雨。

把德·加斯珀兰先生观察的这两个地方分隔开来的线从巴黎附近经过。这种多变的气候对我们很有益处，然而六五年以来却使得我们日趋衰弱。

另外还有一条奇异的线可以观察到，它也经过巴黎附近，这是一条葡萄种植线。这条线差不多是从南特附近到科布朗兹。意大利阳光充足，那里的人们力图酿制法国酒，但效果不佳，它们所酿造的葡萄酒只能达到西班牙的水平。

徐知免　译

# 首次登上白山之顶

〔法国〕大仲马




捷克·巴尔玛是游山的向导,年已七十二岁,他向大仲马述说他于1786年冒险攀登白山之顶的故事,这已是四十七年以前的事了。下面是捷克·巴尔玛登上山顶的经过。

## (一)第一次尝试

我拿着一根结实的、用铁包端的手杖,比通常用的手杖加倍的粗和加倍的长;我把军用壶装满烧酒,把面包放在衣袋中,于是我起程了。

三点钟以后,我到达了波森冰场。我穿过冰场,没有感到什么困难。四点钟以后,我到达了大骡坡,这算是初步的成果。我出发前已准备了点心，于是我吃了一些面包，喝了一些烧酒。

我敢向您担保：我对您讲的登山那个时期，在大骡坡还没有建筑起像现在那样平坦的场地，所以当时登大骡坡是艰苦的。而且，我在大骡坡，心中很不安，不知道再爬高时能不能找到一块可以过夜的地方。我左顾右盼，东张西望，没有看到任何一处我想找到的地方，我失望了。我抱着听天由命的思想再向前进行。

又攀登了两个半小时，我找到一块光秃秃而又干燥的好地方。这是一块矗立在雪地上的岩石，有六七尺长的面积，正符合我的需要。我不想在岩石上睡眠，只想坐待天明；在岩石上比在雪地强得多了。这时是晚上七点钟，我再吃一些面包，再喝一些烧酒，于是我就在岩石上安息度夜。岩石当床，不用长时间的准备，一会儿就安置好了。

在我的左边，是一片广大的、盖着白雪的平原，向它上延伸扩展，和群山中的哥台山峰相连结；在我的右面，靠近手边就是一个深度达八百尺的深渊，我不打算入睡，害怕在睡梦中滚进深渊。我坐在背包上面，两脚在岩石上拍击，两手互相磨擦，借以保持体温。

我时时听到雪块坠落的声音，雪块一面转滚，一面发出隆隆声，犹如在空中运行的雷声一样。冰块发出炸裂的声响，每次炸裂时，我都感到山在摇动。我既不感觉饥饿，也不感觉口渴，只觉头部奇痛，上自脑壳、下达眉毛的那部分，痛不堪言。当时，雾气仍未消散。我用手帕盖着面孔，以御寒冷。但我呼吸时，吐在手帕上的热气顿时冻结了。雪已把我的衣服弄湿，我仿佛像无衣无裤的裸体人那样寒冷。我一面加速做踏脚擦手的动作以取暖，一面放声歌唱以驱除头脑中各种胡思乱想。我的歌声在茫茫白雪中消失了，没有听到任何回声。四周都是冰天雪地，一切都是死沉沉的，连我自己的歌声，也使我感到是奇声怪调。我心怀恐惧，便闭口不唱了。

早晨两点钟，东方的天空，渐渐发白。晨曦出现于天际，我感到勇气又恢复了。升起的太阳，和遮蔽着白山的阴云做斗争；我一直希望着太阳驱散乌云。可是四点钟左右时，乌云层层密布，愈来愈厚，而太阳却微弱乏力；我不得不承认，今天我不能继续前进了。当时，我为了不做徒劳而无功的事情，便开始勘查四周的环境；我把整天的时间用来研究冰块，选择最好的通道。傍晚时，雾气弥漫空中，我便下山，到达鸟嘴峭壁，天色已黑。这个晚上比前天晚上过得好，因为我不再睡在冰地上，能够入睡一会儿。夜中我因冷而冻醒了。等到天亮，我立即向山谷走下去，因为我曾对我的太太说：不超出三天，我一定回来。仅仅到了哥得村时，我的已被冻结的衣服就融化了。

## (二)第二次尝试

我刚走出村庄不多远时，就遇见帕卡、喀列和多尔尼，这三个人都当向导。他们都背着背包，握着手杖，穿着旅行的服装。我问他们往何处去；我设想他们是去尝试我所未能完成的事业；尤其是因为日内瓦的物理学家索苏尔先生设立奖金，奖给首先登上白山顶峰的人，他们更要去一试。他们离开我后退几步，互相商量；过一会儿便来向我建议和他们一起攀登白山，我接受了他们的建议。但我已答应太太要回家，不能对太太失信，于是我返回家中，对她讲明再去登山，请她不要担心。我穿上长筒袜，换上复套鞋，又准备了干粮。晚上十一点钟，我不再睡眠，又起程登山了。到夜深一点钟，在鸟嘴峭壁，我赶上了他们三人。鸟嘴峭壁离我前次过夜的地方约有四里(古法国里)的路程。这时，他们三人正睡得很熟，我把他们喊醒。一瞬间，他们都起身了。我们四人一起向前行进。大约三时左右，我们到达高台山峰。

当其余三人去察看地形时，把我留在高台山峰，等候他们回来。我利用等待的空闲时间，冒险前去探看；大约行走了四分之一里的路程，便到了悬崖绝壁的地方，它连结着高台山峰和白山之顶。沿着这条路向前走，正像在高空中走绳索，危险万状。尽管这样，假如前面不是罗齐尖峰挡住去路的话，我还要前进，不达目的不止。因为不可能继续前进，我就回到和三个同伴分手的地方。他们三人的背包不见了，只留下我的那个背包。他们三人失去了登上白山之顶的信心，便半途而返了。他们的留言是："巴尔玛是敏捷的人，来追上我们吧！"

我成了一个孤单无伴的人了，当时有两个念头，使我犹豫不决：一个念头是去追赶他们三人；另一个念头是独自尝试攀登。他们不辞而别虽使我生气，但片刻之后，心中起了一个有志者事竟成的念头，于是我决定独自继续攀登。我背上了背包，又启程前进了。那时是傍晚四点钟。

我穿过大盆地，来到勃朗伐冰场，从那里俯瞰，看到山麓比爱蒙地区的柯梅欧城和亚斯脱山谷。白天就要变成黑夜了，我急忙找个过夜的地方，但过了一小时，什么也没有找到，这使我回忆前晚宿夜的情景，便决心回家了。我于是走回头路，到达大盆地时，皑皑白雪的光芒刺坏我的双目，任何东西都看不清楚了。我头晕目眩，觉得眼前有大红点纷纷飞舞。我坐下来休息养神，闭着双目，低垂脑袋用双手托着。半小时后，我的视力才恢复；但夜幕已临，要抓时间快快下山。

我仅仅走了两百步，用手杖触地，感觉到脚下没有冰了，原来前面横着一条巨大裂缝，我正在裂缝的边缘。

我对这条裂缝说："啊！我认识你。"真的，巨大的裂缝上面有一冰桥，冰桥上面铺着一层雪，今天早晨，我们就从冰桥上走过去。我寻找这冰桥，但天色愈来愈黑，我的视力渐渐失灵，竟无法找到这冰桥。我的头部又发昏了，既不想喝水，又不想吃东西；胃部剧痛，心头发慌。当时我势必在裂缝旁边停留，等待天明。我把背包放在雪地上，把手巾代替遮风的帘布盖在面部。我尽一切可能做好度过寒夜的准备。这时，我好像处在比这儿大约更高两千尺的地方，寒气刺骨，雪片冰人。心中充满着忧愁。一种急切想睡的念头使我难以抗拒，我担心着死神的来临，我非常明白，这种种忧惧的思想和急切想睡的念头都是不祥之兆。假如我不幸闭上眼睛，就有永远不再张开眼睛的危险。从我安身之地，我看到在万尺之下的查摩尼村闪着灯光，想来那三个登山的伙伴正在火炉旁，或者正在床上享受着又温暖又安静的生活吧。

大约两点钟左右，我看到地平线上现出一道白光，像我已经对您说过的那种白光。我第一次看到乌云笼照着白山，它像戴上假发似的。每逢天气不好时，就发生这种现象。遇到这种情景，就不要再登白山了。我熟悉情况，所以小心留神，便向山谷走下去。两次登山，徒劳无功，心中虽懊恼，但并不灰心。五点钟以后，我到达我的村庄。我把自己关在堆干草的屋子里，躺在干草上睡着，酣睡二十四个小时才醒转来。



## （三）登白山之顶成功了

三个星期过去了，天气还没有好转，但我做第三次尝试的热情并未降低。派卡医生是我对您讲过的那位向导的亲属，他想和我一起登山；因此，我们约定，一俟天气晴朗，我们就一起出发。1786 年 8 月 8 日，我觉得天气变好，可以冒险登山了。我去找派卡，对他说："喂！医生，你爽直说吧！你的决心是否可靠？你不怕寒冷和冰雪？你不怕悬崖和绝壁？"

派卡回答说："巴尔玛，我和你一起去，什么也不怕。"

我开着玩笑说："那好，现在是时候了，就去攀登这座小山吧。"

就在当天的晚上，我们登上哥得山坡的顶点睡下；哥得山坡是在波森冰场和塔空耐冰场之间。我带了一条毯子，我用这毯子像包裹小孩一样包裹在医生身上。由于有了这种护身物，医生度过比较好的一晚。至于我自己呢，我入睡后，一直睡到一点半钟左右时才醒转来。到两点钟，东方发白。不久，太阳渐渐上升，没有云，没有雾，天空多么美丽，我们毕竟遇到这种好日子。我喊醒医生，一同出发了。

我们在山上攀登了两小时，过了盆地以后，狂风向我们吹来，而且风吹得愈来愈猛烈。以后，我们到达小骡岩石的高顶，一阵猛烈的暴风把医生的帽子吹跑了。我听到他的叫喊和诅咒声，转过头来，看到他的毡帽吹到柯梅城那方向去了。他张开着双臂看着他的毡帽被风吹去。

我对他说："唉！医生，算是倒霉吧，我们不能再见到它了。它被吹到比哀蒙地区去了，让它一路顺风吧。"

狂风好像爱开玩笑似的。我刚说完这句话，就吹来一阵如此猛烈的狂风，我不得不立即躺下，腹部着地，背部朝天，以避免像帽子被狂风刮走。经过十分钟，我还不能站立起来。风凶猛地冲击着山岳，旋风中夹着大如房舍的雪块在我头上呼啸而过。等到风势稍退，我就站起来继续前进，但医生站不起来，用两手两脚爬着前进。我们到达一座山峰，从那儿可以遥见下面的村庄。

这时，医生用尽气力才站立起来，但无论如何对他劝说和鼓励，也不能使他下定决心继续登山。于是我对他说，我回来后看他，说完后我独自一人攀登了。

从此以后，路程中未遇到极大的困难，不过愈爬愈高时，空气逐渐稀薄，呼吸短促了。我像是一个肺结核病患者，每走几步就停息一会儿，我仿佛感觉到失去肺部器官，又好像胸腔是空空的。四分之一里的路程，我须用一小时的时间行走。我低下头一步一步地向上爬着。但当我看到已经到达一个从未见过的山顶时，我便抬起头来一看，我终究登上白山之顶了。

我担心着这不是真的事实，于是我看看四周，惊喜地发现新奇的尖端。我再没有攀登的气力了，我的双腿支持不住了。哎！我不用再攀登了，我已经完成我登山的任务。我登上了从来没有人到过的白山之顶，甚至雄鹰和羚羊也未曾来过。我没有其他任何的帮助，只是我的毅力和精力使我独自登上白山之顶。周围的一切好像是属于我的了。天啊！我变成了白山之王了。白山是一座高大的宝座,我成了这宝座上的人像。

于是,我转身向着我的查摩尼村庄,用我的手杖举着帽子挥动着。我在望远镜中看到全村的同胞们都站在广场上,举着双手,回答我挥帽的动作。

注:白山是欧洲最高的山,高度达 4810 米,位于阿尔卑斯山脉法国、瑞士和意大利三国的交界处。

陆炳熊 译

# 阿尔卑斯山游记

〔德国〕盖·西默尔





在瑞士的旅游业中正在发生一个过程,这个过程九十年前就已经启动,但是在最近十年里才取得明确的统治地位。人们可以称这过程为自然享受大企业,这与我们的经济发展有着超出外表的类似性。现在有一条条迅速相继兴建起来的铁路通往以往只有孤独的徒步旅行者才能到达的旅游点;若是高地太陡峭,修不了公路,如向米伦或万沃纳泼方向,人们便修一条铁路;这铁路似乎已经万无一失,不管迄今已经有这么多的登山者登上这个难以攀登的高峰——这条铁路也许仅用一天时间就可以把同样多的登山者送到山上去。浮士德的愿望："但愿我独自一人站在你，大自然的面前！"越来越难以实现，所以这样的话说得越来越少了。游览阿尔卑斯山的一种教育值就是，仅仅为了这样的代价提供其享受：人们从外表和内心都偏爱自己；但是如今军用和畜群大街的舒适性能颇具有诱惑力，而这种与多彩的并且恰恰因此也就在其总体效果上无色彩的群众的单纯空间的会合则促使我们产生一种平均情绪，它就像把所有社会平均值拉下来那样，也把有较高贵气质的人拉下来，而没有使才能低下的人得到相应的提高。

总而言之，我承认这种社会化的大企业比登山运动的个人活动有极大的优越性；无论如何总算是无数的人可以因此而享受到大自然的乐趣，这种乐趣在从前是为他们的体力和财力所无法企及的。我最不赞同那种浪漫精神，这种人以为难以行走的道路、史前时代的饭食和硬邦邦的睡床具有美好、古老的旅游时代的那种早已消失的魅力；这种看法尤具值得怀疑，因为这种乐趣，连同种种孤独和寂静，对于寻找它们的那个人来说，在阿尔卑斯山里，不管怎么说，还是足够多地存在着的。但是恰恰是阿尔卑斯山交通的迅猛发展促使人们提出这样的问题：我们的文化究竟从中获得什么好处。这是因为，阿尔卑斯山旅行必定已经被视为我们的上层社会精神生活中的一个重要因素，被视为民族心理学的研究对象。

人们说，看看阿尔卑斯山，这属于教育的一部分，并且不仅是在使教育成为“富裕”的孪生姐妹的这个意义上。资本主义的力量也延伸至观念的范围；资本主义相当富有，足以在自己的私有财产之外再给自己弄到一个像“教育”这样曾经是高贵的观念。不单单这样来理解这件事；而是思想有深度和有才智的人以为到阿尔卑斯山去便是培养自己的思想和才智。除了休养身体和一瞬即逝的享受，一种某种程度上是道德的因素也起了作用，这是一种精神上的满足，它似乎将这些乐趣完全排除在自私享受之外。我觉得，在这种教养和教育价值——这种价值把阿尔卑斯山旅游同其他单纯感官满足分开——的特殊情调中蕴含着那些自由的自欺欺人手法中的一种，而一种对自己的利己主义感到吃惊的文化则还想用这些自欺欺人手法引来“崇高观点”中的最主观成分并羞羞答答地给每一种 tel est notre plaisir[1]披上客观公正的外衣。我以为，阿尔卑斯山旅游的教育价值是很微不足道的。阿尔卑斯山旅游使人在感觉上产生一种极度的紧张和澎湃的情绪，处于阴暗力量和光华妩媚之无可比拟的融合之中，大自然在观赏的瞬间使我们内心充满平素没有达到过的情感上的强烈程度，激起未曾发现过的内心活动，仿佛心灵是一面镜子似的，事物越高，它们在这面镜子里便印入得越深。但是这种激动和澎湃快得出奇地消退，像一种醉意那样消

[1]法文：这就是我们的快乐。

逝——这种醉意刺激神经产生极其强烈的振动，这种振动是其正常的力量所不能继续进行下去的。在阿尔卑斯山景致给人以精神上的振奋之后，随之而来的是恢复平原情绪，而且，我觉得，人们并没有当作持久不变的利益带来与那些异议只是成某种比例的充实、加深、庄严；尤其是与意大利的旅行相比，这一点相当突出。在瞬间被吸引的强度和深度与心灵的总体形态和情绪的落后值的不相称中，阿尔卑斯山自然风光的作用是与音乐的作用性质相似的。我认为，也给这种作用添加进了一种极其夸大了的教育价值。这种作用也把我们带进情感生活的童话般的区域，而这些区域的宝藏则是几乎可以说是拴在这个地方的；我们带走其中很少一点或者什么也不带走可以用来装饰我们的别的内部居室的东西。所有这种振奋和深化——这种深化我凭借音乐同样还会惊讶地在我们自己身上发现并作为财产加以欢迎——随同声音一起消失并让心中的情感丝毫不差地留在它先前所在的地方。一如音乐天赋，音乐的效果也是超然于其他教育范畴以外的。和美妙的阿尔卑斯山一样，美妙的音乐也不应该因此而失去一个小头衔；只是就两者的教育价值——在教育的最深刻意义上——而言，只是就其对心灵的总体态度的永久性效果而言，我认为，一般性的意见才需要作一次修正。

主观而自私的享受与教育值和感官值的混淆在阿尔卑斯高山运动中得到了最鲜明的体现。在阿尔卑斯山俱乐部的圈子里，认为“克服有生命危险的困难几乎可以说在道德上是值得赞扬的”的观念被认为是精神对物质的抗阻的一种胜利，是道德力量的一种结果：是勇气、坚强意志、为一个理想目标而殚精竭虑的结果。由于这些确确实实投入的精力人们从而就忘记了，这些精力在这里只是作为为实现一个完全不讲道德的甚至往往不道德的目标的手段而被保存起来，为了瞬间的享受，这种享受从这种鼓足的全部生命力中、从与危险的游戏中、从激动情绪中涌流而出，流贯这崇高的景象。我真的把这种享受归入生活能给予的最崇高的享受之列。现代的生活变得越动荡不安，捉摸不定，矛盾重重，我们便越热切地渴望超然我们的善恶之外的“高峰”，平素已经荒疏了仰视的我们便抬头向这些高峰望去。我不知道在这看得见的自然界中，除了这终年积雪的景致以外，还有什么会具有人世间超凡脱俗的性质，还有什么会用颜色和形态就已经充分显现出这“高峰”来。谁享受过一次这个，谁就会思念它，像思念拯救，思念和那个有着抑郁不宁和北德低地的自我决然不同的东西，思念那为制止意志的痛苦提供支撑的东西。所以这么多的人看重大山甚于看重大海，这大海波涛汹涌，以后又退去，退去以后，又潮水般涌来，全部都是无目的的循环往复运动——是一幅描绘自己内心活动的尴尬而又忠实的图画。当然，许多人恰恰为这所诱惑。因为不仅是“自我”的对极作为补充来拯救我们，而且风格化的、在纯正而没有任何偶然性的形象和象征中呈现出来的我们的命运和苦难的影像也含有——犹如通过一种秘密的顺势疗法——一种调和，一种有疗效的超越自我。然而，这里只是一种抚慰、忘却和梦幻，一种仅仅是无奈的享受。但是从冰川荒野的孤寂中涌现出健康的好行动性的感觉——但是当然只是在迅速消逝的审美激励的假象中——一种极度崇高和兴奋的感觉，这也许不是别的、纯粹表面呈现出来的形势中能产生出来的感觉。

但是因此这种享受依然是一种完全自私的享受，因此存在着纯粹为了一种享受而冒生命危险的不道德，而且人们还让向导也去冒这种生命危险，这些向导为了50或100法郎就得为登山者的笨拙或厄运而付出自己的生命。一个登山者很可能会愤怒的，如果人们把他和一个赌徒相提并论的话；然而：两个人都是为了纯粹主观的激情和满足的缘故而拿自己的生命去冒险——因为赌徒也无数次地不管物质利益，而是只管通过冒险而绷紧生活意识，只管冷酷无情和激情、自己的熟练技巧和难以估摸的力量的恩惠之激动人心的混合。赌徒下一个赌注，从道义上来说只是为了最高的客观值的缘故，但不是为了有自信心的、不可传布的欢乐的缘故才下这个赌注。这只能受到富于浪漫色彩的魅力的迷惑，这种魅力从那些时代起就一直为每一种志愿的生命风险所专有，在这些时代里社会的或宗教的义务无数次地只是为了生命的代价而得以履行。这样的时代因此还替这种魅力唤起一丝尚未消散的道德尊严的模糊感觉，而不管这种魅力带有什么别的目的。

沈莉　译

# 塞尔文峰

〔法国〕戈蒂耶

面对着这种无与伦比的景色，我们静观了片刻，但山顶上有一种刺骨刀削般的严寒，被白日阳光融化了的冰雪，由于夜晚的到来，而重新结冻了。我们几乎被冻僵了，牙齿格格作响，不得不返回屋内。那过于寒冷的空气似乎使我们连呼吸也难以畅通，并且还给我们带来一种莫名其妙的焦虑感，但旅馆里温暖的气息很快就使这种感觉消失了。尽管白天已经非常疲劳，可是总提心吊胆怕赶不上壮丽辉煌的日出，我们一夜睡得颇不安稳，并且早早地就下了床。几名习惯于早起的游客已经准备出发。走廊上的房门一个接一个地开了，若明若暗的晨光中出现了几张被太阳晒黑的面孔。一位巴黎的记者，夏尔·道尔弗斯先生，将带着向导去攀登玫瑰峰，我们祝他一路顺风，月亮还悬挂在塞尔文峰旁边，如同一个巨人手中的盾牌。但天空的颜色已不是刚才的样子，淡蓝之中出现了渐渐扩展的乳白，犹如一杯水中滴进了几滴汽油。笼罩在深渊之上的黑暗已经消失，透过冰冷的蓝色透明的暗影，晶莹的冰川，昏暗的杉树林，高低不平的岩石和错落有致的山谷，清晰可见。低处飘荡着几片薄雾，如同断裂的轻纱和被风吹散的棉絮。连绵不断的山峰在天边勾画出一条奇特的、犬牙交错的曲线，把我们置身的高原围在中间，随着时间的推移，这条曲线变得柔和起来。影影绰绰的光线渗透出来，改变了悬崖峭壁上那阴森可怖的面貌。黑暗中的沟壑渐渐呈现出青色。大自然仿佛在等待，在悄无声息地等待，似乎一位大师的交响乐即将响起序曲的第一音符。

终于，东方出现了一道金色发红的光辉，照在一片翻滚的云彩之上，无数云朵如同波浪起伏的海水，泛着泡沫，滚向远方高山的山顶。几分钟之后，在云朵的下方，涌起跳动的麇集在一起的火红的鳞片，一座山峰之上露出圆盘弧状的一角，塞尔文远处的高峰立刻被染上一抹轻柔的玫瑰红，仿佛那儿有一个我们目不能见的窥视者，正在告诉我们太阳已经升起。这种只有天上才有的粉红，使最鲜艳的花朵和女人的脸庞黯然失色，如同一只闪动着光辉的蝴蝶轻轻地落到了高山的额头上，其妩媚和美丽，是任何人类语言也难以描摹的，只可略想，当爱神厄洛斯第一次吻普绪喀时，那羞红了脸的少女大约就是这副样子。太阳渐渐升高,而多彩多姿的光辉则向下延伸,照亮了巨人般山峰的一半。此时,金光和玫瑰色的光线混合在一起,所有的山顶都亮了起来,仿佛构成一个三脚架,支撑一个雄伟巨大的殿堂,并且以大自然所特有的神秘仪式,同声歌唱,迎接初升的朝阳。可惜,高原上缺少一个印加人的女巫师,来歌唱我们这个世界上可见的上帝;有的只是一个诗人,一个为他的报纸把他的印象写进散文的诗人。

很快地,我们周围的一切都已清晰可见了。不断向下延伸的阳光,如同流水,直泻在山坡上,道道金光与道道银光交织在一起,使积雪冰川暖意融融,使排排黑压压的杉树林金光闪烁,使大自然醒而复苏,使世界从黑暗中获得解放。太阳升起在洁净的天空上,月亮仿佛还不愿意立刻被取而代之,他们如同一对兄妹对望着。这是一对不能常见的兄妹,一个苍白而微蓝,一个金黄而火红,一个是黑夜的王后,一个是白日的主宰。这两个金黄和银白的圆盘分别高悬于天空的两侧,一个是黑夜的明灯,一个是白日的火炬,一起在晨光中闪烁,产生出一种最为神奇的景象。然而,月亮的光辉毕竟难以与太阳匹敌,便渐渐隐退了,消失了,在天空中只留下一片迷茫的灰色。

此时,与我们结队出游的女人出现在旅馆门口,她们起得太晚,失去了与东方玫瑰色的黎明一比颜色的机会,否则她们本来可以受到 17 世纪类似《晨起的美人》那样诗句的赞美。她们为错过观看壮丽的景色而深感遗憾，但她们并不像 18 世纪那些在日食过后才到达天文台的贵妇人，祈求太阳重新升起。

由于我们事先不了解情况，所以在讨论如何下山的时候才知道，我们所在的地方没有其他出路，如果不想从原路返回，只有圣德里杜尔山口通向意大利和奥斯特山谷。走这条路，旅行计划就会被打乱，我们的本意是想绕瑞士走一圈，何况，我们得在光滑而危险的冰川路上走四五个钟头。迫于无奈，我们只好再次取道泽尔马特。

我们必须从原路下山，昨天从这条路上来，我们可是历尽艰辛。我们拿着登山杖上路了，登山杖的一端是铁做的尖头，手柄则是一块羚羊角。我们如同一支重武器部队，走在最后，让那些轻装的队伍在前面侦察地形。至于坐骑，我们把它们留在了里费尔，因为路途险境不断，骑马毫无舒服可言。经过一段时间之后，我们把寸草不生的高地留在了身后，植物渐渐地出现了，高山牧场上绿草如茵，在不那么稀薄和更加温暖的气息里，几株落叶松伸展着它们的枝条，绿色苔藓平展展地盖满大片大片的山石。这些棱角分明的石头，如同地面上的堆堆骸骨，构成一块不毛之地。我们又返回了生机盎然的世界：成千上万朵美丽的小花装点着翠绿的山坡，在阳光下闪烁，拥挤在石头的缝隙之间，在小路旁眨着眼睛，仿佛在请求人们采摘。我们的旅伴已经无法抵御这种诱惑,他们发出一阵愉快的呼喊,疯狂地跑上跑下,采下黄色的银莲花,紫色的龙胆,嫩柔的高山紫罗兰,藏红色的毛茛,蓝色的高山钟花, 勿忘草和许多其他我们不知俗称是什么的可爱的小花。我们也不甘落后,于是就在我们已经插了一根孔雀羽毛的帽子上别上一朵奇特的白花,白花上面覆盖着一层白色茸毛,而它的茎和叶子上却是一种淡绿色的茸毛,仿佛因为怕冷而穿上了一件貂皮大衣,后来我们才从阿尔卑斯山植物志上得知这种花的学名是火绒鼠曲草,但当时我们却根本未曾想到。最为有趣的是看着两个少女,怀中抱满鲜花,顺着山坡向下跑去,仿佛脚底生了翅膀。风掀起她们的长发,她们的衣服也随风飘舞,如同埃尔科拉诺和庞贝城舞女的舞衣。她们并不恐惧那往来于花间的贝丽女神[1], 并且像她一样轻盈地从一块石头跳向另一块石头,挑选着某种小花和千奇百怪的小石头。

在阿尔卑斯山的植物群中,既没有卢梭的"长春花",也没有乔治·桑的"仙客来"。也许前者的季节业已过去,而后者的季节尚未到来。

从巨大的覆盖着虎耳草和墙草的石块中间流出股股泉水,我们用一个镀金的杯子,在这些寒冷如冰和晶莹如玉的

---

❶波斯女神,欧洲有以她为题材的芭蕾舞剧。

泉水中加进去几滴烧酒，喝了几口，因为在山间旅行得提防口渴。所有这些从冰川上流下来的水，农民称之为“野水”，都是不能喝的，空气和阳光没有使之具有生命所需要的元素，并且没有经过土壤的过滤。但唯一的危险是过凉，所以必须加进去一些含酒精的饮料。

最艰苦的路程已经被我们抛在了身后，我们走出一片盘根错节的仿佛生长在一个昔日滑坡之上的杉树林，来到平缓的通往谷底的山坡之上，我们顺着大道，走在牧场柔软的草地上，双脚如同踏在土耳其的伊兹密尔地毯上。我们满怀喜悦地又见到了芬德兰巴赫瀑布，依然那样水流湍急和泡沫飞扬，飞快地从一座小桥之下流过，接着我们很快地就接近了村庄最先出现的木屋。半小时之后，我们回到泽尔马特，走了这么长时间，加上天气寒冷，我们已经感到很饿了。

由于晚饭时间未到，我们就靠在窗台的栏杆上等着，一边抽着沃韦产的雪茄，我们无法找到更好的雪茄，只好抽它，忽然人群中引起一阵好奇的骚动：哲学家们离开他们的长登，闲逛的人加快了脚步，赶骡子的人也扔下他们的牲口，所有的人都向同一个地方跑去。人群中很快出现一支队伍，走在最前面的一个高大的年轻人，健壮而灵活，穿着短上衣、背心和短裤，护腿套直达膝盖，头上是一顶毡帽，低低地压住眼眉，这个充满阳刚之气意态坚决的人，尽管此时衣着朴素，却让人一眼就可看出是个地道的英国绅士。他是阿尔卑斯俱乐部的成员，刚刚成功地登上塞尔文峰。夜里，从里费尔的旅馆里，我们曾看见过他那断断续续的灯光，如同一道红色的光片，在半山腰间闪亮。走在他身后的是向导，身上背着卷绳子的滚筒，破冰的斧子，铁钎以及为征服这样一座险峻山峰所不可缺少的工具。这些被晒黑了的坚定的脸上，洋溢着一种战胜困难的满足，一种胜利的喜悦。

向导们回到旅馆，而那个英国人则把肩膀靠在门柱上站了一会儿，神态怠惰，极为冷淡，那样子似乎是来自他的伦敦蓓尔美尔街上的俱乐部。他或许并没有意识到，他信奉的是一种布鲁迈尔[1]由贺拉斯那儿发展而来的时髦主义信条，即一切都无须大惊小怪。

看着这个英俊的青年人，他肯定是个富家子弟，习惯于舒适和优雅的生活，却拿自己的生命做这种无谓的冒险，我们不禁想到，某些人的确对危险的登山运动有一种难以战胜的迷恋，无论发生什么事情，他们也不改初衷。这个阿尔卑斯俱乐部年轻的成员一定在来的时候见过泽尔马特墓地里他的三位同胞的坟墓。可是险峰自有它的魅力，如同深渊有深渊的魅力一样。它向人们发出召唤，它吸引着那些自恃勇敢和喜欢冒险的人，给他们以胜利的希望，对这些人而言，平静的现代生活使他们没有机会证实自己的力量。它高高地耸立

[1]布鲁迈尔：英国花花公子的代表人物(1778—1840)。

在那里，那难以接近的峰顶露出嘲弄般的样子，似乎在向软弱无能的人类发出了挑战，大自然有意为自己保留了许多高不可及的山峰，并且用种种障碍，用深雪、冰川和绝壁包围着它们，保护着它们，它使那儿的空气几乎无法呼吸，它把植物赶走，消灭了生命，它使乌云和暴风雨在那里堆积，生成，似乎在向人们说："你们不是已经有许多平原、草地、森林、美丽的河岸和丘陵了吗？这些地方不是处处阳光灿烂，长满葡萄吗？这块狭小的高地，一块不毛之地，一座连雄鹰也为之眩晕的山峰，属于我所有。你们到这里来干什么？下去吧，回家去吧，家里的人正在心惊肉跳地等着你们呢。"但越被拒之门外，人的欲望往往就越强烈，那座被紧紧守卫着的山峰于是具有一种无法抵抗的诱惑力。人们对它日思夜想，梦寐以求，攀登它的念头，压在人们心上，挥之不去，即使能到别的地方去旅行，人们也还是难以忘掉它，还是要不断地想起它。人们身边总是有一个露着嘲讽意味的幻影，使您仿佛看到了那座正在嘲笑您的没人攀登过的山峰。索绪尔和雷蒙，一个围着勃朗峰，一个围着贝尔杜峰，转了二十多年，终于未能如愿，含恨而死。

对于猎取岩羚羊的猎人来说，他们也受到同样诱惑力的吸引。他们知道，追赶这种可以从一块岩石跳到另一块岩石上的身体灵活而带角的山间动物，迟早有一天会一步不稳，跌到深渊、急流和冰洞之间去，或者被雪崩埋葬，被掉下来的山石砸死。有时，在人迹罕至的谷底，他们能够隐约看到一具被秃鹫撕碎的父辈的尸体。可是一旦看到蓝天之上，险峻的高山之上，有一只岩羚羊的身影，他们就无法控制自己，哪怕有千难万险，他们也要上去，他们攀登近乎于垂直的陡壁，跳跃深不可测的裂缝，沿着峭壁上的小道缓缓移动，仿佛像长了翅膀似的，穿过积雪覆盖的深沟。高山令他们狂热，他们无所畏惧，仿佛不知道还有地心引力学说的存在。很显然，这种历尽艰险所获得的快乐，使平原上的各种毫无风险的活动味同嚼蜡。这种快乐一旦拥有，人们就再也无法割舍了，他们必须一次又一次地获得，直到为它更新自己的生命。

正如米什莱在他的一本题名为《山》的书中所说："人们并不会因此退缩，那高高耸立的山峰，如同一个残忍无情和盛气凌人的女人，永不缺少追求者，永远有人希望能登上它的顶峰。猎人说：'是为了猎物'；登山者说：'是为了看看远方'；可是我说：'是为了写一本书'。我坐在我写字的书桌前，世界上的任何登山家都没有像我在阿尔卑斯山这样，登过这么多次山，走下过这么多的悬崖峭壁。其实所有这些辛苦努力的实际目的仍是为攀登而攀登，使之具有某种高尚的色彩，没有用（情况几乎总是如此）。"

不管理智对此有什么看法，这场人与山之间的搏斗充满诗意和崇高的精神。人们对伟大的行动有一种本能的敬仰，所以他们对勇敢的登山者十分敬重，总是用欢呼来迎接他们下山。勇敢的登山者们表现出一种一往无前的决心，他们在无法接近的顶峰上插上了人类智慧的大旗。

英国绅士缓缓走回房间，显然他非常需要休息了，尽管看起来身体强壮。因为我们想在夜里之前到达圣尼古拉，所以就来到餐厅，准备美餐一顿，我们在里费尔吃得非常简单，急需一顿比较丰盛的晚饭。给我们服务的是一个美丽的瓦莱女人，开始我们错以为她是意大利人。她手脚很麻利，半小时以后，我们四十人坐进了两辆有长凳的马车，按我们昨天来的原路返回，但车速却快了许多，因为过了泽尔马特之后是一种下坡。

简直难以想象，我们所看到的东西会由于远景的变化而发生如此巨大的变化。我们背向谷底，来时令我们啧啧称奇的景物已不复存在。高山模样大变，峭壁和侧影几乎令我们难以辨认，我们仿佛行进在一条陌生的大道上，展现在我们面前的也仿佛是一个我们未曾涉足的地方，我们并不感到乏味，虽然我们曾为归程的旧景重现和缺乏新意感到担心。夜晚的光辉并不像晨光那样，使景物具有一种斑斓的色彩，但具有另一种魅力，使伟岸的群山染上了更为庄重的颜色。深谷之中，维也日河奔腾咆哮，上面笼罩着一层更为浓重的黑暗。此时，大自然具有一种庄严的美。

在一条十分狭窄的路上，我们遇到一辆车。一边是深谷，另一边是几座木屋，牲口棚和其他附属设施。迎面而来的那辆车只好把马卸下来，把车推进一座猪圈里，这样我们才得以过去。

再往前走，出现了我们昨天轻而易举就穿过去了的那条湍急的小河，但白日融化的雪水使水量变大了，似乎要挡住我们，不让我们过去。最后，我们还是平安地到达了彼岸。

前面的另外一条小河，水势未涨，我们的马车一跃而过。

又经过一段路程之后，我们发现路边上站着一个人，他一动不动地注视着在山谷的缝隙间出现的远处的山峰，然后垂下头去，望着手里拿着的一本像书似的东西。来到他身边的时候，我们才知道他是一位正在写生的画家。我们向他致意，可是他并没有发现我们，他正在聚精会神地欣赏壮丽的景色。大自然之美看来并非没有意义，它有一个孤独而热情的欣赏者，后者正用草草的几笔把它不断更新的、线条优美的面貌永远固定在纸上。

我们到达圣尼古拉的时候，天已经黑了下来，一路上被随便固定在马车上的长凳颠来颠去后颇感疲劳。此时，落日的红光还映照在谷地上方的半山腰，谷底则已经被一片紫色的阴影覆盖。澄澈的天空渐渐布满大片乌云，奇形怪状，仿佛被撕破了翅膀，如同尖尖的石头之上的一群惊慌失措的蝙蝠。热风吹来，似乎是一个人急促的喘息，人们的胸膛里有一种暴风雨到来之前的压抑感，云间亮起时断时续的闪电，犹如正在吹熄的火焰的闪光。远方响起闷雷的声音，如同山间的熊叫,维也日河在不停地咆哮,在时而被闪电照亮的渐趋浓重的夜色中,人们可以隐约地看到河水泛起的白色浪花。

几滴巨大的雨点使我们离开了欣赏这种粗犷美的旅馆阳台,回到我们开向一条走廊的房间。旅馆以一个西班牙式内院为中心,有三条重叠的走廊,这种布局效果相当好,我们觉得既高雅,又方便。

听着滚滚的雷声和奔腾的河水,我们很快就进入了梦乡。在神奇的梦境中,我们又回到了塞尔文峰,轻而易举地登上险峻的山顶。我们在口袋里没能找到名片,为了纪念这次来访,我们在石头上,如同在一篇专栏文章的下方,写下了我们的名字。



赵坚　译

# 翻越洛泽尔山

〔英国〕史蒂文生



我在晚上沿着前行的路迹已经消失了，我继续循着一排在一片只有草皮的山坡上的石柱朝前走，它们就像曾引我登越果列山的那些石柱一般。天气已经暖和了。我把短上衣捆在行李上，只穿一件针织背心赶路。慕德斯婷情绪高昂，打破了她自己的常规，可说在我的经验里第一遭，颠颠簸簸地来一阵小跑，把我大衣口袋里的燕麦都泼洒出来。背衬着北盖瓦丹的景色，一步一步开阔，在往北，往东，往西伸展的荒野的丘陵地带没有出现一棵树、一幢房屋，晨光与朝岚里全是相间的蓝色与金色。一群小鸟不断地在我们经过的山径上飞掠，啁啾；它们在石柱上栖息，在草地上啄食，高视阔步，我看见它们在蓝空里连珠似的盘旋，不时地显示出在我与太阳之间的半透明的、闪光的翅膀。

差不多在我踏上旅途的一开始，一个模糊的声音，像是远处的激浪，灌满我的耳鼓。有时我不禁以为它是附近的瀑布的声音，有时又以为是由于山中万籁俱寂所产生的主观的幻觉。可是在我不断往前时，这个声音也增大了，成为一个庞大的炊壶的咝咝声，与此同时，一阵冷空气从山顶的方向开始直吹到我身上。最后我明白了，那是从洛泽尔的另外一面——南坡死劲吹来的风，我每走一步就跟这风更接近一些。

尽管早就渴望这一时刻，然而最后我在山巅放眼四方还是十分出乎意料。这一步似乎绝不比先前那许多步更具决定意义，“像坚毅的柯蒂兹，以鹰隼般的目光凝望太平洋，”[1]我，以自己的名义享有世界的这一新部分。因为我看到不是我一直长久攀登的粗糙的覆盖草皮的壁垒，而是一种深入混沌的云霄的景象，和一片我脚下青山纵横交错的大地。

洛泽尔山的位置近乎东西向，把盖瓦丹分割成两个不等的部分；它的最高点，菲尼尔峰，此时我正站在它的上面，海拔五千六百英尺，在天气晴朗时可俯瞰整个下兰居多克直到地中海。我跟不是假装就是相信他们站在菲尼尔峰上看到白帆驶过蒙特佩里尔与雪特[2]的人谈过话。在洛泽尔山的后面是地势偏高的北部地区，我就是穿过这个地区而来的，这地

---

[1]引自英国诗人济慈：《初读恰普曼译荷马》。

[2]法国在地中海沿岸的城市。

方住着一些枯燥乏味的人,没有树林,没有气势雄伟的山岭,过去也没有什么享有盛名的东西,除开狼群之外。但在我的前方却横陈着一个新的盖瓦丹,富足,风景如画,以激动人心的史实而驰誉。一般说来,我是处于靠莫纳斯蒂尔的塞文山区,在整个的旅程中都是如此,但在严格的与当地的意义上,只有在我脚下的这片地势复杂与景色粗野的地区才配称这个名字,在这个意义上农民才使用这个词。这是带有强调意味的塞文山区,塞文的塞文。就在那群山间难以辨认的曲径上以路易十四大帝所统率的军队和将帅为一方,和不多几千新教徒山民为一方展开了一场为时两年绿林好汉式的战争;一场野兽式的战争。一百八十年前,加米萨派教徒[1]在洛泽尔山上我所站立的地方保持了一个据点;他们有一个组织,一些兵工厂,是一个军事和宗教集团;他们的事情成为伦敦每个"咖啡馆"的话题;英格兰派遣舰队去支援他们;他们的领导作出预言,遭到杀害;举着旗,敲着鼓,唱着古老的法兰西的歌,他们的乐队有时候迎着白昼在有城墙围护的城市前行进,瓦解了国王的将军们;有时候在夜晚,或者披上伪装,他们攻下坚固的城堡,对盟友的背叛或敌人的残忍复仇。一百八十年前,那里产生了勇武的罗兰,罗兰伯爵即罗兰勋爵,法



[1]加米萨派教徒:指塞文山区的新教徒,他们在1685年废除"南特法令"后,曾起义反抗当局对新教徒的迫害。加米是兰居多克方言,白罩衫的意思,他们常穿这种白罩衫当作外衣。塞文山区1702年7月至1705年12月曾发生新旧教徒的激烈冲突。

兰西新教徒的大元帅[1]，庄严，沉着，傲慢，他是个满脸麻子的龙骑兵，有一位女郎出于爱情跟着他漫游。还有卡伐里埃[2]，一个面包师的徒弟，可是有军事天才，十七岁就当选为加米萨派军队的旅长，五十五岁死于英国泽西岛总督任上。还有卡斯坦内[3]，戴着丰盛的假发的游击队领导人，爱好争论的神学学者。奇怪的将军们，他们离群独处去祈求耶和华[4]的忠告：逃奔还是作战，派哨兵守卫还是不设防宿营，似乎上帝曾经以低语告诉了他们的心！跟随这些人以及别的领袖的是普通的先知和信徒，勇敢，耐心，不屈不挠，吃苦耐劳地在高山上奔驰，用赞美诗去活跃他们艰苦的生活，渴望打仗，热心祈祷，虔诚地倾听有精神病的儿童的预言，放一粒小麦在他们用来射击的火枪的白镴子弹里。



到此为止，我的行踪是穿越一个枯燥乏味的地区，在一条除了盖瓦丹吃小孩的野兽，狼中的拿破仑·波拿巴[5]外，没有什么东西驰名的路径上旅行。可是现在我却走进了世界史上富于浪漫色彩的一章，或说得更恰当些，带有浪漫色彩的

---

❶罗兰·拉波特(1675—1705)：加米萨派的先知与领袖。他最后被人出卖而遭到暗杀，从而结束了加米萨派的反抗。

❷让·卡伐里埃(1680—1740)：加米萨派的另一位年轻的领袖，起义失败后流亡英国，后在英军中服务。

❸安德烈·卡斯坦内(1674—1705)：罗兰的部下之一。加米萨派失败后，他隐居日内瓦。

❹耶和华：基督教《圣经》中上帝的称呼。

❺这是一只狼的名字，它于1765年出现在洛泽尔山中，曾在当时产生一些恐怖的传说。

脚注部分。所有这些往日的遗迹与英雄主义留下些什么呢？人们告诉我新教思想依然活在这个新教抵抗运动的首要地区，在白雪圣母院的客厅里教士本人就告诉我那么多的故事，可我还得搞明白那仅仅是残存的历史还是生机勃勃的、内容丰富的传统。还有，如果北塞文的人民在宗教眼光上是狭隘的，更多的是充满热诚而不是宽容博爱，那么我在这块迫害与报复的土地上——在一块教会的暴政导致了加米萨派的反抗，另一方面加米萨派的恐怖又驱使信仰旧教的农民暴发合法的抗争，因而加米萨派人与佛罗伦人[1]互相在群山之中各自逃生的这块土地上——要去寻求什么呢？

就在山顶上我停步看看前方的地点，那一串石柱突然完了；稍下一些，呈现出一条有几分像路迹似的小径，从这往下到一处非常危险的斜坡，盘旋曲折宛如一个开塞钻。它通往一处由陡峭的山崖构成的山谷，这里树桩似的岩石好似一片收割过的庄稼地，然后铺开一片绿油油的草地。我沿着这条小径急下，山坡的险峻，下山线路灵活不断的曲折，以及始终想在一个新地方发现什么新东西的老想法都协力使我健步如飞。再下面一点，出现一条由于集中几处泉水而形成的溪涧，随即在山间发出欢快的泠泠声。有时，它穿过小径而构成小小的瀑布，还附带一个小池，慕德斯婷就在池水中濯洗它

[1]佛罗伦人：是指来自雪尔河畔的小城圣佛罗仑，由一群旧教徒组成的匪帮分子。

的蹄子。

下坡的整个过程我觉得犹如梦境，如此之快就完成了。我刚一离山巅，山谷就遮断了我的道路，太阳晒在我身上，而我就步行在一种凝重的低地气氛里。山径变成一条道路，坡度时高时低地从容起伏。我经过一幢又一幢小屋，但似乎都无人居住；我没有看到一个人影，也没有听到一点声音，除开溪涧的水流声。不管怎样我是处于跟先一天完全不同的环境里。这儿，世界多石的骨架充满生气呈露在阳光下空气中。斜坡是陡峻而多变的。橡树紧傍着山丘，郁郁葱葱，让秋天给涂上强烈而有光泽的色彩。这里那里，又一条溪涧从左右汇潴，流过下游由雪白而杂乱的圆石形成的峡谷，山麓的河（因为它一路流着一边很快就把各方的溪水汇成一条河）在这里通过不顾一切的激流好一会儿喷吐着泡沫，那里又积成最迷人的海绿色的水潭，飞溅起棕褐色的水珠。就我所到的地方来说，我从未见到过一条河的色彩这么变化多端，而美得精致优雅；溪水澄澈得再没有更晶莹的了，草色再没有及得上它一半青翠的了；每遇到这种水潭我就有一种冲动想脱下这身炎热，满是灰尘的有形的衣服在山间的空气和流水中赤条条地洗浴一番。我一边走着始终没忘记当天是安息日[1]；静谧就是个重复不停的提醒者；在我的想象里我听到全欧洲教堂敲



[1]指基督徒的星期日。

响的钟声和唱赞美诗的歌声。

到底一个人声传入我的耳鼓——那是一声奇异地转化在怜悯与嘲弄之间的呼喊；越过山谷看去，我看到一个小小的顽童坐在草地上，双手抱着膝盖，由于距离的关系，身材小到几同可笑的侏儒地步。但是这个小坏蛋在我赶着慕德斯婷在橡树林里穿来穿去赶路的时候他早就认出我来了；他用这个地方震荡的高亢的音调招呼我表示致意。因为一切声音在相当的远方听来都是可爱而自然的，这一呼声，穿过这么多的清洁的山间空气和青翠的山谷，传到我耳边，所以似乎也是令人愉快的，且富于乡土风味，像这里的橡树跟河流那样。

不久之后，我沿着走来的那条河就流入邦德蒙维尔的塔恩河。邦德蒙维尔是一个具有血腥味的纪念地。

倪庆饩　译

# 过阿勒格尼山脉[1]

〔美国〕惠特曼





我们在星期六上午七点钟离开巴尔的摩，乘火车去坎伯兰。坎伯兰在阿勒格尼山脉[2]的东边，大约有一百七十英里之遥。值此五月季节，各地的景色自然并不十分迷人；这里的很长一段路，不是左边就是右边被高耸的阿尔卑斯山式的悬崖陡壁所拦断。我们至少有一百英里是顺着一条无止境的小河而行；它蜿蜒而流，我们也蜿蜒而行，它弯曲向前，我们也弯曲向前，实在奇妙。即便绕了这许多路，沿途仍要经过许多道路很差的地方。这也许是造价最高的铁路之一吧。但它赢利甚多。人们认认真真地“谈”到要把

---

❶本文为惠特曼描写新奥尔良之行的三篇见闻之一；最先发表在1848年5月的新奥尔良的《新月日报》上。

❷位于宾夕法尼亚州至北卡罗来纳州一带。

它修到俄亥俄州的某地，说不定是惠林。既然“谈”过了，很可能会兑现的；不过需要足够的钱——当然，也要占用大片土地啰！

到了哈帕渡口，给我们二十分钟的时间吃饭。这里显然又是另一番景色了。房屋耸立在我们的头顶，房子的后部在地底下；在这些房子的上端又耸立着别的房子，一层又一层。不过，这里最妙的景色(如果这不算胡说)却是在大约半英里之外的地方。火车一停，我们周围钟声大作，一片叫嚷声；这样的突然袭击几乎把我们吓得毛骨悚然！这般致意是不曾料想到的。当我们心神甫定，才发现有几家旅社，竞相招徕顾客去就餐。其中有一家的“对手”竞争尤为激烈，简直到了无所不用其极的程度——于是许多旅客只好乖乖地就范，而一顿美餐，却只花了25美分。

大约日落时分，我们到达坎伯兰。镇子倒也繁荣，有几栋公用大楼，有一两家报社，一些在西部和南方各种公众场合总能见到的机构，还有几家大旅馆。这里是个大码头，宾夕法尼亚州的大批货车在此集散，牛贩子从几百英里的西边来到这里，形成了这里的特色。你会看见周围车场上的车辆和赶车的人成群结队，很像是鞑靼人的车队；马匹松了缰，看上去很像是大草原[1]的车队。到了旺季，成百上千的货车，拱形车顶，盖着白帆布，从各地来到坎伯兰，将货物东运，再把从铁路运来的货物装走。形状很像以前在纽约展出过的“中国民




---

[1] 多指西伯利亚的大草原。

船”——两头翘，当中凹。一部车套四匹到六匹马。装“货”的量几乎是难计其数。如果有人无意在可怕的车轮前面掉进车辙里，那就会成为轮下鬼（典出印度教。教徒因虔诚而盲目死于印度教主神毗瑟拿的巨大车轮之下），十分灵验，驾车的人和赶牛赶马赶猪的贩子在这个地方是构成“社会”的一个主要部分。夜色像一件黑细棉布大衣在我们四周笼罩下来（这一形象，我想至少还没有被诗人们用尽），阿勒格尼山脉“淘气地”❶（这是当地的说法）耸立在我们这群发出鼻音的伙伴❷前面，我们坐进“服务周到”公用马车公司的一辆套着四匹马的马车里，就坐这辆车去翻山越岭。不管怎么说，他们办事很有条理。所有乘客的姓名都写在名册上（我们是在费城买的票，到惠林是每张十三美元），旁边站着一个工作人员，由两三个人管理专用的衡器。工作人员叫到你的名字，便将你的行李扔到衡器上称；如果超过55磅，另外加钱。然后把你塞进车里（真是名副其实地把你塞进去的，像塞行李一样，除非你的动作快）。行李就堆在你身后，然后再叫下一个名字——称行李——照此办理，直到最后。若有六人要车，或者不满六人却愿意付六人的车费，可以等。第二天派车送，是在早晨；愿意另定时间也可以。这个公司有一花招，那就是不给行李牌也不给收据，对此它佯装不知，概不负责。若有可能，各乘




❶即“令人赞叹”的意思。
❷指马匹。

客最好有一人作证，证明自己的行李和行李的总数，万一丢失，公司必须赔偿——不管公司怎样作弊。

于是，他们将我们九名乘客装进车里。车子过镇，上山，一路疾驶；从全面考虑，大家希望这一夜过得尽可能舒服一点才好，这是明摆着的。有一两位乘客想聊天，借以娱乐。有位老先生果然聊了起来。他住在俄亥俄州内地的一个农场上。他是去华盛顿（行车一夜，第二天一天，此事他至少提了二十五次之多）向政府索取五千元的，因为他战争期间[1]在缅因州海岸外俘获了一艘英国双桅商船。这艘船大概是因为风停了而不能行驶，或者诸如此类的情况，他正好指挥一只小渔船驶到那里，靠上去将该英国船俘获，并将它押回港内，政府人员将其没收，把船上的货卖了三万元。我们这位老先生（当时当然并不老）没有巡航的证件，结果分文未得。他现在是去华盛顿打听打听，希望至少得到他自己该得的那一份。（可怜的老头！如果他能活到国会付钱给他，他就是长生不老了。）这位出名的老头还告诉我们说，他的妻子一共生了十三胎，按一年的十二个月命名，还多了一个——个个活蹦乱跳的。对于墨西哥战争[2]，老先生不知如何想才算恰当；不过他认为政府对在战争中致残的人，对阵亡官兵的寡妇，至少应发给相当的抚恤金。我们其余的人听了，也觉得这主张明智




[1]指独立战争。

[2]指美国对墨西哥的侵略战争（1846—1848）。

有理。这里，我要说一下，仅此一下，我这回去内地，过江过河，虽然估计到会发现知情达理的人，但是我毫无准备，竟会在这些人身上发现真正的理智气质——哪怕是穿的鞋子最毛糙，衣服最粗敝。一位讽刺家[1]在描写我们西部的风俗习惯这个大领域里施展了他的才能；他也可以在最上层社会这样做。但我完全相信，比较一下真正的男子气概和美国人所说的“精明能干”，那么，纽约、费城、波士顿、布鲁克林等地的小康公民（因为我不想多谈乡下），尤其是这些地方的青年人，有居住密集、学校众多等等有利条件，他们却比不上西部人。西部人更加注重生活的现实，养成为自己考虑的习惯；而在城市里占主导地位的却是装腔作势和人为的风气。

上坡吃力，下坡轻快（开头的五十英里几乎全是上坡），走过这大自然的巨大胸脯上的沟沟坎坎。天气非常冷，月亮时隐时现，不管何时停车，地上都是厚厚的一层白雪。调换马匹的地方（每走十英里调换一次）一般都是长长的一层楼的旧房子。这里的烟煤既多又便宜，炉火熊熊。入夜，群山环抱，大路险峻弯曲，光秃秃的大树在我们四周隐隐呈现，旅客挤满了半个屋子，裹着以前从未见到的奇特的衣服——再加上炉火很旺，火光摇晃，把许多东西照得通红，在另一些东西上投下阴影——我可以对你说，这些短暂的停歇不是没有趣味

[1]似指查尔斯·狄更斯的《美国札记》一书；惠特曼在《波兹与民主》一文中也有类似的看法。

的。依我看，或许可以给一位美国画家提供第一流的场景。这画家不是无休无止地一味模仿，甘居第二、第三，而是抓住这新颖而真正富于色彩的场面来创作他的作品。尤其是有一家叫"阿勒格尼"的客栈，我们在那里停过一个钟头，是刚过半夜。(不管是去是回，驿车都在夜晚过山，使这些客栈带有某种不可思议的特色——从日落到第二天日出是最忙的。)有十一二个贩牲口的大汉躺在栈里的凳子上，还有一些在烧得旺旺的炉火前。屋梁很低，被烟熏得很黑。我走到这长长的走廊的另一头，从门口望去，虽然模糊不清，月光下的景色却十分壮观。我们刚从一个十分陡峭的大山下来，旁边是绝壁，显然有几百英尺高。墓地般的寂静笼罩着这一片肃穆的景色；山披银装——参天大树显得阴郁而可畏；只看见最大的星星，它们的光芒十倍地明亮。此时此刻，一个人的心不可抗拒地向着上帝，呈现出的这一庄严景象不过是上帝显示的最微小的力量而已。信仰啊！如果我要叫一个不信教者改变思想，我就在明朗美丽的夜晚，当群星灿烂时，把他带到这山上来。

这样旅行，时间和距离都悄然过去，直到我们迎接清晨的曙光。再过半个钟头就到尤尼恩敦；它在阿勒格尼山脉的西侧——"全体乘客"到达那里，真是再高兴不过了。

张禹九　译

# 最后的山

〔美国〕弗兰西斯·拉塞尔





缅因州北部的秋天，黄昏将近，天上零零落落地挂着些许浮云，一朵一朵的云影将这山区的景色装点得格外瑰丽、动人。几个取着印第安名字的少年营地就坐落在这儿。这里往东十二英里就是沃尔多博勒城。从十二岁到十四岁，我年年夏天都来这儿度假——真是岁月悠悠，往事不忍回首。

我伫立在一个土坡上，旁边就是当年的棒球场；右边是一棵黑色的橡树，有好几百岁了。那些年，一到周末，我们常常在它的身旁举行篝火晚会。八月里，多少个炙热燠闷的日子，我站在这个土坡上，透过蓊蓊郁郁的树林，远眺卡姆登丘陵！那景致永远是那样迷人，宛若一幅十九世纪凹版画：质朴的乡野蜿蜒开去，越山冈、过树林，直奔耸立在地平线上的巴弯金弓化为一弯银弓。蒙蒙东天也次第染上了清澄的黄色。银白的浪花和黝黑的波谷在浩渺的大海上明灭。夜梦犹在海上徘徊，而东边的天空已睁开眼睫。太平洋的黑夜就要消逝了。

这时，曙光如鲜花绽放，如水波四散。天空，海面，一派光明，海水渐渐泛白，东方天际越发呈现出黄色。晓月、灯塔自然地暗淡下来，最后再也寻不着了。此时，一队候鸟宛如太阳的使者掠过大海。万顷波涛尽皆企望着东方，发出一种期待的喧闹——无形之声充满四方。

五分钟过去了——十分钟过去了。眼看着东方迸射出金光。忽然，海边浮出了一点猩红，多么迅速，使人无暇想到这是日出。屏息注视，霎时，海神高擎手臂。只见红点出水，渐次化作金线、金梳、金蹄。随后，旋即一摇，摆脱了水面。红日出海，霞光万斛，朝阳喷彩，千里熔金。大洋之上，长蛇飞动，直奔眼底。面前的矶岸顿时卷起两丈多高的金色雪浪。




## 春之海

坐在不动堂上，眺望大海。

春海融融，波光荡漾。有的地方，像巨大的蜗牛爬过留下的痕迹一般，滑滑地闪着白光。有的地方，像聚着亿万只有鳞的生物，一齐颤抖着，泛起碧青的颜色。近岸的海水透明，像被明矾打过，圆圆的石子闪着紫色的影子，横卧水中。茶褐色的水藻缠绕着岩头，像梳理好的头发。没有什么波纹，只有那远处晃动的海涛，仿佛熨烫着大海的衣褶，接二连三地席卷而来。撞在岩石上的碎了。撞入岩穴的，发出洪亮的声响。漫入小石子堆的，似乎在窃窃私语。

对面有一条小船，船桨时时落在船舷上，发出咔嗒咔嗒的响声。一个男人在捕捉章鱼和海虾，他蹚着浅水，脚下泛起银光闪闪的水花。



## 大海与岩石

空中次第变成混浊的紫色，温暖的南风吹拂着面颊。渔夫们在海滨跑来跑去，忙着收渔网。雨点噼里啪啦落下来了。



不一会儿，雨停了，风越刮越紧。抬头仰望，满天云朵，极尽各种变化之态：有的漆黑，有的暗紫，有的呈现朦胧的银白色，时而消融，时而翻卷，掩没了富士和天城诸山。苍茫幽暗的大海，狂暴恣肆，宛若从深达千丈的水底发出咆哮声，一浪又一浪，飞越岩石，吞噬矶岸，不断地无休止地直奔大陆席卷而去。

极目远望，海上没有一片帆影，只有名岛那巨大的孤立的岩石，像张开大嘴、展开双翅的老鹰，独自抵挡着狂涛巨浪的袭击，时时腾起白色的水雾，岿然屹立于烟波浩瀚的大海之上。

啊，大海啊，你的愤怒是伟大的。岩石啊，你的毅力是伟大的。古代的英杰们，曾经像你那样，仰天长思，以浮世为敌，进行了孤高的战斗。

风犹未止息，海越发凶猛了。千波万浪，一次次被粉碎，一次次又复袭来。看看远方的小坪岬吧，它实现在海面上，刚健粗朴，着褐衣，不带一点青色，稳稳地盘踞着，面对汹汹而来的大海。这使人想起当年的相模太郎[1]

陈德文 译




---

[1] 一般指镰仓幕府时代的当政者北条时宗(1251—1284)，他曾经抗击过元军的来袭。

# 海的联想

〔日本〕福永武彦




如今，各种交通工具发达，旅行成为最轻松愉快的事了。尽管如此，生长在山国、一次也没有见过大海的人并非绝对没有。我想，这对于本人来说是个不幸。虽然有绘画和照片，如果实际上没有看过海，不能不说这是人生经验中的一大缺憾。但是反过来讲，生长在海边的人，对海司空见惯，早已失去新鲜的魅力，无疑也是一种不幸。

一到夏天，到大海去游泳的人很多。单是为了游泳，只要去游泳场就足够了，但仍然有人非到大海里不行。不光是夏天，也不是为了游泳，想看看大海的欲望一旦猛烈起来，仅为此一点，就乘上火车到海岸去。这种人对海已经具有饥渴般的向往之情。这种诗一般的本能，暗暗潜藏于每个人的心底。

日本和英国这样的岛国，人们对于海的亲近之情，可以说一生下来就流贯于血液之中了。在我国，人们无意识地记住这一点，即如柳田国男所说，我们的祖先是从南方的大海漂流到这个国度的。海是遥远的、缥渺的，令人怀念的，而且是极其神秘的一个象征。我每当想起海，都想起“妣之国”这个词儿。“妣”这个困难的字是“死去的母亲”的意思。这个词意所指同“母国”多少有点儿不一样。“妣之国”是不在这里的远国，而且是永驻于我们灵魂中的、令人怀念的故乡。它尽管不是实际存在的东西，但人们每当见到海，就在心中描画着大海彼岸的这个故乡。

我生在海边，但不是在这里长大。但连我自己都感到奇怪，我为海所迷恋，这占据着我的文学构思的绝大部分。这是无法否认的事实。我年轻时写诗，每每在诗里描绘想象中的海。那时候，我还没有真正看看大海，然而海的形象已经伴随着不可名状的憧憬，驻扎于我的灵魂之中。海是无限的，人力不可企及的，它洗却了一切污浊。——而且是不可知的，同人的绝望有着太大的距离，太大的间隔。正因为如此，它才能给我以慰藉。我在写诗的时候，同时构思《风土》小说。这篇小说中人物之间关系的背后，大海总像命运一般存在着。自那以后，我经常把海看成人类的生或死的象征来促进我的小说的构思。不久前我写了《海市》的小说，其中男女两位主人公个个具有迥然不同的海的形象，而且我还想表现他们二人之间也存在着海。他们决不能渡过这海。为什么呢？因为这海是虚设的，不可知的，他们的记忆沉在海底，他们的命运早已被先天地决定下来了。他们决然不会理解，他们灵魂之中所具有的海是多么可怖。

对于我来说，海是长存的。潮风从心上吹过，传来了远海的低语，沙和贝壳在脚边破碎，海鸥在飞沫上飞舞，悲鸣。我爱海的混沌。我倾听原始的海的巨大呼声。与此同时，我思考人类各种各样的事，思念远古的祖先，思念"妣之国"，思念妣。而且，我为内心的冲动所促使，去看海，看太平洋，看日本海，也看濑户内海，看阿霍茨克海。海有不同的风景，就像人的心一样复杂，蕴藏着一切的美与丑。我在那里看到了什么？抑或我从前看到的一切——这人类的一切混沌，在这海的时刻变幻着的自然风景中，凝聚成一种精华而加以谛视吧。我在冰冷的水里洗着手指，我发现在人的手所触及不到的地方存在着永恒。

陈德文　译

# 海潮的响声

〔日本〕古江乔松





每天早晨，透过楼上的窗户向东南天空望去，只见银白光亮的云从远方的杉木林上头蓬勃涌起。阳光照耀着云顶，显得十分辉煌；云的下层却齐斩斩断开来，下面的蓝天，反射着蓝光，在空中流动着。

那云层的下面，正是东京湾的波涛。开往房州的船只，正仰望着那云层而行驶吧？想到此，四五天前在横滨码头送别朋友去美国的轮船浮现在眼前。白色的“天洋丸”正在破浪前进。那位朋友也许正站在甲板上，悠悠然眺望着大洋里翻卷的波浪，饱吮着海面上爽净的空气。我仿佛看到他那在甲板上漫步的快活的身影。——脑子里的幻景一个接着一个。

每个清晨，一看到这白云，就想起海。风稍大，下边的云纷乱了，这时，海涛的响声高了，令人联想到在云的下边奔涌的情景。我想起在阳光强烈照耀之时，将云影拥抱于胸前，使光、波、云参差交错，白银一般明丽的大海。

这东南的天空！一直是我憧憬的方向。海引发我的情思，在那个方向横亘着。高照的云，白云的海，不断奏着乐音的海浪，每看到这云，我的胸中就响起了涛声。

阴天或雨日，看不到这云的姿影，便感寂寞难耐。头也沉重了，心情郁郁不振。那海浪也似乎焦灼不安，在它头上走过的不管是什么它都要伸出白色的牙齿，跳起来咬上一口。纷乱的波的旋律，狂奔的波的号叫。不一会儿，灰色的云更加低垂下来，波和云紧紧咬合在一起。我担心，在其间行驶的船只会不会被这波和云咬得粉碎呢？

然而，出现这白亮的高高飞渡的云，是初夏最先的征候，其后的天空愈加浓重起来，仿佛君临都会之上。这柔和、高洁、闪亮的云强韧，厚重，更高更广地向上奔涌；而下层总是那样平静地断开着，蓝天依旧灿烂辉煌，那波涛的响声！那下层的云同样也在一起摇撼着吧？

夏天的夜渐深了。长夏过后，到了九月上旬，绛紫的天空星星才渐多起来。白天看到的云，到了夜晚，不知消失在哪里了。其后只剩下小型的云飘摇着。到那时，我心中总会浮现这样的诗句：

夜深海涛三万里。

这诗句使你体味到伟大与豪壮之趣。在夏夜里，你吟诵着这句诗，仰望着天空，不能不想到那汹涌的涛声传向绛紫色的天空，向四面八方扩散开来的情景。这响声摇撼着太空里一颗颗紫色的星星，震撼着高悬的云，消泯于月亮里，传到山岳的顶峰，震动着幽深的溪谷，也传到了那些听而不闻的人们的心中。比起那豪壮而微妙的乐音，比起那回荡于寒冷的雪山的“冬的响声”，我更喜欢大海的涛声。夏夜之中，这涛声包裹着我们整个的地球，更加响亮，更加具有男性的威力。

如果说，人的血压随着潮涨潮落而时升时降，如果说，关系人生死的呼吸也被潮涨潮落所左右，那么，在我小小胸膛中跳动的脉搏，也含蕴着大海怒涛的响声。将手放在胸脯，从那里便可听到波浪时而崩退，时而卷起，时而卷起，时而崩退的回响。在这静寂的夏夜，原野，山冈，城市，村落，天空，星辰，到处都回荡着“巨大的波音”，然后消失于遥远的地方。睡眠的人听着这种声音，但不知不觉就放过去了，而未引起任何注意。

月涌大江，巨涛从遥远的海上倒卷而来，如百万铁骑，千里驰驱，江上波浪汹涌澎湃。八月潮满，芦花初放，这时江波尤高。人们听到这涛声，心里都无法沉静，仿佛向你报告着远国之事，使你不得不起身到江边看一看。这响声使你想起忘掉的一切，诱发着潜匿的思绪，逼视着将要逃逸的欲念。这响声调动了人体中所有潜能，使你竭尽贡献出自己的一切精神和力量。

《水浒》中的怪僧鲁智深，长年受到禁闭，他杀人放火，结交天下豪杰，归顺后他又南北征战，破坚阵，灭强敌，一生豪壮。他于八月秋高之际，夜静更深，听到江波阵阵响声，于是折身而起，透过窗户远眺月下的狂涛。只见那万顷波浪，排山倒海，震天动地，天上的月光也为之迷乱。那一波一浪仿佛给他带来了什么。这位怪僧全神贯注盯着江面，说："我的末日到了。"他盘腿打坐在月光照射的草堂里，闭上了眼睛。



汹涌的波涛在江上往来奔腾。这响声也传到了大彻大悟之人的头脑里，胸脯里。闭着的眼睛不会再睁开了。尽管江波狂吼，尽管江上的微风吹动着他的眼眉，那双眼睛永远不会再睁开了。

拂晓，江波渐渐远退，响声也小了，渐渐地，渐渐地，江面上变得平静了。月的表面褪色了，变得淡白。晨鸟的鸣声在波面上回荡，默坐的人的呼吸全然断绝了，灵魂随波涛远去，舍掉形骸逃走了。

秋次第深了，空中飞散着细鳞般的云朵。初夏天空那种白得耀眼的云彩仰望不到了。和九月里动荡先常的空中景象不同，静穆的秋天，一切声音听起来是那般沉稳安谧。这些声音或许同云下的涛声互相窃窃私语吧，你听，涌向羽田附近海岸的波涛不正在芦苇丛中呜咽着吗？

秋晴的日子，比起海，我更思念原野和山峦。秋天的山比寻常更清澄明净，向人们展示着男子般的姿影。走向原野，原野里充满了无以名状的情思。阴天的傍晚，冷风悄悄向肌肤侵来时，海涛也暗暗涌动着芦苇根部的叶子，看到这种情景，实在令人油然生起寂寞的愁绪。

诗曰："潮生蒹葭芦荻响。"波浪涌来，压挤着蒹葭的枝叶，海水漫过堤岸，淹没了芦苇根部的叶子，吧嚓吧嚓地响着。涌入海湾内部的汐潮，夕暮里看不到人影的沙滩，也不见一只水鸟。寒冷的云封闭着水面，当然也不见船的走动。活活泼泼的只有这海水，但这海水也不显示巨大的动态，海面上看不见什么波澜。海的指爪只是逼迫着陆地，伸入到狭小的港湾，只在草叶和芦根处显示出那种巨大的力的锋芒。

这强大无边的力，伸开大手拥抱陆地。晚潮缓缓涌动的姿影，在晦暗无风的日子尤使人念念不忘。这力尽情地伸展开去，波浪的尖端在港湾里晃动，等待着黑暗的到来，然后同水草和芦叶一同睡眠。海的静寂只有在这样的夕暮才能体味得更加深切。

我又想起了自己喜欢的诗句："潮打空城寂寞回。"反复吟诵着，诗句中包含着无尽的寂寥的情趣。近海的港湾的岸上矗立着一座城吧？水中的芦荻枯了，白色的芦花飘飞的秋暮，云锁着天空，空城的墙壁上爬满茑萝，那黑色的枯叶线一般分布着，看上去正像动物遗骸上残留的血管。空荡荡的黑色的城垒被黑暗包裹着，连飞动的蝙蝠也看不见。黑暗里只有波涛撞击石叠发出巨大的轰鸣。也许自打这座城建成以后，潮水就不断向这座城袭来，一直发出相同的，使人感到寂寞的声响吧?当许多人聚合在城内时，这涛声并不觉得寂寞，各种响声纠合在一起，听起来也许感到很有趣哩。

这潮声古往今来未曾改变。它向城下袭来，摇撼着黑暗，搅乱了夜晚。寂寞占领着的城的周围，以及城的内部，那突然涌来的波音，会一时打破寂寞。随着潮水的退落，寂寞又从四方袭来。波涛和寂寞相争，人去城空，潮水和寂寞的战斗，在这暗夜之中仍在进行。

月明之夜，飘舞的纤云低弥于空中。我向遥远的东南天空望去，不由联想到漂浮于多佛尔海峡的轮船，仿佛看到了涌向法国海岸和多佛尔港口银白的海浪，看到了那位诗人沉迷于涛声中的身影。法国海岸上人家的灯火也历历在目了。海风掠过波峰向甲板上吹来。呜咽于岸边的波浪，滚动于波浪中的沙石，水石磨合的声响，以及奔腾而起的巨涛所奏出的乐音，这一切于海上听起来，只不过是寂寞人生的悲调。从胸中的鼓动里可以感知波浪的音响；而波浪的旋律又含蕴着人生的音乐。如果你把自己展现于大自然面前,波涛便发出人生的音响,震撼着四面八方。

千波万浪,摇碎了月光向四方奔涌。夜深了。即便是白昼,这波音也是片刻不停地包围着我们整个地球,不时地轰鸣着。如果离开地球,从空中俯瞰,我们的地球则不分昼夜,为这波音包裹着,旋转于虚空里吧?银盘上陆地的黑影,围绕着这黑色的陆地的是那千古不渝、朝夕涌动的海潮的声响。

陈德文 译

# 从格朗维尔岸边观海(外一篇)

〔法国〕米什莱





有个勇敢的荷兰海员，是一位坚定而冷静的观察家,他的整个一生都是在海上度过的。他坦率地说起大海给他的第一个印象便是恐惧。对于陆地上的生物来说,水是一种不适合呼吸的、令人窒息的元素。这道永远不可逾越的天堑截然把两个世界分开了。若是人们称之为海的这泓浩淼的水,迷茫、阴沉而深不可测,它的出现在人的想象中留下了极其恐怖的气氛,我们也不必大惊小怪。

东方人认为海只是苦涩的漩涡,黑夜的深渊。在所有印度或是爱尔兰的古代语言里,海这个字的同义词或类似词乃是沙漠和黑夜。

每天傍晚，观看太阳——这世界的欢乐和一切生命之父，没入万顷波涛，真给人以极大的苍凉之感。这是世界，尤其是西方的悲哀。尽管我们每天都看到这个景象，但仍然感觉到一种同样的力量、同样的惆怅压上心头。

倘若人没入海中，下沉到一定深度，立即就看不见亮光；人进入了某种混沌朦胧之中，这里永远是一种色泽，阴森森的红色；再往下去，连这点色泽也消失了，只剩下晦暗的长夜，除了偶然意外地闪过几道可怕的磷光之外，完全是一片漆黑。这无限广阔、无限深沉的海域覆盖着地球的大部分，仿佛是一个幽冥世界。这就是使得原始时代的初民震惊、畏惧的原因。他们以为没有亮光的地方生命即已终止，除了上层之外，这整个深不可测的厚度，它的底（如果这深渊还有底）是一个黑黢黢的偏僻去处，那里除去无数骨殖和断残的木片，只有荒寂的沙、碎石，悭吝困顿的环境只取不予，它们怀着妒意把那么多人类失去的财物埋葬在它深深的宝库之中。

这空灵剔透的海水丝毫不能使我们安心。这不是动人的女仙居住的幽涧清泉。这水浩淼溟濛，昏暗而沉重，终日猛烈地拍击着海岸。谁到海里去冒险，谁就会感到仿佛被高高托起。是的，它帮助了游泳者，但一切仍然由它操纵；你会感觉到自己仿佛一个孱弱的孩子似的，被一只强有力的手臂摇晃，荡漾，不过，记着：它随时都能使你粉身碎骨。

小船只要解开了缆绳，谁知道一阵狂风，一股无法抵御的潮流，会把它冲到哪里去呢？就是这样，我们北方的渔夫才在无意之间找到了美洲极地，带回了不幸的格陵兰的恐怖消息[1]。每个民族都有自己关于海的传说和故事。荷马[2]、《一千零一夜》[3]给我们保留了大量令人骇异的传说，多少暗礁和风暴，危险万分的大洋的静止状态，人们遇上它往往就被困在水上渴死，还有吃人的生番、妖魔、海怪、长蛇[4]和海中巨蟒，等等。从前最勇敢的航海家、腓尼基人和迦太基人，曾经企图囊括全球的阿拉伯征服者，为黄金和赫斯珀里德斯四个女儿的传说[5]所吸引，跨过地中海，朝着大海进发，但马上就停止了。在到达赤道之前他们遇到了永远是彤云密布的那条黑线，他们无法前进，只好停下，叹息："这是幽冥之海啊。"于是掉转船头，返回故乡。

"假若侵犯这一圣地，就是渎神。对于按照亵渎的好奇心行事的人，灾祸必将降临到他头上！他们在最后一个岛屿背后看见一个巨人，一个可怕的神灵。神灵大声说：'不准再走远了。'"

对于旧世界这种颇有点稚气的恐惧跟一个从内地来的、



---

❶在哥伦布发现美洲以前，冰岛人早已到了格陵兰，还有人认为北欧渔民曾到过北美洲海岸。

❷荷马在《奥德修记》中叙述了乌利西斯的海上历险故事。

❸这里是指《一千零一夜》中水手辛巴德的故事。

❹海怪，指《圣经》中描写的海怪；长蛇：古时候挪威人相信海中有蛇，身长达数公里。

❺希腊神话中夜神赫斯珀里德斯的四个女儿，负责看守该亚作为结婚礼物送给赫拉的金苹果树，但赫拉克勒斯骗过她们，摘了三个金苹果。

毫无经验的普通人突然看到了海的那种激动心情并没有什么不同。可以说任何人意想不到地见到大海都会产生这种印象。动物显然会惊慌失措。甚至退潮了,这时海水显得柔和、宽容,懒洋洋地曳过岸边的时候,马仍然不禁为之辟易,浑身战栗,嘶鸣不已,用它自己的方式诅咒可怕的浪花。它永远不会跟这个它觉得充满敌意的可疑事物和睦相处。一位旅行家曾对我们讲起堪察加[1]的狗,要说它早该习惯于这种景象了,但仍不免于恐惧,激动,愤怒。它们千百成群地在漫漫长夜中向呼啸的波涛大声咆哮,疯狂地向着北冰洋冲击。

西北部的江河那忧郁的流水,南方广阔的沙漠或是布列塔尼的旷野,都是天然的津梁,海洋的前庭,从这些地方就能预感到海的伟大。任何人倘若从这些渠道到海上去,一定会为这种预示海洋的过渡地带惊叹不置。沿着这些河流,全是灯心草、柳树、各种植物,宛如波浪翻腾,一望无际。水也是依次混合,渐渐发咸,最后终于变成近海。在这片荒野中,在到达大海之前,先看到的往往是生长着蕨类和欧石南属粗而低矮的草的浅海地区。当你还在一二法里之外的时候,你就可以看到不少瘦小、羸弱、若有愠色的树木,用它们的形态(我是说它们各具奇异的姿势)预示已经接近这位伟大的暴君和它威慑的气息了。如果说这些树木根部没有被攫住,那么它

[1]西伯利亚东北的半岛。

们显然是想逃遁;它们背对仇敌,向着陆地眺望,仿佛准备离开,披头散发地奔溃疾走。它们弓着身子,直弯到地面,好像无法站定,净在那儿随着风暴扭来扭去。还有些地方,树干短矬,让枝柯向横里无限延伸开去。海滩上,贝壳散散落落,涌起一些细沙,树木都已为沙土侵入,淹没。没有空气,毛孔全堵塞了,树已窒息而死,但却依然保留着原来的姿态,待在那儿,成了石头树,鬼树,被禁锢在死亡之中,凄凉的影子永远不会消失。

在没有看见大海以前,人们就听说并猜想到它的可怕了。开始,远处一阵阵苍郁而整齐的嘈杂声,渐渐,一切喧哗都给它让位,都被它淹没了。一会儿,人们注意到这庄严的更迭,同样的强烈而低沉的吼声不住地回旋,愈来愈翻腾狂舞起来。大钟不规则的响声,荡漾起伏,这是在给我们计时吧!不过这钟摆没有那种机械的单调乏味。人们感觉,仿佛感觉到生命的颤动声息。确实,涨潮的时候,海上一浪推过一浪,无边无际,有如电掣,随着海涛而来的贝壳、千万种不同生物的嘈杂声和疯狂澎湃的潮音交错在一起。落潮了,一阵阵轻微的喊喊喳喳使人知道海水和着沙土把这帮忠实的水族又带回去,纳入了它浩瀚的怀抱。

海还有多少别的声音啊!只要她激动起来,她的怨喃和深沉的叹息跟忧郁的海岸的岑寂适成对比。他仿佛正在凝神谛听海的威胁,远海,昨天还曾经以她温馨的柔波抚弄过它呢。现在她要对他说什么呢？我不想预测。在这儿我一点也不想谈起兴许她将要给予的可怕的交响音乐和山岩的二重唱，她在洞穴深处发出的低音和沉闷的雷鸣，或者那种令人震惊的呼喊（人还以为听到喊"救命！"呢……）。不，让我们在她低沉的日子倾听吧，这时她矫健有力，但不凶猛。

格朗维尔原属诺曼底，但外观绝类布列达尼。它骄傲地用它的悬崖峭壁抵挡住巨浪的凶猛冲击；巨浪有时从北方带来英吉利海峡洋流不调和的狂怒，有时从西方卷来千里奔驰中不断壮大的洪波，以从大洋积累起来的全部力量，进行搏斗。

我喜欢这奇特而略略带点哀愁的小城，这小城的居民们依靠最危险的行当远海捕鱼[1]为生。家家都懂得他们所恃的只是碰运气的彩头，或生或死，拼着性命干活。这一切使得这海岸严肃的性格中染上了一种认真而和谐的气氛。我常常在这里领略这份黄昏的惆怅，或是在下面已经显得有些阴暗的海滩上散步，或者，我从位于山崖绝顶的城堡上观看日头渐渐沉入微蒙雾霭的天边。那茫无际涯的半圆时常印上一道道黑色和红色的纹路，逐渐沉没，不停地在天空绘制出奇妙的幻境，万道霞光，令人目眩。八月，已是秋季。这里已经不大有黄昏了。太阳刚下山，立即吹起凉风，浪花涌起，黯淡无光。只




---

❶他们总是在新地沿岸捕鳕鱼。

见不少披着白色衬里的黑斗篷的妇女的影子在活动。倾斜的山坡牧场俯临海滩，高可百尺，野草稀疏，还有一些羊群滞留在那边，发出咩咩的哀鸣，益发增人愁思。

城堡很小，面临大海，北面全呈黑色，笔直地耸立在深谷边缘，迎风独立，极其冷峭。这里不过是一些陋屋。人们把我带到一个专门制作贝壳画的手艺人家。踏着石级，走进一间阴暗无光的小屋，从窄狭的窗户里我看见这份凄惨景象。这使我就像从前在瑞士的时候一样激动；那时，我也是从一扇窗子里，完全出其不意地，眺望到格兰瓦尔德[1]的冰川。我看冰川好像一个尖头的冰雪巨魔向我迎面扑来。而这里，格朗维尔的海，波涛汹涌，有如千军万马，奔腾而至。

这位屋主人并不老，但身体非常虚弱，易于激动。八月天气，他家的窗户还用破纸堵塞着。我一边观看他的作品一边谈话。我看得出他的脑筋有些颓唐，已经被某些家庭事故所损坏了。他的兄弟早已在一次残酷的冒险中在这个海滩上死去。他觉得海就是灾难，海似乎总是对他怀着恶意。冬天的时候，大海总是不倦地用冰雪和凛冽的寒风抽打着他的窗子，不让他安睡。在漫长的黑夜里她一刻不停也不息地冲击着他屋下的山崖。夏季，海向他显示出不可估量的雷雨，漫天闪电。逢上大潮的时候，那就更糟。海水上涨到六十尺，狂怒的




---

[1]此地在伯尔尼群山中。

浪花跳跃得更高更欢，横蛮地一直打进他的窗子。当然不能肯定海永远坚持在那里。海满含敌意，会狠狠地捉弄他一番的。他真无法觅得一个避身之所，兴许他不知不觉间被什么鬼魅吸住了吧。他好像不敢跟这位可怕的神祇彻底闹翻。他对海仍然保持着某种敬意。他从来不谈起海，通常总是暗指但从不直呼其名，就像冰岛人在海上航行时不敢呼叫"乌尔格"[1]一样，以免它听见了就会到来。屋主人凝望着海滩说："这叫我害怕。"现在，我还看到他那张面色苍白的脸。

## 近 海

这里是大自然的序幕，海洋的前庭。西北诸河阴郁的河道，南方广阔的沙地，或是布列塔尼的荒滩，这一切都使人感觉到它的来临。任何从这些通路入海的人对这些预示着海洋逼近的中间地带都会产生极其深刻的印象吧。沿着这些河流，一望无际，层次分明地丛生着灯心草、柳条林子、各种植物；水逐渐由淡变咸，最后成了海水。荒滩，这就是，在到达大海之前，一块长满了又粗又短的蕨和欧石楠之类的杂草的预备区域。到了距离海还有一二法里的地方，你便可以看到不少瘦弱、颓败、长相丑陋的树木，堪称奇形怪状，病态毕呈，这

[1]"乌尔格"是北欧传说中的海中怪兽，能吞没船只。

说明了那位伟大的暴君已经临近，颇有点气息逼人。倘若树的根部不是紧紧抓住土地，显然它们早就给冲刷殆尽了。这些树朝着陆地眺望，背向敌人，仿佛马上就要离开、披靡溃走似的。它们弓着身子，弯着腰，一直贴到地面，在暴风雨中扭来扭去。有些地方，树干长得极细，枝叶打横铺开，蔓延了一地。沙滩上死去的贝壳，拥起一堆堆微细的尘埃，树已渐渐为沙土所漫及，所吞没。树木的毛孔均已闭塞，吸不到空气，最后窒息而死，但仍然保持着原来的形状，停在那儿不动，成了石头的树，树的幽灵；然而这些凄凉的阴影却无法消亡，只是紧紧地被死神束缚住罢了。

远处，还没有看到海呢，就隐隐听见潮音，猜想到那可怕的巨浪即将到来。而逐渐，一切嘈杂的响声完全被它掩盖下去。人们立即注意到这庄严的变化，强大而低沉的声音，总是同样地、不变地循环往复，随后变成了隆隆巨响，一阵阵咆哮，仿佛大钟不停地摆动着在为我们计时。但并不总是那么有规律的动作，这儿的钟摆没有机械的那种单调意味。人们在这儿只感到生命颤动的调子。真的，在涨潮的时刻，波涛涌起，浪花相击，像传送电流似的，无边无际，在一片崩云屑雨中隐含着无数贝壳和千万种与海潮俱来的生物嘈嘈切切的杂沓声响。退潮了，一阵微弱的碎音使人晓得原先挟带着沙砾到来的潮水，现在又要把这些忠实的贡物再带回去，纳入大海那宽阔浩淼的胸怀。

她还包含着许多别的声音吧！只要略微有一点激动，她就会发出怨喃和深深的叹息，跟这片阴沉的海岸的寂静适成对比。她似乎正收敛心神，凝思默想以聆听这昨天还用温柔的水波向你献媚的大海所发出的威胁。她要对他谈什么呢？我不想猜……

徐知免　译

# 从海上望陆地(外四篇)

〔法国〕克洛代尔





我们的船从地平线上到来,正好与这通向世界的码头相接,天空中已经露面的行星把它那无垠的格局展示在我们面前。一颗大星升起在驾驶台上,点缀着清晨,映现出地球一片湛蓝色。为了使太阳不受震荡的海洋追逐,大陆的炮台修筑了一座深入海中的坚固工事;那城墙缺口正对着风光旖旎的原野。有好长一段时间,我们的船向前疾驶,在这茫茫巨浸轻柔而富有弹性的波涛上跳跳蹦蹦地前进。我不禁为宇宙之无穷所震慑。船像一只酒桶似的紧紧贴在上面,悬挂在天体的交叉点上,我看见身下整个昏暗的大地就像一幅地图似的铺开,多么伟巨而朴素的世界啊。分开是无法挽回的了;一切离我都已遥远,只有这份幻景把我和她连结在一起。我的脚无法稳稳当当地伫留在这结实的、毫不动摇的土地上，用我的双手建造起一座石块和木头的住宅，在自己家里炉灶上安逸地吃煮熟的食物。没有多久，我们就掉转船头向没有岸边阻挡的地方驶去，在巨大的篷帆底下，我们在一片广袤无垠中航行，远远地只见船位灯在移动。

## 午 潮

在无法航行的季节，水手就在傍近海的地方铺床居住，一听到大海的呼啸，他就像喂奶的妇女听到婴儿号哭似的，夜半起身照看，再也不能成眠。我也一样，仿佛城市通过地下的沟渠与江河湖海的水流涨落相连那样，我的心灵通过深深渗透的这液体生动活泼的秉性与之相通。每逢我说话、写作，或是休息、进餐的时候，我总要分享这弃我远去或正在涨潮的大海。常常是在正午，作为这座商业繁兴的堤岸的过客，我总要去看看波涛带来了一些什么东西，太平洋那均衡的摆动，在这江的入海处化作一泓壮阔的浑黄浊流。我凝望朝我涌来的一切水族，无数船只被潮水牵曳着，连成一线。肚子鼓鼓的帆船在斜风中疾驶，四架帆像铁锨似的绷得紧紧的，福州帆船的船帮上每一边都用绳索绑着巨大的梁木，随后，在一群散散落落的三色舢板中间，有欧洲巨舶，满载石油的美国帆船，以及所有的马迪安[1]起重浮箱，汉堡和伦敦的货轮，穿梭来往于海岸和岛屿之间的商贩小船。天地清朗，我进入了一个无比澄澈的光辉世界，无论是我的内心意识还是我的躯体此时似乎没有一点抵触的感觉。天气冷得非常舒畅；我闭拢嘴巴，对着太阳呼吸，鼻孔猛嗅这逗人笑意的新鲜空气。

这时，海关塔楼的大钟打十二点了，信号球降落下来，所有的船只也都单侧打钟报时，午炮响了。不知道在什么地方三钟经的钟声也振响起来。工厂的汽笛和轮船喧器的嘶叫声混杂在一起。人们都定下心来吃中饭。船夫在小划子尾梢上，略略揭开木头锅盖，用满意的目光打量着丰富的菜肴；又粗又壮的卸货工浑身裹着破烂布片，肩上扛着扁担像长矛，在疾风里围着菜肴狂啖大嚼，那些吃过了饭的就坐在独轮小车边上，喜笑颜开，两只手捧着热气腾腾的饭团，感受着还残留齿颊间的食物余香。调节的水平加高了；大地所有的排水口都塞得满满的，江河暂时中断了水流，把含的盐分混在沙土里，海迎上前去满满地大口把水整个吸了进去。是满潮的时刻了。现在这些曲曲折折蜿蜒着流过市区的河面上汇成了一条混合船队的长蛇阵，船队在大声叫骂中前进，水摆脱了泥沙，沛然高涨，所有的平底小船和固定锚都像浮子一样浮动起来。

---

[1]沙特阿拉伯的一个地区，在阿卡巴湾与迈丁之间。

## 海上风险

因为什么也吃不下，于是我口袋里放了块面包，登上艉楼。脑子被震得昏昏沉沉，身体摇晃着，饱受折腾，撞上了一片漆黑和混乱的喧声。我没奈何地张开嘴，看也不看，咬了一口面包；过了一会儿，在座舱里的灯光映照下，我的眼睛渐渐习惯了一切，才辨认出船的身影，更远的地方，还可以看到变得很窄狭的地平线，风吹浪涌，我看见那黝黑的大海卷起巨浪，仿佛无数灰色的骏马奔腾横逸。周围没有一点牢固的东西，我处于一片混沌之中，简直像陷入死亡，我的心因为这最后时刻的悲怆而感到震颤。倒不是有什么威胁向我袭来，而是我确实闯进了无法停留的境地；我方寸已乱，只有在漠然中遨游。任凭深邃的黑夜和罡风那份空虚的力量摆布；随着周围环境的动荡，狭小的船载着这一群人，就像是一筐麸皮漂浮在液体之中。在这准备将我吞没的大海深处，大海与我构想的这份压力串通一气，使得我整个儿人神思迷乱，现在我只是被一种脆弱的平衡力量托住。因为急于想避开这种忧忧的幻觉我回到舱里，睡下。此时船正朝上风航行，船身在浪峰上被高高抛起，有时巨大的机器，还有它的铁壳和锅炉，大炮和装满了煤炭和炮弹的货舱在波澜中猛然又完全恢复了平静，真好像一个女骑手，紧缩身躯，夹住双膝，准备腾头跳跃似的。随后，风浪稍稍平静，我这才听见在我下方老远那螺旋桨继续不断地响起它轻微而惯常的喧声。

白天还没完结，我们的船驶入了这个偏僻的港口；港湾在万山环抱之中，宛如水库。这里又重新出现了生命！山野的乐趣令人动情，这块欣欣向荣、草木茂密的垦地，它无尽的景色使我恢复了平静，我想，这种不懈的、多样的渗合作用正是天然的、特有的共同财富；因为有了它，万物才得共存。在我们抛锚定泊的时候，太阳从岗峦掩映的缺口向大地射出四道异常炽烈的火红色光柱，仿佛正释放出它的实质。

太阳王此时站立在天顶最高处，我们眼睛的瞳仁，在这可见的幻景大慈大悲的展示之中，在这崇高的时刻庄严呈现出距离和源头。这个比允诺更丰赡的告别竟成了对我的欢迎仪式。山岭披上了它缀满红宝石的长袍，浓紫、黄金和黑夜融合在一起。这人间的强烈的喜悦深深感动了我。我没有死，我对上帝满怀感激之情，因为得庆重生而心花怒放。

又是一次，我没有喝到苦涩的海水。

## 风 暴

早晨，我们的船离开了玫瑰和蜜的颜色的土地，驶入大海那低沉、柔软无力的烟雾之中。我从蒙眬的睡梦里醒来，随后，很想寻找太阳，我看见在我们身后太阳正悄悄降落下去：这时在我们面前突然耸立起一座长长的山峦，把阴森漆黑的海面划出一道界限，好像是积雪皑皑的高坡塞满了北方天空；说它是阿尔卑斯山吧，隆冬，严寒，什么都不缺。在这份太古的岑寂中唯有我们的船，像一名勇士挺身登上斗兽场，分开这片忧郁的水，朝着渐渐增大的白色屏障冲去。蓦地，大块大块的乌云，像放下车篷似的，把整个天宇都遮没了：只给后面的地平线留下一线亮光，在其中我还能隐约瞥见些日影，几个小岛被照射得亮晶晶的宛若几盏明灯，三条帆船矗立在海洋的浪脊上。现在我们在云雾弥漫的冰斗上猛冲。水面晃动着，我们这一叶扁舟，随着波谷起伏，上下荡漾。船头，庄严得就像在颔首致敬，又仿佛一只雄鸡眼睛正紧紧盯住对手不断打量，腾身飞起，随即又猛扑下去。夜来临了；从北方瑟瑟地冒出一股充满恐怖的巨大气流。一边，一轮红红的月亮穿过乱云，划破那玲珑透明的边缘向前涌去；另一边，镶着凹面皱纹玻璃的信号灯已经在前桅上升起。这时万籁俱静，波澜不兴；水花不停地在我们面前均匀地喷溅，而又被某种暗淡模糊的火光所穿过，湿淋淋的好像泪珠，在我们的船首破浪板上翻滚。

## 融 化

而今我又被送到这片漠然的汪洋大海上了。当我死去的时候，人们再也不会使我痛苦。当有一天我被埋葬在我的双亲中间，人们将再也不会使我痛苦了。在大地里，我的躯体将会融化，但是我的灵魂，就像那最刺耳的叫声似的，将永远在阿伯拉罕[1]的怀抱中安息。现在一切都已融化，我带着沉重的目光在我周围徒然地寻找痕迹或形状；而这习惯了的地方，我脚下踩的结实的道路和这张残酷的面容都没有了，天空中没有别的，只有薄雾，还有这泓巨浸，你瞧，一切都已融化，我徒然在我周围寻觅痕迹和形状。什么都没有，极目天际，只有最深最浓的颜色的终结。一切物质都化作唯一的水，就像我感觉到的在我面颊上流淌的泪水一样。她的声音，宛若睡梦中的声音一样，没有希望，我徒然地寻觅着，可在我自己之外什么也找不到，无论是这块我居住了多少日子的土地，还是那张十分可爱的面庞[2]。

徐知免　译



[1]阿伯拉罕，希伯来人的祖先；据《圣经》记载，上帝为试验他的信心，命令他把亲生子以撒作为牺牲献给上帝。

[2]在本书中，这是唯一的一处他暗示他所爱的女子伊赛(Ysé)。

# 海边的收获

〔法国〕都德

从清晨起，我们一直在田野上走着，想找到海，可是海似乎总在向后退，退在海岬、半岛的后面，把永无尽头的蜿蜒小路铺展在我们面前。走着走着，陆地的边缘时而出现一个蓝色的缺口，像一小片蓝天补在上面，只是比天还蓝，比云还动荡。乡间的小路左转右拐，这依稀可见的一汪海水随即又会被陆地遮挡住。在这三转九折的路上走，我们不由产生路边埋守着伏兵的幻觉，眼前浮现出朱安党人叛乱的情景。我们终于来到一座古朴的小村镇。街道像阿尔及利亚的小巷，幽暗而狭窄，街上厩肥处处可见，牛呀，鹅呀在街上悠然信步。房屋的门开得很低，颇像茅草房。门的边涂成白色，上部呈拱形，门上有石灰画的十字架。百叶窗用一根横向的插顶住，通常,这样的窗闩只能在狂风肆虐的地方见到。不过这座小村镇静谧而封闭,好像在地底很深的地方。倏忽间,我们已走到街的尽头,眼前豁然开朗,前面是一片广场和一座小教堂。在炎炎烈日下,海风扑面,波涛咆哮,海就在近旁,浩浩淼淼,横无际涯。阵阵海潮涌向岸边,激起千层浪花,送上习习的凉爽和咸咸的气味。这时海潮越涨越高,逼近村镇。

沿着海堤可以走到码头。那里停泊着几只渔船。教堂的钟楼像灯塔,俯瞰着海面。教堂周围的墓地是剩下的最后一块陆地了。墓地里杂草丛生,十字架歪歪斜斜,低矮、破损的围墙脚下有几张石凳。这座在岩石中建起的村镇,兼有海滨、田园的风光,僻静而秀美,令人叹为奇迹。而生活在这里的渔民和农夫,你起初会认为他们粗鲁、冷淡,他们不会主动挽留你,但是熟悉之后,你会惊讶地发现他们很懂人情,在他们粗犷的外表下有一颗质朴、善良的心。他们很像养育他们的土地。这一片土地底下含有丰富的矿产,土质坚硬,即使在阳光下,路面也呈深色,铜、锡矿石闪着亮光。但地面被海水冲得光秃秃的,留下一幅荒蛮、粗放的景象。这边是断壁残垣,那边是悬崖峭壁。呼啸的海浪千万次地冲击岩壁,咬噬出一个个岩洞。潮水退下后,一片泛着白色的海水泡沫的礁石浮出水面,宛如一群搁浅的鲸鱼。

离海岸只有几步远的地方却是另一番景致。麦田、葡萄园和苜蓿地延展到无际。一块块农田被低矮的围墙圈起,爬满绿茵茵的树莓。我们刚刚在悬崖上攀登,顺着绳索滑到崖底,满眼是嶙峋的岩石,汹涌的波涛,现在眼前突然出现的这一片平坦的田野,亲切而熟悉,令人赏心悦目。有湛蓝的海做背景,田原上的一草一木分外清新秀丽。在乡间的小路转弯处,或从两个交叉的房顶中间和围墙的缺口望去,都可以看到这背景。海拓宽了田野上的空间,雄鸡的鸣声显得格外嘹亮。而最迷人的景致却是在海边的打麦场上。金黄色的麦垛后面,蔚蓝色的波涛涌动;打麦连枷有节奏地升起降下;农妇三五成群,站在陡峭的岩石上,顺着风的方向,让麦子在手中簸扬。她们伸出双臂,仿佛乞求神灵的保佑,麦粒像雨点,均匀地落下,而麦皮被海风带走,在空中打转。打麦场比比皆是,在教堂前的广场、海岸边,甚至在海堤上,那里同时晒着宽大的渔网,渔网上还缠着水草。

与此同时,人们还在收获另外一种"庄稼"。陆地和海洋之间的岩石,时而被潮水涌没,时而浮出海面,随着每一次海潮退下,沙石上都留下一些海生植物。这些还保持着波浪形状的墨角藻、海藻在风中飒飒作响,四处乱跑,有的随着海水一直退到岩石处,散开来贴在岩石的表面上。人们把一束束沉甸甸的海藻拾起,一堆堆集中在岸边。它们整个看上去呈浅紫色,里面夹杂的其他海生物,如死鱼和枯萎的水草,闪着奇异的虹光。把这些海藻晒干后点燃,就可以得到苏打。

潮水退下时, 岩石间留下千万眼清澈见底的小水洼,人们赤着脚,在里面收获这奇特的庄稼。男人、女人、孩子挥舞着大耙子忙碌着。螃蟹闻声逃到暗处,伸出钳子,屏息等待。透明的小虾一头扎进被搅浑的水里,逃之夭夭。捞起来的海藻,聚集成堆后装到牛车上,牛低垂着脑袋,吃力地拉着车走在坎坷的路上。四面八方都可以看到套着牲畜的车,甚至在那只有崎岖小路通达的地方,有时也有牛车经过,湿漉漉的海藻溢出车边。而孩子们用几根棍子交叉成担架,来盛运海藻。受惊的海鸥在它们的蛋宝宝的上面,尖叫着,盘旋着。这一幅情景透着几分沉闷、几分忧郁。这些在岩石间收获的人们和在田野上收割的农夫一样勤奋、紧张,因为海潮随时会席卷而来,他们必须和吝啬的、桀骜不驯的大自然争夺时间。除了偶尔传来的赶车吆喝声,岩洞里发出的"喝勒勒"的回声,四周一片寂静。人们一声不响地忙碌着,好像加入了缄口苦修会,要恪守永不开口的戒律。牛车在你身边走过,车夫连看都不看你一眼,只有牛用无神的大眼睛盯着你。这一切又为收获增添了些许庄严的气氛。但是这里的人并不呆板、忧郁,他们在星期天很会娱乐。将近八点钟,他们就聚集到海边教堂的墓地前跳布列塔尼圈舞。"墓地"两个字听起来很吓人,其实到了那里就不会害怕了。墓地里既没有黄松、紫杉,也没有大理石的墓碑,因而没有通常笼罩在墓地里的肃穆的气氛。这里只立着一支支十字架,上面写着亡者的姓名。其中有许多相同的姓,要知道这是一个小村镇,大家多少都沾亲带故的。墓地里的野草，形状单一，又高又密。墙却修得很低，孩子们做游戏时常常爬到上面去。在下葬的日子里，从墙的外面可以看到人们跪在地上为死者祷告。在这低矮的墙根下，在这凄寂、荒凉的墓地和奔腾、喧嚣的海洋的交界处，老人们常常坐着晒太阳，打瞌睡或织补渔网。

星期天的晚上，跳舞的年轻人也来到这矮墙前面的空地上。海堤边的波涛还披着夕阳的余晖，姑娘们、小伙子们就已经聚拢在一起，手拉手围起一个圆圈，领唱的人用尖细的嗓音唱起曲调简单的歌：

在锡盘子餐馆的小院……





大家齐声附和：

在锡盘子餐馆的小院……

圈子转起来，姑娘们的白裙子张开来，宛如白蝴蝶在海边飞舞。海风频吹，无法听清完整的歌词：

……端盘子的小伙儿不复返，

我再没有往日的容颜……

这支歌像其他布列塔尼伴舞歌曲一样，只注重节拍，忽视歌词的含义，唱的时候常常省去元音，此外，海风又带走了零星的歌词，所以听起来更加质朴、悦耳。这舞蹈在朦胧的月光下，看起来神奇而缥缈。清幽的夜遮住了明艳的色彩，只留给万物黑、灰、白的色调。现实变成了如烟的梦幻。月亮升起，墓地里的十字架和基督像上的十字架投下的影子越拉越长，与舞圈的影子相遇、重叠……

十点的钟声终于敲响。舞会散了。年轻人沿着小巷各自回家。这时的小巷显得怪诞不经，房屋外面的台阶凹凸不平，屋檐的端角奇形怪状，货仓的大门敞开着，里面漆黑一团，似乎装满了沉沉的夜色。一切都歪斜着，扭曲着，叠压在一起。人们沿着古老的城墙走，硕大的无花果树的枝叶擦着墙头，脚下的空麦秸唰唰作响。海的潮气中融进了金秋的谷香和沉睡的牛栏的气息。

我们住在村镇外的农村。在乡间的路上，可以看见亮如白昼，或旋转或静止的航标灯的灯光投射在树篱上、田野上，照耀着整个半岛。从这里望不到海，所以我们总觉得这些灯并不是安在那黑黝黝的礁石上，而是矗立在宁静的田野上。

何三雅　译

# 永恒的海

〔日本〕东山魁夷




登上斜坡,立即吹来剧烈的风,我出现于断崖之上。透过松林,俯视着水沫飞溅的海洋和黝黑的岩礁。蓝色的波涛,汹涌奔腾,叩击着岩石,抛洒着银白的浪花,轰然作响。岩石有的挺拔直立,有的在波谷中时隐时现,在海浪的冲刷下,个个呈现出坚强的姿态。

这里是山口县青海岛。岛的南侧,和缓的绿色的山峦包围着仙崎湾,多么宁静的海景。而北面却是岩石峭立的断崖,日本海波高浪险,形成了喧嚣雄奇的景观。

我从去年就开始到海滨旅行,寻觅波涛和岩石的绘画素材。我想从相互搏击的海浪和岩石那里,发现海国日本的象征。有一次,我听到台风将要通过铫子海面的消息，立即驱车赶到犬吠埼。我在灯塔旁下了车，大风挟着飞沙，使我睁不开眼睛。我冒着被刮走的危险，来到断崖的边缘。

遥远的海面上白沫飞溅，浪涛汹涌。灰黑的云朵低俯着水平线在流动。海浪咆哮着袭来，接着又退去，粉碎了，扬起了水花。在这一片混沌的海洋上，不时有阳光下射。我从崖上下来一点，捡个风势较弱的地方站住，凝神眺望。只见洋面上的狂涛巨澜，按照一定的节奏反复着。这种大自然的脉搏，自太古以来从未停止。

房州南端的野岛岬，露出清晰的岩石肌理的纪州白浜和千叠敷的海蚀海岸的三级断崖，共同呈现出雄伟的气象。潮岬是纪伊半岛南部的尖端，也是本州的最南端，群岩耸峙，青苍浩莽，威严地承受着太平洋的烟波。

然而，是豪壮的景观是北海道日高海岸南端的襟裳岬。日高山脉入海处，其余脉形成一列大岩礁在水中绵延六七公里，海水袭来，荡起银白的浪花。丘陵上有一片狭窄的草原，随处生长着矮矮的柏树，低伏在地面上。这北国边陲的景观，和北端的鄂霍茨克海滨的能取岬，给人留下相同的印象。密布着原始森林的半岛的尖端，矗立着一座涂着黑白花纹的灯塔，背衬着灰色的大海，孑然独立。我面对着这片荒寂的风景，寒冷的雾气包裹着我。

我寻求的不是这种沉郁的海景。在一个阳光灿烂的初夏季节，我沿着海岸从宫津到了丹后半岛。我经过宁静而碧绿的水湾里排列着船坞的伊根渔村，顺着半岛北侧的断崖，站在屏风般的巉岩上，眺望间人海滨。

进入兵库县，从浜坂沿鸟取县的浦富海岸，登上沙丘。浦富和网代间的清碧的海水，以集块岩和花岗岩为主的多岩礁的海蚀风景，都曾经使我激动不已。由于这里尚未变成游览地，原来的自然景观得以完好的保存，在这里可以充分欣赏日本海的美。我到松江走了一下，看了看岛根半岛的北岸，从石见的益田，经小浜，再度到达荻市西北的青海岛。

1966 年的“日展”上，展现了取材于山阴海面的《潮音》，这回又来到晚秋时节的能登半岛，由金泽沿内海到和仓，再向北到达九十九湾和鹈饲，直抵北端的狼烟海岸，再绕过禄刚崎，沿外海经木之浦、曾曾木转上一圈儿，顺着被称做能登金刚的岩礁海滨一直南下。内海风平浪静；而外海却是一派汹涌澎湃的样子。冷风挟着雨点袭来，银白的水花，绿色的海面，灰暗的天空，黝黑的礁石，黄褐色的枯草……这些就是我向往已久的北陆海洋的特有景象。

就这样，我到各地的海岸旅行，看见了许多荒寒的海景，同波涛和岩石打了一番交道。我进行了多方面的写生，同时从另一个方面加深了对波涛和岩石的感情。

日本美术中，自古以来有不少描绘水波的作品。从西本愿寺三十六家集的稿纸以及平家纳经上的水波，富有优雅的装饰美。不过，这些作品反映的自然界的水波的节奏，经过人们精细的加工，更趋于完美。装饰性和自然感相辅相成，惟妙惟肖，保持了日本独特的美。这种境界是和后一时期相传为宗达所作的《松岛图》中的豪华的水波一脉相通。

与此相应，镰仓时期的《华严缘起绘卷》中，用奔放的线条描画的狂澜，室町时代雪杖的水墨画《风涛图》，北斋的版画《富岳三十六景》中的巨浪，所有这些作品都带着各自时代的特色，通过画家富于个性的创造，呈现出千变万化的姿态。

在具有纹路的水波中，自古就有青海波，至今依然普遍使用。但是，比起这种同心圆相叠而成的几何图形，一种被称为直立波的由纵状曲线组合的飞沫式波纹，更显得漂亮些。查一查古代波纹的画法，常常会给人以意想不到的新鲜感。

我曾经巡视过京都寺院的障壁画，但没有见到仅以水波和岩石为主题的作品。相反，那禅寺庭园布置的石群，却使人联想起大海中的岛屿、波浪和岩礁。龙安寺的石庭自不必说，即使龙源院被称为东滴壶的壶庭和妙心寺东海庵的南庭等小巧的庭园，也能使人联想到出人意表的海景。坐在黄梅院方丈的廊缘上，眺望着不置一石的白沙铺成的地面，扫帚扫成的水纹和缓而婉转地流动着，呈现出以波涛和岩石为中心的巨大的画面。

我对京都的一副热情和对自然界海滨风景的追求，终于融合在一起了。这具体来自我所面临的大幅壁画的绘制任务。不，不是为了这个，而是因为我迎来了必须开创新路的时代。

我的风景画多以宁静的山野自然景色为对象，动态的风物和海景非常少。这次我到海滨写生，发现了许多对我说来十分新鲜的题材。我面对京都的古老庭园所得到的感受，总是启发我决心回归这里，然后再从这里出发。作为我支柱的依然是日本的自然与传统。

从放眼自然风景开始，我在冬日的山上迈出了我的战后人生道路的第一步，几经起伏，终于来到了这个海滨。我窥探着自己的内心，追逐着心灵的明与暗，才跋涉到达了这里。也许有人以为我战后的道路是平坦的。当然，同战前艰险迂曲的经历相比，的确是一条坦荡顺畅的路。

在旅人的心目中，由于漫游和乡愁两个相反的因素互相制约，这就规定了他所要走的路。可以说一方面是主观的心理作用；一方面是反意志的因素。有的旅人围绕着遍历、乡愁、还乡，反复地做着圆周运动。那些一心眷顾自身的旅人，多是循着这样的轨迹。他们既不想摆脱自己的轨道远走高飞，也不愿幽闭在故乡离愁的世界之中而无法自拔。他们只是不停地运动。

我也是这样一个旅人。先是漫游，转了一圈儿随后又回来。不过，这种圆周运动并非受个人意识的支配，而是出乎自然。我只能这样认为，我是被逼迫这样做的。我时时通过反省来控制自己，然而我的行动的直接动机，往往是外界因素强加于我的。

我从少年时代起就留心观察自然，我悟出这样的道理：世界上的一切都是顺着生长和衰亡的圈子永远循环往复。这种规律正因为是运动着的，不是静止的，所以应当确信有一种基本的力量存在着，尽管这种力量的归结及意义尚不得而知。我的整个青年时代都坚守着这样的信念：对待一切现象，都要看作是某种力量作用的结果。我虽曾陷入了那种失意和悲惨的深渊，但没有灰心气馁，其中一个原因就是我有着上述这样的观点。

经受过那场战争带来的苦恼和悲哀，到了不得不抛弃自己一切的时候，就越发强烈感觉到某种力量的存在。事情不是这样吗？后来，我在心中回味着当时的情景，多多少少杜绝了精神上的安逸和松弛。然而我回顾着战后至今所走过的道路，又不能不感到惭愧。我一步一个脚印坚持不懈走过来了，但我的艺术却不能认为是深刻的了。大凡艺术作品，只有摆脱创造它的作者的偏爱以及世间欢迎它的一切好意之后，才能获得这样的命运：它将被评判是否具有真正的价值。我有没有经得起这种严峻考验的作品呢？我只能说那要等待将来了。如果不这样想，那也就不能前进了。

如今,我聆听着波涛的声音,这是永恒的音响。左右着水波搏击的是什么?我仍然认为,这不过是受某种力量支配的缘故。这种力量应该是什么,我也不知道。

陈德文　译

# 太平洋之梦

〔美国〕弗雷德里克·特纳





## 一

我见到太平洋时，距四十三岁只差几个月了。我和妻子驾着租来的汽车，穿过积木似的旧金山城——戴利城……向西沿着弧形道，驶往尚未露面的海岸。一座高高的海岬蓦地蹿到前方，如一个闪闪发光的巨大圆盘端到了眼前。凭高远眺，万物尽收眼底，真能让人相信，看得见那海天相交、弯刀似的地平线呢。

昨天在飞机上，我俯瞰了向东退去的景色：平坦而纵横交错的中西部平原；那越流越宽，在三月里蠢蠢欲动，挤浮着被春天宰割的棕色冰坨的河流；向西延伸，那渐渐隆起、点缀着大地的覆盖着残雪的高原和方山；最后是群山巍巍，煞白煞白地耸入云端。那一刻，我多想马上看到陆地的尽头，我多希望白昼快快渗进加利福尼亚，在它崭新的、灰淡的曙光里，让金色的海洋显影在我眼前。

哦，我是见过海洋的。我虽生在中西部，但多年前，我就见识过美国这边的大西洋，碰巧我还领教过墨西哥湾灼热的深绿色。想当年，我曾悠然地戏溺爱琴海的柔波。那是又一次落日时分了，波塞冬神庙在熠熠夕照里生辉。拜伦的名字被草草地题在圆柱上，想看得清晰些，却已是一片黑糊了。鼓着红帆的小渔船离岸远去，渔夫们朝我摆着手，示意我留神鲨鱼。但是，我还没见过我的太平洋。因此，私下说，作为美国人我还很不地道。我仍生活在十九世纪四十年代以前，那时的人们没见过太平洋。直到此时此刻，在这样一个早晨，我才终于赶上了历史。

我的思绪立刻奔向了斯坦贝克。少年时代起，我心目中的加利福尼亚是以他《红色小马》来定义的。我尤其属意那"人民领袖"的老祖父，他对好奇的孩子乔迪说，太平洋沿岸站着一排一排的老人，他们憎恨大海，恨它挡住了征程，使那只纯粹受本能驱使、只会向西奔行、不抵尽头不罢休的巨兽耽搁了下来。对这种现象——人憎恨大海，不愿被它阻住奔波不息、无法餍足的脚步，不愿扎下根来，我记不清曾否深思其中的奥妙，只是心里还留存着这个老人的意象。那时，少不更事的我，还无缘领会其中的言下之意，估计脑子里实实在在地只有一排一身黑的老者，站在像我们密执安湖滩一样的“海岸”上，沉着脸，怒火冲天，就像我最先看懂的那部名叫《书踪》的小人书上的插图一样的凶暴。随后的岁月里，加利福尼亚的其他形象侵入我的眼界：金发碧眼的美人儿，海滩服务生，帕沙第纳举行的大学生足球赛。但这形象的底版终归是最初的老人与海。尤其是海洋，像斯坦贝克所隐示的那样，对人类的历史和奋争总是无动于衷。当我此时此刻见到它时，我还是看到了老祖父，看到那些黑衣怒容的人被困在泡沫飞溅的海边。



公路与海岸并肩做着伴，于是，别的景观侵扰了那些老人的形象。此刻我仿佛是记忆的考古学家，跨过斯坦贝克，研究起加利福尼亚近年的出土文物来了。铲子下去，不为黄金，而是为了骨化石、手工制品、废墟，这些东西用沉积的言语，把旷世的人类命运昭示今人。这陆地和海洋的景观，与斯坦贝克那个西行故事根本不相干，尽管对于我个人来说，此刻我情不自禁地要去做这种联系。昨日我坐飞机飞越而过的大地上，曾有过西进的滔滔入流。其实早在千万年以前，人们就在本能的驱使下，乘着藤条或芦苇绑成的舟筏，举桨扬帆，驶过漫漫的太平洋，尽管他们认为是驶向东方，驶向太阳升起的地方。亚洲人、腓尼基人和波利尼西亚人，循着难以想象的路径，先后来到这里。光明永远在前面召唤着他们；阴影永远在后面，箭一样追逼着他们的挺进。

那些船只没有留下一片残骸，如撑着它的水手们一样易于腐烂风化，没留踪影。为了掘出古代人的雄心壮志，发现深埋的旷世计划，我们比什么时候都挖得深。看来，这一带似乎没什么重大的突破在等着我们，成绩只是一些石锚，中文残片的竹简。可也帮我们敲定了某些史实，据此我们发现这些伫立在海边的老人几乎成了不懂事的孩子。

何止于此！也许有人曾伫立于太平洋的此岸，眼望探险者乘芦筏向岸边颤簸而来。我们总爱将自己打扮成“发现者”，第一个到这里，第一个判断出这里的好坏及其意义，我们拒绝承认新世界土著的悠远历史。我们身穿黑衣，迁怒于旧世界的错误，许多许多年里都甘愿向某个版本的历史卖身作奴，于是，我们又老了很多。我们被某个数字迷惑住了，那就是新世界中人的历史还只有一万两千年。这个错觉铸成了我们对于历史的观念，想超越它是轻率的，甚至是危险的。有人说，似乎我们也是科龙船队的水手们，愣在了未知的、蕴藏了无限神秘的大海面前。后来，碳 14 替我们冲破了樊篱，我们能够想得远一些了，思想的触角能伸到两万年以前了。今天，我们懂得了消旋的作用——氨基酸在骨骼中的持续稳定的死灭过程，它告诉我们，两万年太少，应该是七万年。这恍然洞开的视野把一片新奇夺目的浩瀚展现给白人不知餍足的眼睛。它仿佛是一条古老的航路，沉默的先驱们早就通过黑色的水上征兆推知潮汐和信风，而那些爱唠叨的老祖父们却对此一无所知。

当然，斯坦贝克写的不是历史教科书，他讲的是故事，细数着完成冒险，完成大迁移前的种种体验——走出最后的荒原，从耸入蓝天的内华达山脉下来，穿过小丘，踏进萨克腊门多河流域与圣乔昆山谷之间富饶深广的绿野，越过它，到达艰难奋斗的目的地。故事中的老祖父脑子里仅这些东西而已：没有历史，没有对向西大迁移的干巴巴的复述，而是他一路上已融化在脚步中的快意。“我讲着古老的故事，”他面朝乔迪，“但它们并不是我想讲的，我只知道我讲着故事，是要别人去体验其中的滋味。”




这么说来，加利福尼亚一带的太平洋的历史如何，与他倒也无关紧要。梅特兰说得对，历史的本质并不取决于发生的事件，而是取决于人们怎么说它，怎么想它。太平洋沿岸到处滥刻着一个名字：巴波亚。在西方白人的想象中，太平洋的意思便是巴波亚，它的发现者。

当我们继续南行，前往由西班牙人命名的地方时，我还在想着，而且想得最多的就是巴波亚。太阳公转着从大地上升起，沿弧线越过涌向西班哥[1]和卡西[2]的波浪，那么耀眼，一如巴波亚在丛林的小山顶曾凝视的那轮照亮汹涌的波涛、茫

❶西班哥，日本古称。
❷卡西，中国古称。

茫的绿色海洋的红日，依然带着它古老的诺言。

## 二

彼得·马特尔，一个能说会道的家伙，终日在王宫里无所事事，与那些参加过西班牙的新世界之行的人大侃特侃。他说过，巴波亚出生在与葡萄牙接邻的赫雷斯，是名闻遐迩的剑术教师。照马特尔的回忆，他健壮匀称，沉着刚毅。他没说起巴波亚是否富于想象，但事实是明摆着的，在他身上，想象力确是决定他命运的天赋。1498 年科龙在巴利亚的登陆一时吸引了大批人漂洋过海。巴波亚便是其中之一。在巴利亚，科龙这位海军上将弄到了期慕已久的东方王国的昭然迹象：猴子、鹿和珍珠。他带回的这些异国情调的玩艺儿还掀起了好大的轰动。那些未经训练，也没这方面天赋而且对那遥远的国度一无所知的绅士们，也竞相征求皇家的许可，买船远行，想要迅速满载而归。堂·罗德里克·德·巴斯第达斯，特里亚那的有钱的公证人，也得了一份皇家的许可证。他获得的专利允许他带回贵重金属、球宝、奴隶、混血儿、怪物、毒蛇、香料和药品。瓦斯科·纽恩兹·巴波亚与他同行。1501 年，他在船的前方看见了巴拿马地峡遍布船蛆洞穴的东端，因为被海中的寄生物咬得不堪忍受，只好回到设在海地的前哨。巴斯第达斯一经回到西班牙，显然就会有足够的财富和冒险经历来填写余生了，而巴波亚却还一无所有。他得留下。

已七年没有了他的音讯。那个岛当时瘟疫流行。印第安奴隶在死去，西班牙人在死去，资源以及他的前景都在减少，矿藏也近乎枯竭。偶尔到腹地探险一次，结果也是新宝藏捞不着，王国没找到，却遇着了本地土著们的凶蛮残暴。于是，在海地，在曾是黄金海岸的地方，站着一排怀恨者，他们仇恨脚下的陆地，仇恨把他们与家乡以及他们脚下以外的任何地方隔离开来的大海。

1509年，阿隆索·德·奥杰达，一个虽残忍粗鲁，倒也经验丰富的征服者获准与迪亚哥·德·尼克萨一起开发和殖民从今日的哥伦比亚北部海岸到今日的巴拿马、哥斯达黎加和尼加拉瓜的大片土地。十一月，奥杰达从海地出发。不久，尼克萨带着增援力量接踵而至。已经厌倦之至的巴波亚背着一身还不清的债，只好痴痴地望着他们扬帆驶上征程。他何尝不想去！但是，有条殖民法阻挠了他，它英明地规定：负债人未与债主清账前不得去探险。巴波亚无能为力了。看样子，他是注定要在海地打磨时间了。

不久，奥杰达的副手，律师马丁·费尔南多·德·英西索带着更多的人员和供给出发了。当陆地在视野中消失时，酒桶里突然冒出一个人来。他正是巴波亚，逃债者。有个朋友帮了忙，把他弄进酒桶的。站在倾斜的甲板上，热带的阳光使他睁不开眼睛，我们的主人公就这样闯入了新世界的史册。他身边只有剑和那条狗——凶猛的里昂西罗。律师大为光火，害怕别人会盯住他不放，逼他替巴波亚还债。但是，现在还有什么办法呢。而且不久，同行的很多人都将好好地感谢上帝，让大海，无边的丛林的无情压力冲垮了，腐烂了，抛开了法律、习俗和其他大部分的文明成果，让他们有了巴波亚；他们只想让巴波亚留在身边。

一开始，整个探险便呈现出一团糟的样子。卡塔赫纳·奥杰达愚蠢地激怒了当地的土著，丢了七十个人的性命，其中还包括著名的水手胡安·德·拉·科萨。可能这就是此次探险的坏兆头吧，队员们在寻找冲突后的幸存者时，发现了被绑在树上的科萨，号叫着，带箭的身体激烈地颤抖着，他正经历着毒素发作而死亡的最后挣扎。这样的下场似乎是他从1492年随科龙远征起就注定了的。奥杰达本人也伤痕累累，他最终免于一死，多亏他自己硬了心肠，不顾疼得死去活来，命令外科医生用两块烧得通红的铁板烫烙了伤口。

惨遭重创，草木皆兵，队员们就是在这种状态下到达乌拉巴湾的东岸的。好好地受了一番惩戒的奥杰达在这儿设了一个小小的前哨，并给它取了那位丧身于毒箭下的圣徒的名字——圣·塞巴斯蒂安。如今他一心一意，只求这位圣人的庇护。几个月了，运载着安慰和前景的英西索尚未抵达，奥杰达不堪忍受这块在大白天也是凄凄惨惨的地方，不久就弃之而去，回到海地。在新世界与野蛮人的遭遇重重地击垮了他。他在那儿接受了圣职,死时是方济各会的一名修道士。

留下来一个强硬的、才能有限的人来收拾这惨不忍睹的前哨。他就是弗朗西斯科·比扎罗。此人才能尽管有限,却有把什么烂摊子都敷衍下去的能耐。直到英西索终于可怕地姗姗来迟。靠岸时驶进浅滩,他的船在暗礁上撞成碎片。他随即掂量了自己身临的现状,觉得显然再也不能胜任统帅之职了。再说,这国度布满了丛林和沼泽,乌七八糟的新垦地后面一百步便是神秘与不测的所在;土著们全副武装着,对入侵者满怀怨毒,前一批征服者已所剩无几;活着的人也已落到了咽食草根和棕榈树芽的地步,风声鹤唳,不听指挥。一本古老的编年史摘引了其中一个人的话:"让我们离开这要命的海岸吧,大海、苍天、陆地都在驱赶着我们。"看样子,他们再也不会听命于一个代表法律的人了。在这儿,只有巴波亚如鱼得水,能让一切运转。

有些人身体被多汗症拖垮了,衣物上染上了热带病菌;有些人患上了无药可救的黄热病,就只好窝蹲在丛林里;有些人不安地坐着,身子像没有桅杆的船似的晃荡,有些人正孤注一掷地策划,准备着谋反。唯有巴波亚,正独自苦苦地寻思各种可能性,只有他的目光越过了这凄惨的开端。面前是小片的泥泞的新垦地,那些漏雨的棚屋令人心酸地承嗣着西班牙建筑的风范。这个人有一种心痒难忍的渴望。对他来说,这片充满热腾腾生气的荒野,是无限的可能性的源泉。他一个猛子扎进了自己的行动之中。他全盘地肩负起这场征服，被大家公认为是最能干的人。

他告诉英西索，他曾到过乌拉巴湾的西海岸，那里的土著人不使用毒箭。于是，他的伙伴们将剩余的物资分装在两艘双帆船上，向西海岸驶去。在巴波亚这个前偷乘者的领导下，他们成功地攻占了西海岸的一个土著村落。西班牙人在驱赶土著居民，强使他们迁往河的上游地区时，意外地撞见一个黄金宝库：脚镯、头饰和手镯，约值一万卡斯特兰路[1]。按照英西索许下的愿，他们把新建的前哨命名为"我们古老的达里安的美娇娘"，不过大家都简单地称它为达里安。于是，向太平洋的幸运征程就这么开始了。

没过几个月，那个强有力的人便排除了自己阵营里的最后一个反对派，赶走了已没有影响力的英西索，自封为达里安市市长。不知人们说这句话时是否当真，都说迈开下一步所需的只是幻想。不说巴波亚的幻想属于什么性质，无情也好，虚荣也好，毕竟他有了它：他懂得征服也应适可而止，要有怀柔的大度；既能铁石心肠般地残忍，又要能让同盟分裂，使周围的无数气势凌人的部落不堪一击。他话不多(如他给费尔丁南的信所示，当他不得不发言时，话总是迟迟地接不上来)，却是力量的化身，对自身以外的事物——一个有待征

[1]经华盛顿·欧文折算，约合53259美元。

服的王国，一个等着他去发现和劫掠的城市，尤其是那些“远东”的金山墙——充满了幻想。他怀揣着一种独特的信赖，开始带人向地峡渗透，探寻着他可能已经猜想到的，或者至少是希望着的，横陈于地峡南侧的大海。凶猛的里昂西罗一直追随着他，因对付土著有功，享受着弓箭手的待遇。

那条通往地峡另一面以及大海的路，是他逼迫着一位名叫康莫格的酋长，与他结盟后才开拓出来的。康莫格的儿子被侵略者的贪婪吓得魂不附体，他曾鞭辟入里地扬言，如果这些白人抛弃一切——父母妻儿、家园以及祖国——只是为了黄金，那么，南方还有一个海，海边有个富得惊人的王国，那里，黄金遍地，多得他们永远也挥霍不完。这番大话后来被证实为是对太平洋和印加帝国（那是比扎罗，而不是巴波亚的故事了）的描述，使征服者们欣喜无边。听说有这样一个可供掠夺的地方，一些心灰意懒的征服者甚至高兴得哭了起来。

队员们迅速地回到了达里安，那儿，巴波亚正为南征做着准备。终于在 1513 年 9 月 1 日启程，总共一百九十个西班牙人和八百个印第安人跟随着他。起初的路段，由于巴波亚对附近部落的恫吓，一路畅通无阻。但是，离开熟悉的地方继续南行时，他们遇到了那些从未听说过白人不可战胜的神话，而偏想与白人作对的人们的抵抗。尤其是那个名叫夸里夸的酋长，他带领着忠心耿耿的战士们，进行着顽强的抵抗，损失了六百多人也在所不惜。据说，在南征太平洋的这最后一仗中，全体斗士身着女式战服，洋溢着女人的热情。这些人最后全被扔给狗吃，由里昂西罗带头，根据布哥斯[1]法当着基督徒们的面，将他们撕成碎片。后来，佛莱芒雕刻家西奥多·德·布赖刻画了这一景象：巴波亚站在中央，穿着精致的衣服，指点着战斗的复杂玄机，而画的前景，是撕咬着几乎是赤身裸体的尸体的一群狗。

这个月的二十五日，有向导告诉巴波亚，从附近的山顶能望得见隐隐闪现的大海了。仿佛谁也不配与他分享那一刻似的，他爬坡而上时，身边只带着他的狗。终于，他"悄悄地站在了达里安的峰巅"。诗人把他和"矮脚的考兹"混为一谈，成全了一个辉煌的错误。透过密布的云霭，他瞥见了它。要不是他念念不忘于那一刻，他也许会听到身后土著轿夫沉重的长叹，听到他的同志们一面艰难地往上攀登，一面嘴不停息地咒骂。很多队员此行的目的并不比他们的领袖光彩，但对这一刻里蕴藏的可能性就没有像他们的领袖那样心向往之了。此时此刻，他伫立在绝顶——也许带了点装腔作势，而其他人还在他身旁挣扎着，呼喊着"大海！大海！"可是被载进青史的正是此刻，它也赋予那几十个点缀加利福尼亚海岸的巴波亚以真正的意义。




---

[1] 布哥斯，西班牙一城市。

四天里，这队人马克服了许多障碍——荒无人迹的丛林、陡峭的山坡、土著——之后，于晚祷时分别到达了海边。头顶盔甲和护胸的巴波亚一手提着出鞘的剑，一手擎着西班牙国旗，踏进柔波之中的太平洋，完成了正式占领的仪式。

## 三

海边的清晨总有某种特质与别处迥然不同。它温馨柔曼，似梦似真，某种氛围融融地弥漫其中。于这样的早晨醒来，你会蓦然记起，某个恬静的小天地曾怎样地包裹了睡梦中的你，为你的白昼祝福。在我最后逗留的太平洋沿岸小镇桑塔克鲁兹，早晨就带着这样一种特质。我正坐在海滨别墅四壁玻璃的门廊里，在笔记本粗糙的纸页上潦草地记下有关巴波亚的只言片语。早晨咖啡的芳香悠然地升入无尽的空中，我在陡峭的小街末端看得见太平洋，珍珠般的灰白，略略泛着一晕淡淡的粉红。

正像那个老征服者，不得不忍受从第一眼望见太平洋到身体真正触及太平洋之间的恼人的间隔，我也没有触摸过它呢。我已见过落日在它温驯的细波上发出碎金般的光，已见过它在第一颗星辰蹦跳而出时转成墨蓝，而至今，我仍未抚摸过它的水与沙。我丢下笔管，径直步向大海。

已有几个带着孩子的年轻妈妈把衣物器材堆放在防波

堤前的那一小片沙滩上，而镇上那些重负使命星夜远航的大学生尚未露面。我脱掉了凉鞋，走到水与岸擦边的地方。有个男孩在那儿玩两只玩具船，一只是拖船，另一只是带着布帆的大海船。帆船一下水，一个小浪打来，它就倾覆了，帆一下子就浸得透湿。但拖船却像酒桶似的沉浮着，翻掉一次，又自动翻转过来，它的身上瓷漆一再地闪烁着熠熠光亮。我从他身旁走过，听自己的膝盖划得海水哗哗作响，迎面，绿色的海浪向我涌来，远处的白云像海上的帆。我向海面张开双臂，做着我特有的那种占领。这样占领着的时候，我心里不光回味着那种古老而徒然的行动，也琢磨了“占领”的意义：它包含了占领的动作，也包含着被占领的状态。被占有、荡涤，被迷执住，正如此刻的我之于大海。在这奶柔柔的怀抱中，默默地想着刚才的地方，那孩子，那船，海滩，只需我转过向，那一切就会堆放在我眼前。我不禁再一次寻思，许多年前的“人民领袖”究竟为何如此吸引了我，是否那么年幼的我就已对藏露于小说中的哀伤情调产生了共鸣。是否第一次读它时体会到的真正动人之处，是那种乐园无法在人间实现的无奈，崭新的事物与人的无边的梦想之间的脱节，和在整个新世界里那永远寻求着天外边事物的欲望的无法兑现。抑或这只是事后才强加的想法，像成年人迫于自己所处的潮流，不得不去修正自己的童年一样?

　　无论身处哪一种情形，我总能体会到藏在斯坦贝克的故事中的哀伤情调。即便它不是故事的主题,也显而易见地属于故事以外的主题,尽管它深藏不露。

说到这里,似乎可以去探讨一下哀伤和挽歌的情调为什么是我们全部文学的主旋律了。如果说白人在形成中的新世界里的遭遇是关于幻灭的悲剧故事,而那些卓越的发现者——科隆、科尔兹、达尔芬格、拉雷、拉·萨尔——都是悲剧英雄,犯下了不能被他们宣布归属己有的土地占有的过失,那么,我们的文学去表现这一点也是在所难免的。在我看来,正是如此。

当然,有的文学里程碑明显地没有表现这一点,明显得如同美国人的天性。这即刻使人想到富兰克林的自传,克里夫科尔和早期的惠特曼、爱伦·坡、狄更生、詹姆斯和海明威,他们似乎都没有美国式的挽歌情调。二次大战以后的出色作家们(其中有很多还来自于少数民族)也是如此,似乎那个事件,以及原子弹为它作下的结论永远封住了过去,过去的主题。但是,也不能忘了,我们有多少伟大、含蓄的作家和作品确实表现了这种挽歌情调。最初是布拉福德总督的《普利茅斯殖民史》,及其对新英格兰冬天的林墙——那淡然惨凄的荒野的灵魂——的著名描述,它们似乎恰巧与人类的希望构成了鲜明的对照;再到库柏的皮袜子故事,霍桑的纯洁和失乐园的故事和罗曼史,麦尔维尔的南太平洋罗曼史,爱默生(那绝望的乐观主义者)要求美国人在与它遭遇了两百年后,重新发展与土地的始源关系的呼唤；梭罗、内战后的惠特曼、帕克曼、马克·吐温的伟大牧歌——一个小男孩向新世界的自然怀抱的投奔及其失败；直到《了不起的盖茨比》、《美国人的天性》和《美国》。甚至在二次大战以后，挽歌式的情调还偶尔露面，每次都引起深切的共鸣。《雨王汉德森》、《游戏在地主的田野里》、《小大人》、罗什克的《"北美序列"》，甚至电影《阿丽丝的旅馆》都是这一类情调的作品。更不用提拉丁美洲文学中的一些最引人注目的挽歌式情调(这不光是现在顺便提及而已)，例如在卡罗斯·弗里茨的《我的土地》、聂鲁达和加布里尔·加西亚·马尔克斯的许多作品中。

这种文学倾向掩藏在某种阴暗和沉郁里。对光明前景的希望被第一次与壮观的陆地和大海的遭遇所击碎，天堂也被其规模和悲剧性结果所造成的琐碎的梦想所毒害；对死亡与彻底的失望，以及对被毁坏的海洋和热带雨林、土著文化的记忆也惨遭同样命运。这些记忆像羽毛一般轻飘易逝，一层层地消失着。克劳德·列维-施特劳斯与那些和康拉德的小说人物一般的人共游了南美丛林，领略了那儿毫无前途的文化小前哨后，写道："我们正在探寻的新世界的中心有一个教训正等着我们，这就是，新世界轮不到我们去毁坏它，但我们却毁坏了它；我们无权对它怎么样。"这成了我们新世界的历史和文学的包袱，其源头可以追溯到塞维尔、西印度群岛的档案、那些至今仍是触目惊心的成捆的手稿里——它们亲笔记下了在充满敌意的茫茫荒原中，探险事业的结局，酋长、征服者的下场。我们抓着巴波亚的卷宗不放，原想抓住一个伟大发现的故事的来龙去脉，却掉进了无法言说的黑洞……

## 四

巴波亚第一次听说太平洋时的激动并不亚于他第一次看见它，那时，东方带山墙的宝窟立刻出现在他脑海里，闪着灼眼的光芒。因而，当他带着人马到太平洋沿岸，听当地的一位酋长描述大海东南一隅的某个王国里的一种家畜，并在海边的湿土上看见了他勾画的模样时，巴波亚认为那是单峰骆驼，尽管那时还无法形成无峰驼的概念。就在那一刻——先于斯坦贝克故事中的老人们——在太平洋岸边站着一排人，他们恨着太平洋，恨它挡住了他们的去路。

而且，在以后那些蜿蜒而至的令人发狂的岁月里，他们还将继续恨它。原因是，费尔特南在任命巴波亚为"南海"总督的同时，又将他置于一五一四年派出的新的省总督佩德罗·阿里亚斯·德阿维拉(佩德拉里亚斯)的统辖之下。这样，当老迈昏聩的佩德拉里亚斯闷在阿克扎战地指挥所，笨手笨脚地处理着一切事务的时候，巴波亚便无力再去做远征东方的新航道、新水域的梦了。

佩德拉里亚斯不折不扣地是旧世界带给刚发现的新世

界的强烈的否定。此人上哪儿都带着棺材，时刻地安放在住处。在长期的异域生涯中，他每到一处就在周围制造死亡，仿佛他的棺材里装着致命的瘟疫，原本想散布给非洲人的，如今却拿来散布给了印第安人。他在阿克扎刚上任，便下令对地峡的土著们发动疯狂而残酷的进攻，靠巴波亚而谋取的脆弱的休战协定不久便被彻底葬送。这以后，白人一离开前哨便有危险了。在这样的处境下生活，人们都觉得难以容忍。在阿克扎和达里安，褴褛的乞丐充斥着街巷和广场。未掩埋的尸体肿胀地横陈于沟渠和坟地，那一大片土地的坟场终日没被埋住，因为总有尸体不停地抬来。下级贵族和士兵闲得发慌，终日无所事事，渴望着出去找金子。通向外地的路上串着土著们的头颅，它们已经干瘪，双眼紧闭，龇牙咧嘴，就这样被倒插在尖桩上。这是佩德拉里亚斯的表弟加斯帕·德·莫雷尔斯的杰作。他相信，这种做法能有效而持久地吓住敌人。

最后，这位老得百病缠身的佩德拉里亚斯对由自己造成的这块可怕地方日增恐惧；同时，越来越多的证据传来，证明在南太平洋的陆地上同样可以获得财富，这就迫使他命令巴波亚向停泊在阿克扎的双桅船运送物资，并在那儿造船。他打算途经平和的水域，驶往珍珠岛，也许能从那儿再驶向伟大的可汗帝国：谁说一小片海洋就能隔开西班牙人和他们的目的地？

即便受着这样轻率、妄动的总督的辖制，巴波亚也一如既往地精干，完成了运送物资（都是繁重复杂的事）和造船的任务。不过，他的大部分土著劳工都为此而丧生。唉，也是命该遇上灾星，新船被叮满船蛆，在驶往珍珠岛的途中，船身被蛀咬得蜂巢似的，终于，它沉没在泛着乳白色光芒的大海——船钉、螺丝和缆索全被毁坏殆尽。一切都得重做一遍。巴波亚又重头开始，1518年才完工。

合同已经签好，新船也似乎能经得起风浪了，可巴波亚不知为何原因却在那儿搁延了两个月？为什么没赶回去见阿克扎的指挥官？谣言从南部海岸，沿巴波亚经过的航道一路传来，终于使佩德拉里亚斯相信：他的人准备抛弃已被毁坏的前哨，驶向东方，把历史及其后果抛在脑后，勇往直前，驶入未来的反历史中。

这个狡诈的杀人如麻的恶棍完全听信了谣言，于是托人给巴波亚送去甜言蜜语的信，谦恭地请他回阿克扎，共同商讨太平洋之行的细节。与此同时，他又派弗朗西斯科·比扎罗和一支全副武装的小分队南下越过地峡，去伏击归途中的巴波亚，或去南部海岸将他捉拿而归。

这时，巴波亚的思想里出现了一个致命的过失，他宏伟的梦想里缺乏了那明察秋毫的慎微心机。否则，他何必在不久以后力称自己无辜，从未打算谋反？左也好，右也好，反正他就这么着顺从了召回他的命令，走上回阿克扎的路，并且不久就落入了比扎罗这无情卑鄙的小人手中，被无礼地拘捕起来。

归途中，巴波亚在手脚镣铐中锒铛而行，身边再没有大海，沙滩，晴爽的微风，再没有待航的船帆，光荣和梦想。路上结满了蔓草，仿佛要与船蛆为盟，来与这种只有人类才会有的卑劣的图谋作对。他们走向那衰败腐朽的小镇，走向茅屋、疾病和尚未孵化的阴谋。在那个乡村广场上，巴波亚的梦想将通通归于寂灭。这个曾使共谋加害于他的人锦缎加身——这些人此生唯一的梦想就是如此——的人，就这样被处死了。在环流着的热带的幽暗里，被害者乞求着仁慈，起誓保证自己的无辜和忠诚；当他向圣母祈求保佑时，连佩德拉里亚斯的刽子手也在渐渐幽淡而去的日光里落下了酸涩的泪，他感到，自己的责任突然地加上了良心的重负。于是，巴波亚被砍飞的头颅从肩膀上轻飘落地，在丛林的湿土上打了几个滚，眼神表示出吃惊般的询问，还在迷惑地眨着。在附近的一间小屋里，佩德拉里亚斯等着这个结果，以此医治他抑制不住有增无减的恐怖感和他的阴囊溃疡症。

在南边，在有耐心的天空下，在守时而无所用心的潮水里，巴波亚的双桅船空荡荡地在水中摇晃着；它们只能停泊在这儿了，船身再也得不到那一片终有一天会以巴波亚命名的大洋波涛的温存了。

张炽恒　陆兴华　译

# 日本海和太平洋

〔日本〕岛崎藤村





如果说过去的日本人是日本海，那么现代的日本人就是太平洋。最近我在读书时发现了布兰底斯[1]谈论太平洋的话。布兰底斯把太平洋和地球诸大洋所占的地位加以比较，说出了极其动人的一段话：

太平洋这个平静的大洋，是最大同时也是最深的海洋。说它平静，其实只不过是带状的一部分。太平洋的北部和南部，因为受到气流和季风的影响，常年波涛汹涌。几种海潮及其逆潮、暖流、寒流，回旋往复。太平

[1] Georg Brandes(1842—1927)，丹麦文学史家、评论家。

洋有其他海洋所没有的地震波。

我们处于可以包容东西文化的最佳位置,单是过去的积累就已经达到相当深厚的程度。但我们并非因此就认为现代的所有创造精神皆向我们汇聚而变得骄傲自满。然而我相信,至少在热爱和平、热爱平静这一点上,不亚于其他任何国民。这就是为何说它是我们的太平洋、平静的太平洋的理由。但是,我们现在继续营造的历史和活动之中,除了有广大而平和的“一带”之外,还有强悍的暴风雨,有暖流和寒流,有许多海潮及其逆潮,还有地震的波动,这些都和太平洋相似。我感到那位布兰底斯的话语中包括许多值得反省的内容。恐怕不仅我一个人有这样的想法吧?





我曾经到山阴地方旅行,从城埼附近的濑户的日和山,从香住的冈见公园,从浦富、出云浦等地的海岸,或从石见的高角山,眺望日本海。那绵延于海岸的高高的石壁,好似面向大陆耸立的大城墙,担负着保护我们这个岛国的作用,以免受到长达五个月的冬季日本海活动的威胁,免除狂暴的风雪和汹涌的怒涛的威胁。这里到处有奔涌的温泉,有无尽的宝库,出产金、银、铁、煤和其他矿产。

这里的海洋点缀着无数的洞穴,里面灌注了如空气般澄明的海水,产生了无数古代的传说。正像那位拉夫卡迪奥·海因[1]所说的："如此美丽的洞穴在全世界都难以想象。"

只有凭借一副坚强的腰骨才能很好接受大陆的一切东西。这正是我们祖先的姿影。但是说过去的日本人就是日本海，不只限于海岸上的这一特色。当你走到回首可以望见苍翠欲滴的岛影的地方，你就会看到那里有深蓝的黑潮流过。面对着海，你可想象许多，朝鲜、中国、印度自不必说，你会想起有那么一个时代，从波斯经印度洋而来的希腊人也到过这个岛国。远古的遣唐使的航路都在这片海上。生于中世纪末的画僧雪舟，冒着风波之险到中国南部探求宗教和艺术也是在这片海上。也许看罢扬子江河口涌过的滔滔浊流，再看看离大陆越远越清的日本海的水色，就会明白过去日本人的特色究竟属于哪一边了吧。

把太平洋当成日本海看待，这使我感叹于《万叶集》，也感叹于迎来近代曙光的雪舟的艺术。

总之，映现在我们眼里的大洋，已经不是漫无际涯的水面，而是可以到达彼岸的大洋。过去被人们认为东是东、西是西，永远不会相逢的东西，就要在日本聚合了。

陈德文　译



[1] Lateadio Heam，小泉八云的原名。

# 烧津[1]

〔日本〕小泉八云





## 一

在明朗的阳光下，古老的渔镇烧津有一种灰色的特殊魅力。像蜥蜴一样，烧津也带有它所依傍的海岸的多种灰色。海岸线上筑起了一道用圆石构成的防护堤以抵御汹涌的海涛。水边这道起保护作用的堤防采用了台阶的形式；用作建筑材料的圆石是用编织物的办法扞放在一排桩柱之间，这些桩柱则深深地打入地下。一排桩柱支撑着一级台阶。从建筑物的顶上往陆地看，你可以把整个城市的风光尽收眼底——大面

---

[1]在静冈县。

积的灰瓦的屋顶和饱经风霜的灰色的木头，这里那里点缀着一簇松林，那是寺庙的庭院所在的标志。往大海的方向望去，在苍苍茫茫的海面上，景象雄浑，——参差不齐、绵延不绝的波涛的碧峰急遽地涌向天边，像无数的紫水晶石，再越过它们则是富士山壮丽的若隐若现的身影，巍峨地高耸于一切之上。防波堤与大海之间没有沙滩——只有灰色的石坡，主要是圆石；这些石头随着海浪而翻腾，所以在一个天气恶劣的日子打算走过这里的激浪是难对付的。如果你一旦受到夹着石头的海浪冲击——像我几次遇到的那样，你就会对这一经验铭记不忘。

在一定的时间内这个粗糙不平的斜坡的大部分是被一排排样子奇特的船所占据——那是一种形状具有当地特色的渔船。它们非常非常之大——每只能载四十到五十人——它们有古怪的高高的船首，上面经常贴着佛教或神道教的符咒。神道教的一种普通的书面符咒是为此目的从富士女神的神祠求来的，咒文的意思是船的主人保证，倘使他打鱼逢到好运，他就要实行盛大的斋戒以表示对女神的敬意，她的神祠是在富士山顶。

在日本的每个滨海地区——甚至在同一地区的不同的渔民聚居点——渔船的样式和渔具都存着当地的特色。确实如此，有时相距不多几英里的渔民点，他们分别制造出来的渔网或渔船有如相隔好几千里的不同种族的人造出来的网或船那样各异。这个令人惊讶的多样化在某种程度上也许是出于尊重本地传统的缘故——那种虔诚的保守思想，力图保存祖宗的教导和几百年来不变的习惯。但更为合理的解释是因为不同地区渔民采用的捕鱼方式不同，任何一个地区的渔网和渔船的形状，如果加以考察的话，可能证明是某种独特的经验的产物。硕大的烧津渔船可说明这一事实。它们是按烧津渔业的特殊要求而设计的，因为帝国所有地区的鲣鱼干都由烧津供应，这样，把鱼运出去就要在大风大浪的海上航行。捕捞鲣鱼是一种繁重的工作；可是全体居民都齐心协作。他们用一种扁平的木架搁在斜坡上一下子就构成一溜船台，平底的渔船用长绳把它们的这些架子上拉上拉下。你会看到上百个男女和孩子或更多的人从事齐拉一艘船的工作，他们齐声唱一种奇特的忧郁的号子。在刮台风的时候，渔船就给拉到镇内的街道上。扦手帮忙干这项工作是非常好玩的，倘若你是外乡人，渔民也许会指点你观赏海里的奇珍作为对你的辛劳的报答：比如腿脚长得惊人的螃蟹，用不可思议的方式把自己鼓起来的河豚[1]，以及其他种种水生生物，它们的奇形怪状除非亲自接触它们使你简直不相信它们是天生的。

在船头有神符的大船还不是海滩上最奇异的事物。更令



[1]河豚也产于沿海。

人瞩目的是篾织的饵篓——这种篓子有六英尺高，周围十八英尺，拱形的顶上开着一个小孔。它们排在堤畔晾干，从远处看可能会被人误认为是住屋或作某种用途的小屋。再就是巨大的木锚，用金属包着它的尖头，形状像犁铧；有四个倒钩的铁锚，用以打桩的硕大的木槌，以及种种其他用具，更多是没有看见过的，你甚至想象不出它们的用途。五花八门的东西，其稀奇古怪，难以用言语描写，给你的那种不可思议的距离感——时间和地点都那么遥远，使你不禁怀疑是不是进入了一个非现实的世界。烧津的生活肯定还是许多世纪前的那样。人民也是日本古风犹存的人民：友好真诚如儿童——如儿童那样善良——诚实到过分的地步，对离他们的天地较远的世界天真无知，对古老的传统和古老的神明深信不疑。





## 二

三天的盂兰盆会[1]期间我碰巧逗留在烧津；我希望看看第三天也就是最后一天的美好的告别式。在日本的许多地区人们向亡灵提供微型船只——小小的平底船或渔船的模型以备他们远航，每一只小船都载有食品和水，上面燃点着香；要是灵船在夜晚发送，还放有一盏小小的灯笼或灯。但在烧

[1]盂兰盆会为流行日本的佛教法会之一，主要活动为祭祀祖先的亡灵，时间在旧历七月中旬。

津，都让灯笼在水上漂走。人们告诉我这一仪式是在天黑后举行的。由于别的地方习惯在半夜，我以为烧津也是这样，晚餐后便匆匆睡了一小觉，预计及时醒来去观赏这一奇景。等十点前我赶到海滩时一切都已结束，人都回家了。我看到长长的一片像萤火虫一样的东西在水面上——那是漂向大海列成队形的灯笼；但它们由于距离太远已辨识不清，只是星星点点有色的光罢了。我非常失望：觉得由于疏懒而失去一次也许是永不再来的机会——因为这些古老的盂兰盆会的风俗在迅速消亡。可是一瞬间我忽然想到我不妨冒险游向那些亮光去。它们正在慢慢地移动。我把长袍[1]脱在海滩上投身水中。海是平静的，像磷火一样美丽地闪烁。每闪一下就燃起一道黄色的火光。我迅速地游着，在比我期望快得多的时间内赶上了最后一批灯笼。我觉得去干预那些小小的漂浮物或改变它们静静地航行的路线是无情的，因而我就以靠近它们其中之一为满足，观察它们的细部。

灯笼的构造十分简单，底是一块厚木板，正正方方，横量约四英寸，每个角由一根约十六英寸高的细棍支着，这四根柱子顶上由几根横杆连起来撑住四边的纸，穿过底板的中心有一根长钉，钉尖上点燃一支蜡烛，上面不封口。灯笼的四面有五种颜色——蓝、黄、红、白、黑；这五种颜色分别象征气、

[1]即和服。

风、火、水、土——代表佛教的五要素，由五个菩萨玄奥地人格化。灯笼的一面是红色，另一面为蓝色，又一面为黄色，第四面的右侧为黑色，左侧为纸的本色。四面透明的纸上都没有写字。灯笼里面只有光焰摇曳的蜡烛。

我守望着那些脆弱而发光的形体在夜色中随波逐流。它们在风波的推动下，分散开去，彼此相隔得愈来愈远。每一盏灯笼，由于它的有色的光芒抖动不已，仿佛是一个内心怀着恐惧的生灵，在一片载着它进入外层黑暗的水流上战战兢兢。难道我们自己不是作为灯笼在更深沉更朦胧的大海上起航吗?在我们向那不可避免的沉沦漂去时不是彼此分隔得愈来愈远吗? 每个人心灵中的思想之光很快燃尽，于是可怜的躯壳，以及他们一度美丽过的色彩的全部残余必然永远融进那无色的虚无中……

即使在做这一冥想的时刻，我开始怀疑我是否真的孤身一人——我询问我自己，在我身边摇荡的物体中难道就不可能存在着不止是光的战栗的东西，也许有某种精灵附在那垂灭的火焰上望着那观看者吧? 一阵冰凉的毛骨悚然的感觉——也许是从内心深处产生的寒战微微地掠过我全身——也许只是叫人害怕的想象逐步产生的影响。我一下想到海滨地方古老的迷信——往昔的模糊告诫，要注意亡灵经过时的危险。我想到在夜色中从那暗处会冒出什么恶魔扑到我身上来——干扰，或似乎干扰那死亡之光——我自己将成为未来离奇的传说的题材……于是我向这些亮光低念佛教的告别词后迅速游向海岸。

我重又触摸到石头时，被面前的两个白影吓了一跳；但一个友好的声音使我放下心来，他问我水是不是冷。原来是我年迈的房东，以卖鱼为生的山口乙吉的声音，他由妻子陪同来寻我。

"是有点凉，不过凉得舒服，"我回答，一边披上袍子跟他们一同回家。

"噢，"乙吉的妻子说，"在盂兰盆会的晚上游到那个地方去可不好呀。"

"我游得不远，"我回答，"我只不过想看看灯笼。"

"即使是河童有时也会淹死呢[1]，"乙吉反驳说，"从前本村有个人在恶劣天气下，船破后想游回家，游过七里，后来还是淹死了。"

七里相当于不到十八英里一点。我问现在的居民中有没有年轻人可以游这么远的。

"可能有的行，"老头答复，"有很多人游得挺不错。这儿的人都会游——哪怕是孩子。不过要是打鱼的人像那么游，只为了救人。"

[1]这是一句俗话，河童是一种水鬼，常在河中出没。——原注。

"或者为了求爱,"妻子补充说——"像初岛姑娘。"

"谁?"我问。

"一个渔夫的闺女,"乙吉说,"她有个爱人在网代,离这儿七里;她常在夜晚游过去见他,早晨又游回来。他点起一盏灯为她指路。可是一个黑咕隆咚的晚上看不到灯——或者给吹灭了;她迷了路,淹死了。这故事在伊豆是有名的。"

"那么,"我自言自语,"在远东,是可怜的希罗游过去了。在这种情况下,西方人怎么评价黎安德呢?"❶





## 三

通常在盂兰盆会时期前后,大海就变得不平静起来。第二天我发现波涛汹涌,这并不令人吃惊。整天海浪翻腾得愈来愈厉害。到下午过了一半时,浪花形成了奇观。我坐在海堤上观看一直到日落。

长长的海浪的滚动速度缓慢,浩浩滔滔,令人生畏。有时候就在对海岸冲之前一个高耸的浪头仿佛像震颤的玻璃那样铿然一响,立时把它的全部碧绿的长长的形体碰得粉碎,

---

❶希腊神话故事:希罗是阿芙洛狄特女神(即爱神)在赫勒斯庞(达达尼尔)海峡欧洲这边海岸上的神庙的女祭司,她热爱对岸阿比多斯地方的一个青年黎安德,夜晚黎安德在希罗点燃的火炬下游过海峡来与她相会。一个暴风雨的夜晚,黎安德在游泳时溺死,希罗因此也投水自杀。

然后发出噼啪一声震撼着我身下的堤岸再平伏着退下去。我想起那勇猛的已故的俄国将军[1]，他指挥他的部队像海浪一样猛攻——钢铁构成的一波又一波——隆隆的炮轰一排接一排……没有一点儿风……不过别的地方准是天气恶劣，——冲击波稳步地高涨。它们的运动使人神往。这样的运动是多么难以刻画地复杂啊——然而永远常新！谁能够哪怕充分描写它五分钟呢？没有人看见过两道完全一样的掠岸的波涛。

大概从没有人看到大海的波澜滚滚或听到它的轰然巨响而不感到肃然的吧。我注意到甚至动物——马和牛——在大海面前也变得凝神思索起来：它们站着盯视倾听，好像那浩瀚无垠的海洋的景象和声音使它们忘记了世界上别的一切。

海岸地区有一句民间俗语："大海有灵魂能听见人说话。"这句话可以解释成：在海边你感觉害怕时可别说出你的恐惧；如果你说你害怕，海浪就会突然更高……这一现象我感到似乎完全自然。我必须坦白说不论我在海水里或海面上，我不能充分说服我自己它没有生命——一种有意的，敌对的力量。理性，暂时对这一幻想一点不起作用。为着得以把大海仅仅看成一片水，我必须站在某种高度，从那里俯视，它

[1]这里作者可能指米·斯科别列夫（1814—1882），1877年至1878年俄土战争中俄军统帅。

的汹涌的狂澜看起来不过是小小涟漪的懒洋洋的蠕动。

可是那原始状态的幻想在黑暗中甚至可以比在白昼更强烈地油然而生，在磷光荧荧的黑夜，海潮忽明忽暗是多么富有生气活力啊！它的冷焰的色彩的微妙变幻又是多么神秘莫测啊！潜入这样一片夜色笼罩的海中——在青黛色的幽暗里打开你的眼睛，守望跟随着你每一个动作的不可思议的光的喷射，每一个发光点的闪烁，通过滔滔的海浪去看它们，就像一只眼睛的开合。在这样的时刻人的确感到好像被包围在某种巨大的感觉中——垂悬在某种有生命的物体之内——那是一个无限柔软冰凉的幽灵，它的每一部分看起来，触摸起来，还是发挥什么意志，都是一样的。




## 四

那天晚上我不能入睡，倾听着强大的海潮奔腾撞击的澎湃声。比这些清晰的震撼声以及一切较近的波涛的冲击声更为深沉的是更远的海浪的低音——一种无底的深渊下无休无止的低沉的轰轰声，使建筑物都为之震动——在想象中似乎是不计其数的骑兵的马蹄嘚嘚或万炮齐鸣，从日出之方，广大如世界一般的大军的猛冲。

于是我想到儿时有过听海浪声而怀有的模模糊糊的恐怖——我记得后来在世界不同地方不同的海岸，涛音曾重新引起过儿时的那种感情。它肯定要比我古老得多,早我无数个世纪——我们的数不清的祖先所遗留下来的恐惧的总和。可是眼下我产生这一信念,即对大海的恐惧只不过是由它的声音而引出的为数众多的恐惧之一而已。因为在我倾听骏河湾[1]狂野的潮音时,我能辨识出人所共知的几乎种种恐惧的声音,不仅是规模宏大的战役的声音——没完没了的炮轰,——一次又一次的冲锋陷阵——而且还有猛兽的咆哮,火舌的毕剥与嘶叫,地震的隆隆巨响,毁灭性的雷霆,还有超过这一切的是,好像由刺耳的尖呼和窒闷的叫喊所形成的继续不断地喧嚷——这种声音的交织据说是溺水的人发出的呼唤。骚乱不安达到极点的恐惧把一切可以想象到的愤怒、毁灭、绝望的回声结合起来!

我自言自语:奇不奇怪呢?大海的声音竟使我们严肃起来!全部无法追忆的恐惧之波,在灵魂经验的更宽广的海洋中运行,必须跟大海多重的声音和谐地应和。深渊就与深渊响应[2]。可见的深渊向更古的生灵的深渊呼唤,它的潮汐的涨落就构成我们的魂灵。

因此古代的信念,认为死者的语言就是大海的怒吼,这个说法肯定不止有一点点道理。过去的死者的畏惧和痛苦千

❶骏河湾,静冈县所傍的海湾,其东面为伊豆半岛。

❷此语见《圣经·旧约·诗篇第四十二篇》。作者所说深渊是指人的灵魂、精神。

真万确地是在大海的怒吼所引起的朦胧而又深沉的敬畏之情中对我们说话的。

但是还有比大海的声音更为深深地打动我们的声音,而且是用更奇特的方式——有时也使得我们严肃,而且很严肃——比如音乐。

伟大的音乐是一种精神上的暴风雨,使我们内心中过去的隐秘的感情激动到难以想象的深度。我们也许可以说它是一种法力无边的符咒——每一种不同的乐器的声音对人的亿万不同的尚未呈现的回忆产生引力。有的音调唤起青春、欢乐、柔情的全部梦影——有的音调引起已消逝的热情的全部依稀的痛苦——有的音调复活已埋葬的威严、权势、荣华所造成的全部激动之感——所有已不存在的得意——所有已被忘记的慷慨大度的行为。音乐产生的影响对一个悠然回忆一百年内的前尘旧梦的人似乎相当不好解释!但是这一神秘的现象对他去发现音乐是一种巫术——他感到对每个旋律的涟漪,对每个和声的波澜,在他的内心,从生与死的大海都有往昔悲欢的难以测度的洄流作出应和。

欢乐和痛苦:它们总是交织在伟大的音乐中,因此是音乐比海洋的或别的任何声音更能深深地打动我们。但在音乐更为博大的发声中永远是悲苦构成深层的音调——灵魂之海的碎浪般的低语……想起来奇怪的是,在音乐感于人的脑海里发展起来之前,他必须经历多少悲欢啊。

在什么地方有这一说法：人生是诸神的音乐——它的呜咽声和欢笑声，它的歌声、尖叫声、祈祷声，它的欢乐和绝望的呼声，除非是和谐配合到完美的地步，绝不会让神仙听到……因此他们不想让痛苦的音调沉寂，那会破坏他们的音乐！这种结合，要是没有极端悲苦的音调将是使神的听觉难以忍受的不谐和音。

在一个方面我们自己就像神一样——因为只有过去无数生灵的哀乐的总和，通过有机的回忆，才组成音乐使人心醉神迷的魅力。

过去世世代代人的全部悲欢以数不尽的和声与旋律的形式卷土重来萦绕着我们。甚至——在我们见不到太阳一百万年之后——我们的生活中的哀乐也会以更充实丰富的音乐形式进入别人的心灵——在那里激起，神秘的一刹那间，由于官能上的痛苦而产生的某种深沉而异常的激动。

孟修　译

# 横越大西洋

〔法国〕夏多布里昂





我在圣马洛港口登船，上一章遂告结束。我们很快即驶出英法海峡，西来的巨大涌浪告诉我们，前面就是大西洋了。

从未航行过的人很难想象，置身船上，举目四望，所见唯有那深渊的严厉的面孔，此刻心中会涌起什么样的感情。在水手的危险的生活中有一种独立性，其源在于远离陆地；他们将人的种种激情留在了岸上；后面的世界已经离去，前面的世界还在找寻，他们浮于其上的这个场所就是他们的爱情和他们的祖国：不再有义务要尽，不再有拜访要做，不再有报纸，不再有政治。甚至水手的语言也不是普通的语言了：那是一种海洋和天空、平静和风暴说的语言。您居住在一个水的世界上，其造物的衣饰、举止、趣味和面目与陆地上的人迥然不同：他们有着海狼的粗暴和飞鸟的轻灵；在他们的额上看不到一丝儿社会的烦恼；长长的皱纹好似缩小的帆的褶皱，在海上，凛冽的北风比岁月更能刻下人们脸上的皱纹。这些造物的皮肤浸透了盐，又红又硬，仿佛海浪击打着的礁石的表面。

水手对他们的船怀有一种如醉如痴的感情；离开他们的船，他们会恋恋不舍地哭，再见到它，又会有柔情涌上心头。他们在家里呆不住；发誓一百次不再出海，最终还是不能没有他们的船，就像一个年轻人不能挣脱脾气坏又不忠实的情妇的怀抱。

在伦敦和普利茅斯的码头上，不难发现一些出生在船上的水手：他们自小到老从不止岸；他们只是在他们的浮动摇篮里看见陆地，他们是看客，根本不进入这个世界。在这种局限于如此狭小的空间、处于云之下渊之上的生活中，一切都是为了海才有了生气：一只锚，一张帆，一根桅杆，一门大炮，都是人们钟爱的人物，都有各自的故事。

帆在拉布拉多半岛[1]海滨被扯破了，您看到了，帆篷长把它补好。

在三明治群岛[2]的珊瑚礁中，船跟着锚跑，其中的一只救了它。

---

❶北美洲东北角的一个半岛。
❷大西洋南部岛屿。

在好望角的狂风中，桅杆折断了；桅杆当时是整根的，现在是两段，就结实多了。

在切萨皮克湾[1]的战斗中，只有大炮完整无损。

船上有了最让人感兴趣的消息：刚刚放下计程仪，船的航速为 10 节。

中午天气晴朗；有人测了高度，看看我们在什么纬度。

有人算了算，船沿着正确的航向又走了多少海里。

指针偏了多少度：我们已经朝北航行了。

沙漏不畅：要下雨了。

航迹上发现了信天翁：我们要遇上暴风雨了。

南面出现了飞鱼：天气要平静了。

东面的云中形成了一片晴空：那是风的脚；明天风要从那个方向吹来。

海水变了颜色；我们看见有木头和海藻漂浮；远处还有海鸥和野鸭；一只小鸟飞来栖在横桁上：应该朝外航行了，因为陆地已近，夜里靠岸可不好。

柳条笼里有一只公鸡，颇受宠爱，甚至被视为神圣，其他的鸡都死了，它仍活着；它之出名是因为在一次战斗中喔喔啼叫，就像在农家院子里身边拥着母鸡一样。甲板下住着一只猫：毛发绿，有条纹，秃尾，长须，四足用力着

[1]美国东部海湾。

地，与船的前摇和横摇相抗衡；它已两次环游世界，在一次沉船中跳上一只酒桶得以逃生。见习水手们用蘸了酒的饼干喂公鸡，而公猫大人则有权在大副的衣兜里睡觉，只要它高兴。

老水手犹如老农夫。的确，他们的收获不同：水手过的是流动的生活，农夫则终其生不离土地；然而他们都认识星辰，都通过挖沟来预言未来。农夫有云雀、红颏、夜莺，水手有信天翁、杓鹬、珊瑚——这是他们的预言家。晚上，一个回到船舱，一个回到茅屋；这住处是脆弱的，然而风暴能摇晃这住处，却不能搅乱他们安宁的良心。



虽然风猛烈地吹，
他们却看不到任何危险；
无邪的心滴着香膏，
哼着催眠曲抚慰着他们……

水手不知道死亡在哪里抓住他，不知道把生命留在哪条船上：也许当他在风中吐出最后一口气的时候，他会纵身跳进海浪的怀抱，捆在两只桨上，继续他的旅行；也许他会葬于荒岛，人们永远找不到他，就像他在大洋的中心孤独地睡在床上。

单单是船就颇有可观：对舵的最微小的动作都有灵敏的

反应，它是半鹰半马的怪兽，或者是有翼的骏马，听命于舵手的手，如同马听命于骑手的手。桅杆和绳索的优雅，在桅桁上翻飞的水手的轻灵，船的各种不同的身姿，或逆风侧行，或顺风直驶，都使这架复杂的机器成为人类天才的一大奇观。时而浪及浪的泡沫撞在船身上，粉碎而后迸射；时而平静的水波在船头前面温顺地分开。国际旗，狭长形小旗，帆，使这座尼普顿的宫殿臻于至美：最低的帆完全展开，鼓成一个圆柱体；最高的帆，中间收紧，宛若海妖的双乳。船生气勃勃地用它的龙骨犁铧般哗哗地切开大海的田野。

在这条海洋的大路上，两旁没有树木，没有村庄，没有城市，没有古堡，没有钟楼，也没有坟墓；在这条没有圆柱、没有石炮的大路上，边界只是浪，驿站只是风，火炬只是星，当人们不是在寻找未知的陆地和海洋的时候，最美的奇遇莫过于两条船相遇了。人们用望远镜互相发现于天际，遂向着对方行驶。两艘船靠近了，各自升起国籍旗，半收起帆，侧过船身。当一切都安静了，两位船长立于艉楼之上，手持传声筒高喊："船的名字？去哪个港口？船长的大名？从哪儿来？走了多少天了？纬度和经度？再见，走吧！"人们松开帆绳，帆落下。两条船上的水手和乘客相互看着远去，不说话：一些人去寻找亚洲的阳光，另一些人去寻找欧洲的阳光，都将看着他们死去。时间在陆地上使旅人相聚又分离，更快于风使他们在海上聚散；人们远远地相互挥挥手："再见，走吧！"共同的港口乃是永恒。

假使遇上的是库克的或者拉佩鲁兹❶的船呢?

我们这条从圣马洛港开出的船的水手长过去曾是商务负责人,名字叫做彼埃尔·维尔纳福,单这名字就让我喜欢,因为我那善良的保姆就叫维尔纳福。他曾在印度为德·絮弗朗❷大法官效劳,在美洲为德斯坦伯爵❸服务;他经历过许多大事。彼埃尔站在船头,倚着艄斜桅,活像巴黎残老军人院的墓穴中一位老兵坐在他的小园子的葡萄架下。他嚼着一块嚼烟,腮鼓起来像肿了似的,一边给我描绘战斗准备的时刻、炮弹在甲板下爆炸的后果、圆炮弹在反弹时打在炮架上造成的破坏、大炮、木板等等。我让他讲印第安人、黑人、移殖民。我问他各地的居民如何穿着、树什么样、土地和天空什么颜色以及水果什么滋味;菠萝是否比桃子好吃,棕榈树是否比橡树美丽。他用我认识的东西作比喻给我解释这一切:棕榈树是一种巨大的白菜,印第安人的袍子就是我祖母的袍子;骆驼像一头长了罗锅的驴;东方人都是胆小鬼和小偷,尤其是中国人。维尔纳福是布列塔尼人,我们最后总要赞美一番我们的故乡和无与伦比的美。

铃声打断了我们的谈话;船上用打铃来安排交接班、着

---

❶库克是英国著名航海家(1728—1779),拉贝鲁兹是法国著名航海家(1741—1788)。

❷法国著名水手(1726—1788),1782年在印度海战中任舰队司令。

❸法国著名水手(1729—1794)。

装、检阅和用餐的时间。早晨，一声令下，全体船员在甲板上列队，脱下蓝衬衣，换上在桅杆的侧支索上晾干的另一件衬衣。脱下的衬衣立刻在桶中洗净，那一块用海豹油做的肥皂还要用来洗棕色的脸和沾满沥青的爪子。

中午和晚上吃饭的时候，水手们围坐在一个个大盆周围，先后顺序地把他们的锡勺伸进颠簸中摇晃的汤里，没有人偷着多舀一勺。有的人不饿，就把他们那一份饼干和咸肉卖给同伴，换一块烟或一杯烧酒。乘客在船长的房间里用餐。天气晴朗的时候，人们在船尾支起一方帐子看着大海吃饭，蓝色的海被微风擦破，这里那里泛起一道道白痕。

夜里，我裹着大氅睡在上甲板上。我静观着头上的星辰。卷起的帐子给我送来微风的清凉，催我安眠于天穹之下；风推着我，睡意蒙眬中，梦换了一个又一个，天也换了一方又一方。

船上的乘客形成了一个不同于船员的社会：他们属于另一个环境，他们的目的地是陆地。一些人寻求财富，另一些人寻求休息；前者返回祖国，后者则离开祖国；还有一些人远航是为了了解各地的民俗，为了研究科学和艺术。在这座和旅人一起旅行的流动旅馆里，人们可从容地互相认识，获悉许多奇遇，抱有反感或结成友谊。那些生于英国血统和印度血统的年轻女人来来往往，她们将沙恭达罗[1]的优雅结合于克莱丽丝[2]的美丽，于是就形成了锡兰的香风续之断之的链条，她们如这风一样温柔，其轻盈亦如这风一样。

1822年4月至9月，伦敦。

郭宏安　译



[1]印度古代文学著名女性人物。

[2]英国18世纪小说家理查森作品中的女主人公。

# 汪洋大海

〔俄罗斯〕蒲宁





神在洋海之上……

——《诗篇》

1911年2月12日夜于塞得港

今儿是在尤南号远洋轮上过的第一夜。船长曾说，这条船并不忙着赶路，到锡兰至少要半个月。在这宽敞而舒适的舱室里我犹若住在自己家中。

事情恰如冬天时我们在埃及所憧憬的那样。上的这条船虽说是客轮，却由于落后于时新的服务设施，舱位少，式样旧，大而无当，又在各个港口停泊太久，因此作为货轮来对待，但它干净，坚固，吃水深，所以航行稳当。它的大餐厅和十二个客舱不是在船尾，而是在上甲板中部。所有客房，除开我们的这两个，都是空空的。“你们就当作在私人游艇上好了，”船长接待我们作为尤南号成员时开玩笑地说。他又补充道：“不过，你们要和大家一样，如同一家人似的生活，给吃什么便吃什么。日子会过得很冷清，因为各人日夜都忙。”“我们正喜欢这样。”我们回答。

船长是位身体结实、稍稍发胖的法国人，如同法国人一样自满而且自信，如同法国人一样待人殷勤有礼，却又如法国人一样淡漠，说殷勤话或笑话时脸部表情无甚变化。他的两个副手和一个轮机手都是不太显眼的小个儿。轮机长另当别论——身体胖大，笨重，黑发，胡子拉碴，一双亮晶晶的眼睛，我想此人必是个无远见、性子烈却容易息怒的人。尤南号其他船员有：一个厨师，两个厨娘，一个专干零碎差使的中国少年，一个听差——是个美男子，几个锅炉工和十来个水手。

我们是在饭前上船的。而那顿午饭全属家庭风格。像家中那样煮咖啡——不在厨房而是公共餐厅中，并由自己动手：年轻的轮机长把咖啡粒磨碎。然后大副把它投入壶中烧煮。这是午餐桌上的一道珍馔，看得非常隆重。午餐后各自散去，有的去执勤，有的为了接班先去睡觉。

船上早就没了声息，碇泊场也静悄悄。船上第二次打钟了，钟声带点儿忧悒，又若对于寂寞的安慰。嘭——嘭，嘭——嘭——十点钟。我在三个卧舱中挑了个靠近公共餐厅的。上甲板上其余卧舱的空间都较小，而且要受赤道的日照，可我这房间既宽敞，一切又均按旧式陈设那样固定得非常牢固。我甚至还有一张真正的书桌，一盏绿罩子台灯。祥和的灯光多么好，从舷窗吹进的夜风多么清新啊！我为有这洁净的、朴实无华的天地而感到幸福。

苏兹达尔的古老圣像，那个从未离开过我的、衣饰已然发黑了的银质圣像曾安然伴我出生，伴随我的摇篮和我的孩提时代，如今挂在我的吊床上方。“在海洋上你的命运、你的萍踪无定……”可现在，为有这美好的孤灯，这寂静，为还能够生活，能爱，能欢乐，我感谢冥冥之中以其慈祥之心佑护我远涉重洋的他。现在我就要睡了，愿一觉醒来已在途中。我一生好动，关注为我爱的世界，关注过去与现实的、恒久与瞬间的、远方与身畔的、所有世纪所有地区的生活。主啊，延长我的生命期限吧！



*2月13日于苏伊士运河*

没听见起锚，船就起航了。那是在破晓前好久，我还在甜梦中的时候。上甲板上操纵舵的铁链吱嘎吱嘎声唤醒了我。运河曲曲弯弯，有的地方船不得不迂回曲折地前进。然这音调的嘎吱声抖落下一串串信息：是啊，你已是在航行途中了。

云蒙蒙的白昼，风柔中带刚。早在午饭前船便离了塞得港，驶进了这死寂的千年蛮荒王国。隐现在左面灰雾中的西奈山与我们久久相伴。整整一天都感受到它那庄严神圣，它那亲切，那古老，那施之千代的永远戒命。永远，永远，因为神在这山上宣布“我是耶和华你的神”因为他告诫万民“当孝敬父母……不可杀人……不可偷盗……不可贪恋人的房屋……并他一切所有的。”[1]

我在上甲板上踱步，静坐，读书，思索许许多多各色各样的事，西奈山的影子在我头脑中却萦绕不辍。我眺望右面雾沉沉的沙漠，眺望埃及方向，眺望前方的荒原，但总感到它从左面、从阿拉伯方向守望着我们。它悬在半空，隐现在粉红色的雾幔之中，是那么的巨大、可怕，乃如一切巨物那样地吓人，叫人惊心动魄。难道它与地上所有的山一样？千年来繁衍生息的众民从孩提时代、从踏上生活的门槛直至入木，无论他顺从或执拗、罪恶或圣洁地生活，无不受西奈山上所订戒律的制约。它是人类不可动摇的灯塔，生活的准则，一切律法的基础，若有违反，必遭惩治！

不可动摇的西奈戒律赋予千万人神圣的职责，同时也使千万人的心田得蒙慰藉。是的，几千年来，一个世纪又一个世纪，一个钟点又一个钟点，在心中代代相传。应该遵循西奈戒律。人类几番企图背叛这十条戒命，要求重审或改变它，或围着金牛犊跳舞[2]却又多次羞愧地认识到，企图以任何理由改

[1]见《圣经·旧约·出埃及记》。

[2]金牛犊的事见之于《圣经·旧约·出埃及记》第三十二章：亚伦集妇女金饰，铸金牛犊以纪念领以色列人出埃及的摩西。后遭耶和华神的惩罚。

变这古老、朴实乃至强蛮的律法均属枉然，无论雷鸣电闪它都和这西奈山一样屹立于苍茫的沙漠之中！

我坐着，凝望着……暑风拂面，太阳常常躲在一团团淡云中，却使得甲板愈来愈干热。风带来眼难觉察的细微沙尘，堆砌起一个个小的沙丘，并一个劲儿毫无目的地将之撒落进运河，填平我们无从知晓的古代法老的墓道。运河蜿蜒曲折，河水急而碧绿，忽而泛白，忽而耀目，因为太阳有时隐入云后，有时照遍河水，灿灿地，欢愉地。栽在河岸沙包上的一簇簇矮树丛从我们两旁缓缓后退。但见无垠沙漠，周围没有一个活人，没有一处住家，只少数几间守望者的小泥屋孤零零地囿于灰黄的沙海，被四面八方的黄色沙丘所包围，可是我觉得整个人类的精神，数千年的精神寓之我心。"不可贪恋人的房屋，也不可贪恋人的妻子、仆婢、牛驴……"我深受感动：牧人们的表达是多么天真无邪啊！使我感动和欣喜的是，人类直到今天，仍然保存着这古老而天真的戒命！我毫不怀疑这古代戒律的神秘力量，无论尘世有多大变迁，均无损它的独立性和不可改变性。它冲破一切时间、地点、民族的阻挡。它只用一种语言，只用它自己的，只用阿拉伯语言来支配各种语言的人，几千年来各族人自来到这个世界，就从小铭记并相互传诵这西奈戒律：也不可贪恋人的妻子、仆婢、牛驴……

我坐着反复思量：世界上到底还存在着某种不可改变的

神圣信律。众百姓曾一误再误，不断寻觅某个乐土，在喧闹、纷杂的营地烦恼过，悲哀过，在某一山脚下赤裸裸地暴露出了人的猥琐和弱点，不止一次被这些人群的卑下吓得胆战心惊。众百姓在绝望中打碎了神人共立的西奈戒律碑。但是啊，他们一次又一次将打碎的石碑重新修复，重又扶正那十条戒律，因为一次又一次地从黑暗、从乌云中向他们发生雷鸣般的、可怕却抚慰人的指示，告诉他们获救之道：

“我向埃及人所行的事，你们都看见了；且看见我，如鹰将你们背在翅膀上，带来归我……我要在密云中临到你那里，叫百姓在我与你说话的时候可以听见，也可以永远信你了……”

这本传世的书中之书提到了永远。话像孩子说的话那样笨拙，但力量正在于此，它应永远作为我们的信仰和律己尺度。话像游牧人说的话那样朴实，然则在朴实之中具有永恒性，像蓝天、土地一样永恒。

“当孝敬父母”——还有比这更简朴的语言吗？与此同时，太阳走下它的轨迹时却留下它至尊无上的力量，这样，一切由它生息繁衍之物就会永远保留神圣的记忆：在他们软孱无力、难以自卫的时候，是它用神力和爱庇护了他们。再者，这句话真那么简单吗？在说了“当孝敬父母”之后一口气接着道：“使你的日子，在耶和华你神所赐你的地上，得以长久。”在这里“日子得以长久”的话说它何用呢？是什么意思呢？是因为他们敬崇神因而可蒙神的恩泽吗？不，典律的意义要深奥得多。它是指长幼间的必要维系（维系当然不可没有尊重）：你与生你的父辈、与你父辈的生活维系在一起，唯其如此，你个人的短暂一生方得以延长。若你尊重他们，尊重曾肩负生活重荷的父辈，尊重父辈创世之艰和对你的爱，你也就是尊重你自己，也就是尊重它的受造物，因为你是它所生的，它的爱所结的果实。如果你不是自命不凡，如果你值得别人尊敬，你当尊重结出硕果的树，因为好树方结善果。我们身中都有一条维系着父辈的神秘轴线，愿你能感觉出它，珍惜它，因为它使你“得以长久”，并得以肯定自我。

戒律中关于财产的话又该怎么理解呢？“不可贪恋人的房屋，也不可贪恋人的妻子、仆婢、牛驴，并他一切所有的……”好一句不绕弯子的话！主要的是：这条真理无可争辩——不可贪恋！我希望人们好好想一想这条西奈戒命的永恒价值和深奥道理。尽管有人郑重声明“私产是偷盗得来的，从中没有任何神圣之处”，声明“积累私产是件愚蠢事”，实质上私产是神圣的，亲友之能积累私产非属偶然，不单花了他一辈子的精力，甚至花了他整个家庭的辛苦。由父亲栽下的棕榈树是神圣而又神圣的，绝不可能是公有财产。祖父挖掘的井应是神圣的，因为包含着祖父的某一部分——他的劳动、思念、心血，也就是说保留着他的不朽，他生命在人世的延续。家传的住房是神圣的，因为家中亲人曾在内生活过并想按自己的方式生活，保留自己的个性和特点，因为那是他的窝，在那里能触摸并忆起自己的童年、少年、青年时代，当了丈夫的年代，那儿有过他的哀伤和欢乐。住在祖屋里的人也就是与那祖屋有关的一切文化、沿革的传人……因此用什么样的血也洗不掉他掠夺他人财物、掠夺人最神圣的东西的劣迹！

2月14日于红海

昨儿一断黑，尤南号船首便升起一盏亮灿灿的电灯，它那刺目的光芒把暗处照得通明透亮。尤南号犹如一条游进江河里的鲸鱼，随运河河身左曲右折，同时警惕地注视着航道上的一切——白晃晃的河水，岸边的泥滩，半埋沙尘的树丛，守望屋前面的小舢板，着长衫子打赤脚、蹲在船尾的阿拉伯船妇身影……这泥滩，这阿拉伯歌谣，这原始装束的人影，重又使人记起世纪前洪荒时代的生活。但从前方驶来了一条巨轮，不断地打亮的探照灯刺破了黑沉沉的地平线。有一回尤南号甚至被逼停航，静静地贴紧河岸，给迎面而来的艨艟巨船让路。那巨船如同一座漂浮的城池，光华四溢，像要把我们打下河底一般，带着它的多层客舱，高高的船桅，黑黑的烟囱，镌金的门窗，饭后的乐声和众多旅客从一旁傲然而过……形成西奈沙漠中的一出奇观。

我们重又陷入茫茫夜色。抬头望天，风静夜阑，片云全无的天空由于众多的硕大星星显得壮丽而严肃。

一时许，黑暗中仅隐约可辨的两岸开始向左右散开去，空气有了变化，变得潮湿、带有海的气息了。周围一片汪洋，远处散落着苏伊士航道的点点灯火……

待我一觉醒来，船已进入红海。晚上起了风，如今风助浪势。当我去公共餐厅喝咖啡时，奇怪地看到大厅里只有一半灯光。原来，为了挡住扑上甲板的风浪，朝船首的窗子通通关上了。

甲板上亮得刺眼。缆索在风中嗡鸣、打呼哨。空气里有股水鲜味儿，可高高地、高高地悬在天空的酷日偏偏将它驱散。大海忽像低谷，忽似山冈，从冈巅涌起一道道银浪，风则把它撕得粉粉碎，然后抛上光滑的甲板。尤南号迎着阳光照射下的大海，迎着一个个低谷，一道道山冈一步一躬地缓缓前进。一种奇怪的灰鸟，有着圆圆的带黑镶边的翅膀，常常在缆索和舷柱上驻留。它们是从哪儿来呢？在这世上，有多少我们从不知道、从没想到过的不同形态的生命啊！

我用了好多时间蹑手蹑脚地去接近它们。它们忽而驻左舷，忽而驻右舷，倒也允许我稍稍走近，不过它们内心中自有真知，最后还是害怕了，飞走了。可它停留的那会儿，一动不动地用它的一只眼斜睇着我：你是善人还是恶人？打算拿我怎么办？我只消多跨一步，它便啪嗤嗤飞入高空。别相信别的生命！它并非无缘无故地不相信……

早餐钟声响了。是个烈日炎炎的大白天。大海安静了下来，风势也减弱了。

2月15日

天时每小时都在变化，昨儿一天下来，一切骤然改观，变成了炎日当空的夏天。与我而言，这是个完全新奇的世界，这世界有着天堂般的幸福生活，不幸的是，它全被我们忘了。傍晚时分船员全都像过节似的喜洋洋地穿上白衣白裤。风——息了，海——安静了，乃如水手们说的：一切平安。我们将充分享受这份欢乐、安宁、单调的生活，直到我们重返地中海。

黄昏时，船员祝贺我们进入赤道带。这么说来，我曾多次向往过的赤道如今真的要通过它了。晚上我久久伫立船尾，俯望螺旋桨掀起的浪花中游动着的千万颗蓝色星点。有时它简直像簇升起又落下的蓝色焰火。

睡时感到舱房闷热。电扇均匀地响着咝咝声安抚我入眠。

今天早起益发炎热。六点钟我被水声唤醒。水手通常在这时候洗甲板——用水龙冲，用拖把擦。清新的潺潺水声在这炎热的明亮亮的早晨十分悦耳。

嗣后甲板上张起了白色天遮。现在全是赤道景象了：天遮下淡淡的日影，银白的衣衫，洁白的鞋，水手头上的白帽以及他们戴的大得吓人的墨镜。

赤道生活也由此开始，我坐进上甲板的竹靠椅，在天遮的光影里休闲。船舷与天遮之间露出一抹亮熠熠的蓝天，下面是清明玉洁的海水。海水像是透着蓝氤的天然宝石，这宝石却又流动，摇晃，不时堆成一个个尖顶，发出惑人的哗哗响声。厨师，那个比雷埃夫斯人，一边在厨房忙活，一边在唱歌。唱得动听极了，有时嗓音特别的高昂，带着甜甜的忧悒，分明是在述说，能在这阳光普照的世上生活、爱、憧憬是多么的幸福……

饭后，我们坐在全船最高处的船长室里。船长领我们进操舵间看天象仪上的南方星座，这些星星即将出现在我们头顶上。



夜

深夜两点。没法入眠，因为太高兴了。

躺在暗中，回想起了操舵室，又想起了舵手。现在，兴许他还笔直地、从容地站在那里吧？穿着白色海员服，在半明半暗中手握舵轮操纵盘，眼望着黑灯罩台灯下的硕大铜盘，而这铜盘上的磁针颤动着徐徐转动，像活的一样……他便是借助上苍之力拨动磁针的海上教父！

我躺在黑暗中激动地默想。而风刮呀，刮呀，刮进洞开的窗子和舱门。浪卷在舷外翻腾，时高时低，似同心房的跳动，并激起均匀的涛声。

2月16日

二时通过达拉克群岛。它一点儿也不像地中海的岛屿，后者的岛岸像条柔和的波浪线，为淡蓝或可爱的紫色烟云笼罩，这儿的岛屿却轮廓分明，周边似同刀切的那样直，颜色也很新奇——沙黄色的。

傍晚前左面出现了一群小岛。岛与岛相隔很远。最前面的、离我们最近的岛像在迎面扑来，鹅黄色石灰岩岩壁在阳光下发亮。不过，远方另一个岛却又是沙黄色的了。这便是十二使徒群岛。海浪一直把我们悠悠摇晃。

六时，夕阳刚刚西坠，桅顶上空便升起了银光灿然的猎户星。天还亮着哩！感谢主赐予我的这一切，这份欢欣，这份新奇！难道会在某一天，所有的这一切，如此亲切、珍贵的一切，什么人将从我这儿夺走，一下子永远地剥夺，无论这世界还将存在几百个世纪？怎能相信会有这样的事？又怎能与之妥协，理解此种骇人的残酷和荒唐？绝不会相信！但是啊，过往日子里的创痛为什么每个钟点、每一瞬间都紧随一生不舍？

午餐时刻也是人们闲聊的时候。他们谈起了俄罗斯，于是话题很快就涉及"沙皇制度"，因为对任何欧洲人来说，它就是俄罗斯的集中形象，神秘而又可怕，紧接着谈到了日俄战争及由此引起的大转折，伴随大转折所发生的种种事件。

最后触及共同性问题：关于议会和专制，关于保守派，关于社会平等权，关于私有财产。此际一如预料的那样爆发了一场热烈争论。

我发现船长是个维护私有财产的死硬派，言语不多的大副是他忠实的同伙，长一双意大利南方人那样的黑眼睛的小个儿二副则是动不动火冒三丈的社会主义者，而轮机长总体上是个革命党人：言辞激烈，富有煽动性。他身材高大，紫脸膛，胡子拉碴，一边磨咖啡，一边瞪眼看船长嚷嚷个不休。

三副比起轮机长来毫不逊色，往往他和轮机长同时开腔，虽则嗓门不大，话语简单，但也瞪着蛇一样的恶狠狠黑眼珠子。船长鄙夷地忽而瞧瞧三副，忽而瞧瞧轮机长，他心里明白，别看这些社会党人装腔作势，夸夸其谈，还是害怕他的。果然，他一张口，他们就闭口缄默了。于是他不慌不忙地发表几句言简意赅的训诫。

船长喝罢杯中最后一滴甜甜的咖啡，戴上制帽，带着吃饱喝足扬扬得意的样儿随便道了几句客套话，便走出了餐厅。轮机长像只气愤的猫滴溜着眼目送他出去，随后说了句演员式的旁白：

“哦，老不死的反动派！”

2月17日

早晨驶过丕林岛。

早饭后我们的船贴近非洲海岸南行。海岸是荒芜的，单调的，如同大象那样灰颜色的。能看到奥特克。再往前，光雾迷漫处，热带阿比西尼亚山的远影连接苍穹。我静静地坐在甲板上的竹椅里，坐在燠热的、明朗朗的遮阳布下。舷外的海水在奔腾，抛散起朵朵浪花，但浪花并没有光泽。从布缝中往外看，太阳也是混浊的，就连远处神秘的群山也不起亮，犹如灰蒙蒙的云块……在这一切之中，隐含着无名的忧伤？从哪来的忧伤？我模模糊糊地想到，那些当地居民，怎么会被命运抛掷到这无限孤寂之地，由荒漠环绕、终日不离日晒的神秘非洲海岸的呢？

四时许船在吉布提港外下碇。其实此处离去吉布提还远呢。塔朱拉海很大，水是绿色的。左方，远处的一列礁石之后，海水颜色却变了，由绿变蓝，也就是说打从那儿起便是印度洋了。前面低矮的海岸上矗立着法国殖民总督的摩尔式白色府邸。我正在甲板上远眺的当儿，突然发现绿水上几条深色的狭长独木舟在朝我们划来，划手一律是光裸裸的瘦身子灰头发。不多时他们便上了尤南号。这就是我幼时从书中读到但从未亲见的"野人"：高大瘦长，光滑的皮肤泛着黑咖啡色，窄肩，窄臀。时至今日，还有人说起，这些索马里人仍未摒弃吃人旧习。他们的牙齿闪闪发亮，颈项细长，从侧面看，有点儿像山羊脖子。有的人还带有一人高的弯弓。我瞧着这些半裸的人,心中不由升起某种奇怪的,甚至像是羞涩的极乐园中人物(是呀,纯粹住极乐园的人的)感觉。

索马里人一直工作到日落。从吉布提送来一驳船煤,他们把这煤从驳船搬进尤南号舱底。日落时都卸尽了,发给他们每人一个面包,一纸包海枣。于是他们坐在驳船上休息,吃晚饭。其中一人还做穆斯林祈祷。我从来没见过这样的祈祷——为这生活,为劳动的一天,为一块面包和一捧海枣,如此热烈地感谢真主安拉。

我们去了吉布提一趟。桨手们都裸露上身。在独木舟——按我们的说法叫笨头船——里迎接我们的人也都光着半个身子。这种笨头船特别重,水几乎漫上船舷,光身汉子仅靠一支桨板划动小舟。原始感又一次在我内心升起,仿佛又回到了极乐园。

城市是新的,但很小,商店像俄罗斯小城里的铺子。它似乎被天父所遗忘,弃之于这么个偏僻、不开化的地方。我们还到市郊看了一下:小屋破旧,垃圾和污物上爬满苍蝇,炎热,场地上乱糟糟。再往前去便是黄沙,荒漠,索马里人的牧群,过的完全是野蛮的原始生活。那草舍,羊群,黧黑的赤身露体的孩子,还有肮脏,真叫人可怕。不,并非原始、古老得可怕,而是另一种可怕。几千年来,出于我们无法知晓的上天意志,这儿的人延续着半人半畜的生活。他们出生,然后死亡,燃起过热望,迷醉过快乐,坠进过忧伤……为了什么呢?再持续这种毫无意义的生活是不可能的，但现在，在这天涯海角，仍笼罩着某种巨大的忧伤与绝望。

2月19日

船到大洋，陡生无边自由之感。

贸易风使人觉得凉快了许多。一整天船都在左右颠簸。

黄昏时我又去了操舵室。在海图上看到，我们正朝正东方向航行。后来回到上甲板。如钩弯月高悬，真所谓是个“皎皎明月夜”。当空照的是猎户星座。南十字星挂在南面几乎是块空白的天空里。看到南十字星，我骤然想起但丁的话：“南十字星，天堂的大门。”大熊星座银光闪闪，低悬在左方深蓝色天际。而惨白的北极星悲哀地卧在大熊星座下面，快坠进海平线了。东方一颗红艳艳的硕大星斗在风中愈燃愈烈，正好直对我们前进的方向。

2月20日

日子过得轻松愉快。有风。

中午时，一条平底船从滔滔白浪中从远处驶来。船长说，那是些波斯湾的阿拉伯人，他们乘坐这样的破烂大木船远渡重洋，途中只带些大米和淡水。我不由暗暗赞赏：生活于艰苦朴实的远古时代的那些勇敢的人仍存在于我们世界！

我在甲板上漫步好久，轻松愉快地享受扑面海风，然后果断地走回卧舱，打开塞满书卷的箱子——在开罗，这箱子随我从一个旅馆转到另一个旅馆，把我害苦了——把读过的和不值得读的书挑出来，挑出来的书通通扔出舷外，心中为之一快。我看着这些书在空中翻飞，落进浪涛，摇摆，沾湿，然后被浪带走，永远归入大洋。它们曾平安地躺在阿廖尔省的村子里，后来居然履迹开罗，到过尼罗河口，跨过了红海，现在却在这印度洋上结束了在世之日！任何尘世的命运都端不可知，带有极大的偶然性。例如，难道我就有充分把握看到锡兰，之后回我的俄罗斯？也许明天或者后来我的身体也将被抛进浪涛……这类思想并非无缘无故伴了我一辈子。我是属于见到摇篮不能不想起死的那号人。我常常想：我们脆弱得可怕，每秒钟都命悬一发。现在我活着，好好的，可谁能知道一秒钟后我的心脏将是怎样的？悬于一发的不单单是我的心脏，还有我的幸福和我关注的事，也就是说我所爱、所珍视的、看得比我自己还重的人的命运……这一切，为什么上帝喜怒无常？所为何来？

扔掉那些书，我像做完了该做的事，心中轻快了些。可我从甲板上瞧着从四面八方包围我们的汪洋大海，心里仍萦绕着这样的问题：为什么上帝喜怒无常？所为何来？上帝的意志迷不可解，但绝非无缘无故，无为之中隐有深意。船长从我跟前经过，因为正好在我膝头上摊着莫泊桑的《在水上》，我问他是否知道这本书并且是否喜欢。

"哦,是的,"他回答,"可爱极了。"

如在其他场合,这样的回答也许会觉得愚蠢可笑。但我立即想到,他那瞧它不起的漫不经心态度是对的:不值得把文学区区天地可笑地加以夸张。真能解释人间世界中生活真谛的唯有《圣经》、《古兰经》和《吠陀》。

"主为什么喜怒无常?所为何来?"这样的问题对于不久前我瞧见的阿拉伯人并不存在。他们只知道一样:顺从古代的使者,顺从那个在《古兰经》中说起他自己的那句话:"我们离人比他的梦离他要近。"

晚

捻亮台灯,绿罩上的灯光多么静谧啊!但是我坐到桌子前面时觉得椅子像要离我而去,双手下面的书桌在悄悄滑动,脚下的地板在徐徐下沉,墙壁也像即将倾倒,连门帘也在那里晃动……

九时。我驻足船首,刚劲的扑面海风吹得我眼花缭乱。前面的大洋黑黝黝的,天无片云,只靠近海平线处一颗硕大星星亮着如血的可怕红色。船尾后面,残月半沉,一条条粉红的光泽正随波逐浪游移。

十点半钟我再度登上船首。回首船尾,那一道道光泽似乎黯然神伤,快要死去了。舷外海浪滔滔,不断飞溅出幽绿的浪珠。而在那边,离船尾很远的地方,金红的月亮已经变浓、变暗，在峰谷浪尖中时浮时沉，如同某个夜晚的海怪……

船身颠簸到不能写字的地步，还是躺下睡吧！这一夜，恐怕像躺在摇篮里那样任它摇晃了。“我们离人比他的梦离他要近。”

昨儿和今天都是阳光普照，但那樯缆呼呼直响，掀起朵朵浪花的风都大得出奇，使人既站立不稳，又无法挪步。进早餐和午餐可不是件容易事，虽则大家都分外地高兴。我们的弯腿仆欧此番表现了中国人的特有麻利，他蹲着身子，轮流伸出两条腿，把菜碟、汤盆从厨房间端进餐厅，再又从餐厅端回厨房间。

现在风渐渐地小了。他们说，入黑前会风平浪静的。



2月23日

是的，一切如料。

重又是喜洋洋的炎热太阳，宁静，一尘不染的甲板。所有舱门通通洞开，所有房间都空空如也——人都各就其位，做他该做的事去了，只剩我们夫妻俩优哉游哉如同在自己的私人游艇上。水手们整个儿早晨都在唱歌。歌声甜丝丝的，它蕴含着（布里嗒尼、旺代，或许还有普罗旺斯？）法兰西古老土地的生活气息，亦即这个民族的传统和历史，但在我们听来不知怎的带着点儿忧伤……

整个早晨尤南号都在沿着瓜达富伊角航行。遥远的海岸是褐色的。文献中说，这是常常发生海难的地区。但在这么美好的日子，此种说法难以令人置信。

前面闪现着一缕缕喷泉。船长说，那是鲸鱼在喷水，然又补充道：

“到了现代，瓜达富伊角附近沉船也是常有的事。一发生海难，土著便上前抢劫船上货物，并把溺水者捉去生吃。”

原主原宥！我听了反觉惊喜。它不正好证实了我幼时从书中读到了的、为之惊叹不已的遥远年代人们旅行的故事吗！

2月24日

最近几天来，日子都是那么单调然则美好。

太阳西坠时万里无云。天空金亮亮的，喜洋洋的，然后渐渐变红，与触及海平线的红日构成一顶光华四溢的冠冕。

但今天多云，太阳似同雷雨之前那样特别灼人。快近陆地印度半岛了。五时许，斜阳之上，天空的絮絮彩云美好得无与伦比。

现在已是晚上九点钟。我漫步船尾。那儿发散着干草的气息，栏圈里站有许多公牛。明天一早，就将宰掉其中之一，今儿是它最后的夜晚！真难以相信，但事实如此。不过，真是这样的吗?也许，只是指在世之日而言?甚至连我内心也拒绝接受：公牛真的会死……

而夜晚,连同静若处女的明月、游走的白云和游云间稀疏的瑰丽星辰,是那么的美,它就同我们奥廖尔省的某些夜晚一模一样。天狼星这对孪生姐妹红光灼灼特别夺目。南十字星低悬在他们右面。往东而去的白云有的如高山,有的如老崖。一天来就这样地向东游动,游动。一天来随着愈刮愈烈的贸易风,船一直在水中愈来愈厉害地颠簸。现在颠簸依旧,不过它无碍这美好的夜晚(这是指船的上空而言,而不是指东方海平线上,那儿堆砌着可怕的云块)。

我从船尾久久地凝望右面——南方。在明净空寂的天空,在南十字星之下,还有一颗低垂的星星在闪烁。什么星?明天该去问问水手们。也许是半人马星?——在我一生中,这类儿字眼一再神秘地诱惑过我,而今上帝给我以造化,让我全看到了……

这是将被宰杀的公牛的最后一夜——此种想法在我脑中萦回不去。为了我能生存,继续见到美丽的夜晚,能思考它的命运,惊奇于它的……命运注定它该去死……我惊奇,我没法理解世事的演变,它也许命该如此……

2月25日

昨天,关灯后久不成眠,脑海中还映着东方地平线那些一座座山似的云块。洞开的窗外月色如银。我想起水手们说的话,这里从四月份起,常有可怕的大雷雨。于是我在半睡半醒中遐想，这些云越积越大，越显得灰暗，可怕，接着电光一闪……后来我清醒了过来，也不亮灯，便写下了——

高悬的苍白月亮像被季风暖融了的脸庞
它下面的大洋掀起一个个慵懒波浪
忽地闪起雷电
风起处，涌云好似层峦叠嶂
是了，大天使加百利在圣障中门
礼赞神力，摇炉散香发出闪闪红光。




现在仍同以前一样，船体慢慢地、平稳地升上浪顶，然后左右摆动一下，缓缓沉入浪谷，旋又重复。一整天来遥远的云块滞留在东北方向——神秘的印度半岛上空。空无一人的餐厅中电扇独自在角落里转动叶子。我读呀，读呀，读过一页，便把它扔出舷外。但愿永远过这样的生活！

我已习惯早晨喝咖啡时递上来的罐装牛奶，从闷热的床上醒过来用冷水冲澡，穿上洁白的衣服，感到自己成了二十岁的年轻人，然后怀着年轻人的旺盛食欲坐到早餐桌旁。到十一点钟……又有另一番美好的享受：厨房中香味四溢，就要开午饭了。餐桌上并无珍馔，一张牛奶蛋饼，一碟像青葱那样的素菜，一块焖肉什么的，还常常伴一道鱼腥虾蟹之类，但餐布白得耀眼，杯叉熠熠生辉，水手们黝黑健康的脸膛和麻纱衫子都使人感到愉快。令人愉快的还有那个当差——俊男子，也一身白；还有那个中国小伙蒙松着眼睛发笑(此人干活麻利，不过平时老弯着腿儿，少言语)，还有舒畅的船上生活。嗣后是午后茶，临晚结束工作后是正餐，此时海员们聚在一起海阔天空地闲谈。

教我奇诧的是，船长居然健谈，且说起话来比谁的都动听。就总体而言，不管他有令人不悦的方面，比方说，他蔑视非法国的一切人或物，但他仍使我喜欢：是个有主见的人。他坐餐桌上首，意识到他是最高领导，拥有无上权力——是呀，无上权力！船行海上，难道可以没有权力集中？在大海，在沙漠，必须有个拥有神圣权力的人和一整套严正的秩序统率一切，受统治者须有接受统治的高度自觉。




今儿一天不断从水中跃出飞鱼。船向前航行它们像幼小的麻雀般成群从水中跃出，贴着水面飞行，然后钻进水中，在它周围泼洒出点点水花，过没多久，又从水中钻出来……

夜晚同昨天的一样。

那颗低悬在前面海平线上不断眨眼、闪着血红的光、像在诱使我们进入赤道的神秘的星星原来是巨星角宿——室女星座$\alpha$。

那头公牛已经不在世上。船尾下面依旧哗哗地抛扬着飞沫，上面依旧发散着干草香味，依旧是甜丝丝的夜风，但那头公牛已不存于世，真不可思议！

臣舱里越来越热。我睡得像亚当那么香甜。船身摇摆着将人从浪谷中托起，重又放进浪谷。柔和的夜风吹拂着门窗。角落里的电扇无休止地嗡鸣……你睡着了，既没有思想也没有意识，无助地躺在船舱里，任凭大洋摆布，多可怕，却又多好！大家都在睡，只两三人清醒着，无言地、一动不动地在船上、在岗位上为大家守望，夜无可言喻地美好。夜，仍如千百年前一样。风，不可思议地美好，它如上帝呼出的气息，抚拂着所有的门窗，所有人的心房。所有人的心房都信赖地向夜、向风、向这洁净的世界洞开。

2月26日

在上甲板的卧舱睡觉，心想这比睡下甲板要来得清凉，不那么闷热。可是，不，这里更热，经太阳一天蒸烤，简直像火炉。

像平素那样六时醒来，一听到水龙冲刷甲板和拖把的声音便一跃而起。在这太阳的国度里可以睡得很少，而睡梦，当你一睁开眼，转瞬间无影无踪。人往往怀着对于某种新奇的、幸福的、始之于晨的期盼，在这儿，在原始的、永远年轻的大洋上尤其如此。拉开门幔，外面炎热的太阳已在冉冉升起，甜蜜的潺潺水声给人以诱惑性的清凉感，水手们工作时年轻健康的外貌——光着的脚板，结实的小腿肚，赤裸的茶褐色上身——见着也觉愉快。再道一声：早晨，你好！太阳循例又登上了它的宝座。它千万年来一直如此,千万年后连我的骨灰不存在时亦将如此。

一天下来季风渐弱。但船颠簸得益发厉害,人在其上,犹如随秋千翩跹。

我读完《在水上》的最后一句"当我看到了水、太阳、云朵时什么话也说不出来了……"便把书抛出舷外,登上甲板,后又登临更高的船长室,站在它檐下与船一同摇晃。在我下面整个儿船身,从船首斜桅到船尾,以及所有桅杆,缆索,黑黑的微微冒烟的笨大烟囱,均一览无余,都在随海浪升降,转辗,任凭风浪抛掷。

现在是五点钟。大洋心气平和,另换了副柔和的语调,浪也俯首无言,远方光灿灿的,水平如镜。



晚

西坠的太阳耀得人难以睁眼。海,静静的。在我们周围,条条金光在浪间游动。

但当我们又从甲板攀登更高的船长台时夕照已不那么刺眼,变成了橘红色的,无边大海也由乳青改成橙黄。此际,东方的天空成了血滴石的颜色,而舷边的一个个青紫色波浪,滚动时也都怏怏的了。待我们登上船长台,夕阳已坠入大洋,天空又有变化:东方是紫的,西方——青中夹杂着一条条火红,当空轻若烟气的浮云染上了一层柔和的绛色。

过一小会儿，东半边天忽成紫蓝，它下面的海水变成了深紫色的，而在夕阳沉没处，天空的条条彩带红得如火如荼。旋而夜色越来越浓，残霞中露出了第一批星星。不显眼的小小月亮，本来苍白着脸悬在我们头顶上，开始播撒它的银辉。我们又站了几分钟，然后应铃下去进正餐。哈，月亮的脸儿已是喜气洋洋的了！它给银灰甲板上的缆索投下了一条条阴影……轻风从东徐徐吹来。

用餐时大家都说他们见到了日落时有名的绿光。我曾经梦寐以求但能一见，可惜未有看到。

饭后我们无休止地在甲板上散步，甚至脚踩从烟囱里吹出的烟尘也认作美。银月当空，它悬得如此的高，甚至光辉不及波涛，给船上救生艇篷盖投下的影子淡若乳白。东风渐紧，星星像是水洗了的。尤南号的铁心在均匀地、强烈地跳动，我合着它的节奏漫步。小山似的巨浪一起一伏，有条不紊地顺船舷后退。绑在一根三角柱上的排气帆布筒摇晃着，挣扎着，如同传说中被绑的恶魔无奈地挥动衣袖。

2 月 27 日

五时，我从上甲板卧舱里醒来，掀起门幔一看，太阳还未升起，但天光已亮，前面大洋尽头处堆砌着许多美丽的云块，大大的，绛紫色的。云层之中，东方刚刚透红。

中午时劲风迎面扑来，水手们说那是因为快近陆地的缘故。一大块一大块白云几乎遮没了整个天空，全像我们奥廖尔家乡的夏天！海洋泛着细浪，蓝得快化掉似的。水手们准备"登陆"，赶忙儿洗他们的衣服。挂在船首的湿衫子和那被风吹得乱舞的衣袖，像一具具砍去头颅的躯体。

夕阳西下，开饭的钟声响了。大洋成了青铜色的，而在青铜之上，另加了一层淡淡的紫红。云，高高的，轻柔的，粉红色的。风，空气和一切色调一切光泽，都那么的柔和，轻盈，飘然。





登上甲板，在月光下写我的日记。海天辽阔，而这苍穹，这月亮，这积云是多么的高，多么的高！风多么甜，多么强劲啊！风一个劲儿摇动着我们的航轮。我陶醉在风声、涛声、月色之中了。

我醒来翻身下床，写道：

在我前面的海平线上，那颗巨星如同一盆金色篝火。我是船长，在船长室里指挥，不时回头向舵室传话："保持全速前进！"而在舵室，除舵手外还有我的父亲和母亲。我清楚记得他们早已去世，不过在梦中他们从来都是活生生的，我对他们怀着感激之情。他们看着我，露出亲切的、抚爱的笑容，为我、为我的勇敢感到骄傲。这笑大概还另有深意，似乎在说：上帝赐予你短暂的有生之年，愿你在主保佑下好好生活，好好享受欢乐！

离陆地越来越近了。白天多云，炎阳灼人，像俗话所说在把人“蒸熏”。比较起来，今儿在上甲板的遮阳篷下是最热、最闷的日子，甚至感到没有穿衣的必要，虽然身上已所剩无几。

六时在船尾写我的日记。西方伸展着无边无际的大洋，紫云之间的太阳离我们出奇地远，夕阳红遍了整个天宇。

从船尾回厅就餐。我哎哟了声：月亮是绿的！从餐厅朝船首的窗往外看：不错，确是绿的！在血滴石似的天空，如钩的淡绿色月亮由烟灰色云块簇拥，高悬于泛绿的大海之上。尤南号受迎面浪冲击强烈地颠簸，有时船首犹如腾入天空。温馨的、沁人心脾的东风扑簌簌地涌进窗内。一切都那么柔和、亲切，荡溢着天堂的气息。是的，天堂的！

3月1日晚

陆地益发近了。通宵乱云飞渡，月亮则穿梭其间，用银辉给云朵缀上镶边。

这是在大洋上的最后一夜，明天就将到达锡兰、科伦坡。我在日记中写道：

“我在海上所行之路，在浩渺大洋中的命运和踪迹本难预测……承你扶携，我既觉可怖又感甜蜜，我对你怀着无限的爱，对你的怀抱深信不疑！”

想象中我仿佛在这世上独自一人，跪倒在明月照耀下的甲板上。云朵似乎故意散开，让喜悦的、慈祥的月脸袒露在我面前。在它下面，在深邃莫测的南天，南十字星静静地闪烁着宝石似的光华。以你的宁静，以你亘古不变的喜悦在这亮夜将我抚爱，我该怎的感谢你呢？

1911—1926 年

石忱川　译

# 黄昏的地中海

〔日本〕永井荷风




越过加斯更海湾，沿葡萄牙海岸向东南，不久就抵达西班牙海岸。当我眺望着南面的摩洛哥陆地和银白的豪华的人家，以及北面的三角形直布罗陀山峦，进入地中海的时候，我真巴望自己所乘的这艘轮船，会遇到什么灾难而破碎或沉没。

要是这样，我会被载上救生艇，向北或向南仅有三海里的行程，就可以到达举目可及的彼岸。我会于回归日本的途中，意想不到地再一次踏上欧洲的土地，我会看到远离文明中心的西班牙；看到男人穿着美丽的衣裳，在深夜的窗边弹奏小夜曲；看到女人的黑发上簪着玫瑰花，上半身裹着披肩，彻夜地歌舞游乐。

如今,在船上可以看到伸手可及的对面的山峦——地面晒干了,树木稀少,布满黄褐色野草的山谷地带,涂着白壁的人家时隐时现——越过那座山,那边不就是谬塞歌唱过的安德罗西亚吗?不就是比才创作的不朽的音乐《卡门》的故乡吗?

热爱色彩绚丽的衣裳和热情奔涌的音乐,像风一般走到哪里将爱情也带到哪里的人,有谁不对祖国西班牙心驰神往呢?

在这烈日照射的国度,恋爱只意味着男女相交,嬉戏调情。和北方人所说的道德、结婚、家庭等令人扫兴的事儿毫不相干。如果你在节日之夜饱尝了钟情女子的色香,那就赶快到午后的市场同另外的女子相握吧。如果这位女子已是人妻,你可以于夜里潜入她的窗下,弹奏着一支曼德林,唱上一首艳歌引诱她:"啊,快到窗下来,我的爱。"(莫扎特歌剧中的歌)一旦事泄,那就血染利刃!感情的火花骤然燃烧又骤然消失,这一刹那的梦幻就是这炎热国度的整个的人生。伴着小铃鼓的鼓音,剧烈的手舞足蹈,极有节奏感的动作,安德罗西亚的少女,两手击打着卡斯他奈特[1],脚踢着五彩缤纷的裙裾,狂跳乱舞。这就是该国特种音乐欢快的气势。像暴风一般渐次激昂,渐次酣畅。听者观者皆目夺神摇,神魂颠倒。当这

---

[1]西班牙打击乐的一种,状如两半栗子,似可称栗鼓。

舞蹈和音乐戛然而止的时候，仿佛看到美丽的宝石骤然粉碎了，飞散了，这才不由“啊”的一声，疲惫地叹一口气。这个国度的人生就像这个国度的音乐一样……

然而，轮船悠然地行进，同我那未能实现的欲望没有任何关系，左右两个船舷翻卷着海峡的水，驶向远洋。高耸的直布罗陀山的岩壁，背面闪耀着夕阳的余辉，就像屹立于火焰中一般。正面，隔着一带海水，是摩洛哥的山峦，山坡上豪华的人家低低绵延向远处。这两岸的高山对峙着，时时变幻着玫瑰色和紫色。

渐渐地，黄昏的阳光消隐了，此时，山峰和岩壁也沉入了西方的水平线。吃过晚饭，再到甲板上凭栏眺望，我看到茫茫的海面同大西洋有着惊人的不同，这里的水色呈现深蓝，如天鹅绒一般滑滑的，闪耀着光辉。

地中海的水色比山，比河，比湖，更能引发一种无可言状的优美的幻想。凝视着这样的水色，想到太古的文学艺术就产生于此种颜色的海水漂荡的海岸，历史上美丽的女神维纳斯就诞生于紫色的波涛里。这些神话的产生是何等自然，一点也不显得牵强附会。这是可以理解的。

群星灿烂。其光明亮，其形硕大，就像看到星星的象征画，似乎真的闪烁着五角形的光辉。天空清澄，饱和着浓碧的颜色。虽然水天一色，但其分界是十分清楚的。虽说夜晚——一个没有月的夜——仍然明丽，望不见一座山峰的空间，似乎包蕴着一种严正的秩序和调和的气氛。啊，瑰丽的地中海的夜！我偶然想起了轮廓极鲜明的古代的裸体像，想起了古典艺术之美，想起了凡尔赛宫修剪整齐的树木。我的作品也是如此。包裹于漠漠黑夜般忧愁的影子里，将颜色、声音以及浓烈的芳香一丝不乱地一同织进五彩斑斓的锦缎中。这锦缎肃然地低垂着。我祈愿我的作品就像这低垂的锦缎。

进入地中海的第二个晚上，遥远的南方出现了陆地。那是北非的阿尔及利亚吧。

饭后来到甲板上，海面风平浪静，浓碧的水面犹如打磨的宝石，带着一层光泽。向栏杆一望，似乎可以看到映在水中的自己的面颜。——这是一个美丽的童贞的面颜。无限的太空没有一丝云。白天，闪耀着毒花花太阳的明丽而湛蓝的天空，此时也带有一层薄薄的蔷薇色，黯淡而又朦胧。那种在法国常见的黄昏时期苍茫的微光，笼罩着甲板上的一切，在舷梯栏杆和舱壁以及各种索绳上，投下了神秘的影子。因而，使得那只粉白的短艇十分显眼，仿佛被注入了一种奇怪的生命的力量。

轻轻吹拂的风如此和暖，似乎要把人的身子融化了。海上如春夜一般清爽，静谧，我的心情十分安适。

我的精神完全变得空虚了，无法去思考什么悲伤、寂寥和欢欣。我的意识只是停留于一种非常美好的心境上。我坐在长椅之上，目光注视着遥远的天际，一下子又忽而堕入极大的苦恼之中。

五六颗夕暮的明星闪闪灼灼。我凝视着美丽的星光，一种无法言状的诗情从胸中涌起，几乎不可遏抑。面对着渐渐进入暮色的地中海，我真想尽情地唱上一首美丽的赞美歌。我仿佛感到，还没有张口，自己想象中的歌已经化成美丽的声音，随着这柔缓的涟漪漂向遥远遥远的空间。

我从长椅上站起来，让清爽的风吹着面颊，深深吮吸着温暖而纯净的空气，凝望着远方最美的一颗星星，刚想引吭高歌的时候，悲哀立即袭上了心头。我不知道应该唱什么歌，我完全忘记了选择。歌谣不要，就唱小调吧。一想到这里，自己就先"啦啦啦"地发出声来了。但究竟哪一首小调好呢？我又犹疑起来。

我弄得非常狼狈，不住地从记忆中搜索那些留下印象的小调。紫色的波浪翻卷着，仿佛在等待我的歌声，星光像青年女子的媚眼，急切地闪动着。

我终于想起了在开幕时，卡瓦莱利和卢斯蒂卡娜和着竖琴演唱的《西西里岛》的一节。这一节歌词蕴含着南意大利火焰般的热情和孤岛寂寥的情调。唱起来把声音拖得很长，在日本人听来有的地方像船歌，对于正在航行中的我，再合适不过了。我鼓足勇气先试着唱了第一句：O Lola，bianca comb——余下的全忘记了。

那歌词是自己不熟悉的意大利语，这也难怪。音乐剧《特里斯坦》[1]开幕，船老大在桅杆上唱的歌，最适合于此种情境。不过，这回光有歌调，要唱的一节觉得有些怪。尽管很想唱，但是欧洲的歌是很难唱好的。出生于日本的我，只会唱本国的歌。我此时此地的感想——早已把法兰西的恋爱和艺术放在脑后，正在走向那单调生活之后只有等待死亡的东方的国家。我考虑着唱一首将这种意识毫无遗憾表达出来的日本歌曲。

难唱的西洋歌曲固然使我失望，但自国的歌曲更加使我失望。人们经常唱《啊，高岛》，因情调悲凉受到赞赏。但是只同旅行和《追分小调》[2]有点关系，和诞生了希腊神话的地中海的夕暮，在感情上不太协调。《竹本》和《常磐津》等为首的所有的净琉璃[3]都能很充分地表现感动，但用"音乐"的观点衡量，与其说是歌曲，不如说是使用乐器的朗诵诗，在倾诉瞬间的感情上过于冷峻。《哥泽小调》只不过传达出不同时代烟花界的微弱的不平之声。而谣曲因为包含佛教的悲哀而显得古雅，和20世纪的轮船终究不能相容。那必须是一边听着草船的舻声，一边远远地眺望着的水墨画般松林海岸的风景。其他还有萨摩琵琶歌、汉诗朗吟等，这些也都同色彩单纯的日本特有的背景相一致，初级的单调只能激起某种粗朴而悲

---

[1]德国作曲家瓦格纳(Wagner,1813—1883)根据中世纪爱情故事改编创作而成。

[2]一种曲调缓慢而悲哀的离别歌谣。

[3]一种由三味线(日本三弦琴)伴奏的讲唱艺术。

哀的美感。

我完全绝望了。我竟然是这样的国民:自己不论有怎样的充溢的激情,不管被如何烦乱的情绪所苦闷,我都找不到适合于表现和倾诉的音乐。这样的国民,这样的人种,世界其他地方还有吗?

此时,下边甲板上传来了合唱的歌声,那是到印度殖民地做活的英国两三个铁路工人和一个到香港去的不明身份的女人发出的。从那滑稽而轻佻的曲调上看,似乎是伦敦东区演艺场上演唱的流行歌曲。作为音乐当然是毫无价值的,正因为如此,听起来却很能表现英国工人越过大洋到热带地区干活的心情,也同脏污的三等舱和黑暗里甲板上的情景协调一致。

难道不是幸福的国民吗?英国的文明使得下层工人也能找到一种最能表达寂寞的旅愁的音乐。明治的文明,它只是诱发我们无限的烦闷,却不能教给我们倾诉的方法。我等的心情固守着早已化为古物的封建时代的音乐,已经同现代相离很远很远。如果我们争先恐后一同走向欧洲的音乐,不管带有怎样的偏颇的喜爱,还是能感到风土人情上的无法消除的差别。

我等皆为可哀的国民。失掉国土的波兰的民众啊,没有自由的俄国人啊,你们不是仍然拥有肖邦和柴可夫斯基吗?

夜深了,海面在黑暗中闪着光亮,天空也渐次带上奇怪的光泽，高不可测，使人恐惧。星星出奇地繁多而又明亮。接近神秘的北非的地中海的天空啊。英国工人所唱的歌，正在悲凉地消失在这片神秘的天空里。

唱吧，唱吧。他们是幸福的。

我远望着繁星闪烁的天空，想起了横亘在航路尽头的可怕的岛屿，从今日起还有四十天就会结束漫长的水程而抵达那里。我是怎样稀里糊涂离开巴黎的呢？

陈德文　译

# 关于冲浪

〔澳大利亚〕奈蒂·帕尔默



在我们所热衷的运动项目中，有哪一项是具有本民族特色的？有人会说是板球，有人会说是马术，众说纷纭。如果以澳大利亚为例，特别是澳大利亚沿海一带，那么冲浪必是首当其冲的。这主要是源于这块大陆的自然特征。丁尼生有一行描述海涛汹涌的诗句经常被引用——“看那澳大利亚海上急驰的海涛啊”。这耳熟能详的诗句告诉人们在澳大利亚有成百个适合冲浪的天然海滩。

许多海滩绵延数英里，每年夏天都会被兴高采烈的浴客点缀得五彩斑斓。但有更多的海滩还未被染指，海浪从数十英里之外急驰而来，舒展着、翻卷着扑向粼粼泛光的洁白的沙滩。这就像一幕永恒的布景，但总是没有演员。也许有人会忍不住要说，长久以来，这生生不息的海浪也可以有许多其他的用途。的确，就人类的个人能力而言，海浪似乎只是为冲浪这项运动而生的。而比起世界上其他许多地方，澳大利亚在这方面更是有得天独厚的优势。

在法国北部沿海，偶尔会有几片扇贝形的沙滩，平整而光滑。每年会有两三个月的时间，人们可以在此享受慵懒而撩人的海浪。海滩上也因此布满了各色的更衣室。在这些季节性的海湾之间是各种各样的沿海地形——有的是黛青色的悬崖绝壁，有的是繁忙的海港，有的则尽是些呈蜂窝状的凌乱小岛——各形各状，只是没有一处是适合冲浪的。

再看个地方——加拿利群岛。也许你认为大西洋对丹娜丽芙岛应该精雕细琢，可惜没有。虽然这里的海水十分美丽，可是沿岸不是悬崖绝壁就是鹅卵石滩，根本不适宜冲浪。这似乎应该归咎于丹娜丽芙山，在她被海水湮没之前不该如此伟岸挺拔。

还有地中海，那个镶着白边的湖泊，似乎永远风平浪静。有诗人曾经写道："我向海湾深处游去，海浪在我四周嬉笑，晶莹而温润。"它不乏各种各样令人心旷神怡的海湾和峭壁，也没有来自深海或是鲨鱼的威胁，但是遗憾的是没有一处是称得上可以用来冲浪的。

全世界真正可以冲浪的海滩实在少而又少，这得依靠大西洋的垂青。它必须是敞开的，必须是无遮无挡地面对着大西洋。以大堡礁为例,即便是深入这片礁石区数英里,人们也很难找到适合冲浪的地方。而真正的冲浪海滩则是在澳大利亚的海滨。

这些海滩的独到优势虽然显而易见,但人们一直到最近几年才逐步对其开发利用,想来似乎有些奇怪。可是一百多年前,如果人们想只身潜入大海深处,还得做好充足的心理和生理准备。而在欧洲的一些惧怕大海的国家里,直到18世纪的某个时候才有了海滨浴场这一说。对于相伴而居的大海,他们只敢在上面航行,而从未想过潜入其中寻找乐趣——除非在那儿求个了断。

于是就有一些大无畏的勇士突发奇想——如果纵身跃入大海,随波逐流的话将会是什么样的感受?我们可以设想他们选择了一个人迹罕至的海湾进行这项实验。实验结果是一切都安然无恙,然后这个好主意就慢慢传开了,而那片海滩也成为了著名的嬉水乐园。

让我们瞧瞧那会儿人们是怎样嬉水的;瞧瞧他们那套小心而又复杂的运作。首先你得在一个叫"洗澡器"的木棚里头换好衣服,虽然从我们今天的角度上看,这个所谓的"洗澡器"实在无任何机械工艺可言。然后就会有一个人或是一匹马将你连同你的"洗澡器"一块儿慢慢地拖向大海——当然不会拖得很深。这时,如果你发现你的周遭起了某些变化,也就是说你的身体不再像刚从沙滩走进"洗澡器"时那么干爽了，那就说明你已经在海里泡过澡了。噢，可能我说错了。一般情况下，你应该是在侍应生的帮助下泡澡的。这似乎很令人费解，但看起来这“洗澡器”的前方似乎还有一片类似于遮阳板的东西，在它的遮拦下你才可以到海里泡澡。或许在你的头顶上有一个盛满海水的大桶，你只是站在那儿冲凉；抑或是你被人架着胳膊在海里随波起伏。嗨，真希望有个把老寿星能告诉我们这到底是怎么回事。我所知道的只是那些“自助洗澡”的勇士们如果不愿享受这类服务的话，他们就不会过于依赖这个“机器”。说到女士们，她们穿着宽大的、长及脚踝的浴袍，一旦浸到海里，八成会觉得动弹不得，更别说在水里舒展筋骨了，只能坐在海边享受海浪温柔的拍打聊以过瘾。

说到这儿，你也许会乐得接不上话茬，这实在大可不必。我们的子孙也许不会嘲笑我们的泳衣，可有朝一日他们若谈起今天的海水浴，也一定会乐不可支的。

虽然现如今我们身上只挂一小片布在海上冲浪，然而比起“洗澡机”时代，真正的区别并不在此。在我看来，真正的区别在于社会观念的差异。在过去，人们只是以尽可能隐蔽的方式把自己浸湿而已；而如今，人们——无论男女，不论长幼——都试图灵活地“鱼跃于翻滚的海浪”，或是轻松地驾驭桀骜的海涛。

还有哪里一项运动会比冲浪更老少皆宜？冲浪可以让专

业的游泳好手在海浪中自由搏击，在波涛中任意进出；可以让他们的老妈妈在靠近岸边的浅湾里一边和老姐妹们聊着天，一边舒舒服服地、神清气爽地泡个海水浴；还可以让小娃娃们在海岸边蹒跚学步，尽早让他们懂得什么叫“分享海洋”(唯一不足的是海滨救生队似乎缺了施展身手的机会)。

还有那绝美的景色！有哪些运动能不破坏大自然原有的美丽？冲浪就能使大海毫发不损。紧靠着悬崖搭的几个更衣棚不会破坏沙滩的原貌，巨浪又抹平了人们留在沙地上的脚印。于是人类的美就显现出来了。我们也许对选美大赛或是沙滩美人之类的东西已经感到有些厌倦了，但我们很难对那些训练有素的埃及海滨救生员的古铜色外形感到厌倦。还有那些在海浪中灵活跳跃、自由穿梭的身影。而那些游泳衣也从未如此贴近自然，那泳帽，简直就是大海的产物。有一天我好像还看见一个姑娘居然独具匠心地在一枚贝壳上留条子。甚至一些偶尔出现的滑稽人物(多为老年人)也会和海滨景色达成一种奇异的和谐。

总而言之，冲浪的海滩为多姿多彩的生活提供了一个上佳的舞台：你可以看到冲浪者时而消失在海浪之中，片刻后又像鳕鱼似的粼粼地穿出来；你可以看到孩子们变着法地拧着尼普顿爸爸的大胡子！这样的欢乐场景实在是随处可见，直看到你心满意足地踩着软软的沙滩回家——双眼迷离，背部微灼，脚步踉跄，心旌摇荡，意气风发——或许还会滋生出一丝人定胜天的气概来呢。

杨晨音 译